Mirko Bonné
Lichter als der Tag

Roman

Schöffling & Co.

Für Ida und Klaus Schöffling.
Für die, die's angeht.
Ja – für Dich.

Zweite Auflage 2017
© Schöffling & Co. Verlagsbuchhandlung GmbH,
Frankfurt am Main 2017
Alle Rechte vorbehalten
Satz: Fotosatz Amann, Memmingen
Druck & Bindung: Pustet, Regensburg
ISBN 978-3-89561-408-8
www.schoeffling.de
www.mirko-bonne.de

I

Regen, wenn er in die Bäume rauscht

Aus der Zeit, als er noch ein Junge gewesen war, kannte er ein Licht, das fand er später für sehr lange Zeit nur in der Bahnsteighalle seiner Stadt wieder, und auch nur an bestimmten Tagen. Er dachte oft darüber nach, woran es lag, dass etwa ein Tag Ende April dieses Leuchten hatte, aber einer Anfang Mai nicht. Doch er wartete auch einfach gern, und wenn er in der Mittagspause mit der U-Bahn vom Hafen zum Hauptbahnhof fuhr, dann war er umso froher, wenn das Licht überraschend da war.

Einmal hatte er als Gymnasiast ein ähnliches Leuchten auf einem alten Gemälde gesehen, vor dem in einer Ausstellung über Landschaftsmalerei seine Kunstlehrerin stehen geblieben war, um der Klasse etwas über den Impressionismus und seine Vorläufer zu erzählen. Das Bild, nicht sehr groß und eher unscheinbar, stammte von Camille Corot, spätsommerliche Bäume stellte es dar, Pappeln, Robinien, in der Ferne eine Hügelkette und im Vordergrund den Rand eines Feldes, an dem ein Landarbeiter Getreide schnitt und eine Frau mit Kleid, Schürze und einer Haube auf dem Kopf dem Mann zusah. *Weizenfeld im Morvan* – was das bedeutete, wusste niemand, bis Moritz, sein bester Freund, ihnen erklärte, der Morvan sei ein Landstrich im Burgund, ein mittelfranzösisches Granitmassiv. Auf Corots Gemälde schien alles in ein Licht getaucht, als würde man durch ein Fenster auf einen Sommertag blicken, der längst vergangen war und zugleich bis heute anhielt.

Der Himmel über der Stadt erschien Raimund Merz nie riesig oder gar endlos, selbst dann nicht, wenn er so hellblau war wie das Kleid der Frau am Rand des Weizenfeldes auf dem Bild. Am Horizont, Richtung Hafen und Elbe, war allerdings des Öfteren ein rosiger Schimmer zu sehen, und schon als Junge, wenn er mit den anderen Kindern über die Redder der Feldmark gelaufen war, hatte er sich an der Pracht des Hamburger Himmels gar nicht sattsehen können. Raimund Merz hatte nur wenig vermisst, als er nach dem Abi und dem Zivildienst für ein paar verschenkte Semester nach England ging, angeblich um Biologie zu studieren; aber dieses Heimweh, eigentlich ein Lichtweh, war nicht besser geworden, als er mit Mitte zwanzig zurückkam und für ein knappes Jahrzehnt nach Berlin zog, weil seine Frau es für ihren Werdegang und auch seinen vorteilhaft fand, wenn sie eine Zeit lang dort lebten, wo jeder lebte, der etwas aus sich und seinem Leben machen wollte. Merz hatte diesen um sich selbst kreisenden Ehrgeiz nicht.

Floriane hatte ihn nach England begleitet. Während er das Studium hinwarf und anfing, lustlos bei Zeitschriften zu jobben, studierte sie in Birmingham Zahnmedizin und auf Anraten ihrer Mutter dazu auch gleich Medizin. Von Anfang an sollte Flori Kieferchirurgin werden. Er blickte stattdessen in den Himmel und die Wolken an.

Ab und zu wurde er gefeuert. Im Feuern waren die Briten Vorreiter.

Zum Leben brauchten Flori und er, die sich so lange schon kannten, nicht viel. Einer wie er untersagte sich jedes Vorwärtskommenwollen. Bloß das Licht vermisste er immer unbändiger, aber weder in den Midlands noch in Berlin gab es einen Fleck, an dem ein Strahlen am Himmel stand wie früher auf der Feldmark, nicht mal draußen am Müggelsee, wohin sie in ihren Berliner Jahren zum Wandern, Paddeln und Schwimmen fuhren und wo sie später, als Flori schon gut verdiente, ein Sommerhaus mieteten.

Unter dem Stahl-und-Glas-Dach des Hamburger Hauptbahnhofs stand das ersehnte Licht vielleicht an acht oder zehn Tagen im Monat, dann aber so, als hätte es sich des notorischen Schmuddelwetters wegen in die Halle zurückgezogen und würde nun dort aufbewahrt werden. Es schien zu warten, nicht bloß auf Reisende, die aus dem Zug stiegen und verblüfft waren von der Helligkeit, der Herrlichkeit, mit der die Hansestadt sie willkommen hieß; das Licht war eine Wohltat gerade für Einheimische wie ihn, die morgens vor dem Büro oder nach Feierabend über die Bahnsteige schlenderten, als wären sie Bahnangestellte in Zivil.

Merz spürte in dem Licht, dass es für einen wie ihn anscheinend nur weniges gab, für das sich zu leben wirklich lohnte. Kinder, ja. Freundschaft, ja. Und vielleicht Liebe, und vielleicht Erinnerungen. In dem Leuchten lag eine rätselhafte, warme Zuneigung, und vieles, was er erlebt hatte, war ihm nur verständlich, weil es in diesem Licht geschehen war.

Ein paar Tage, nachdem seine jüngere Tochter elf geworden war, fuhr er am Morgen mit ihr in die Innenstadt und brachte sie zum Zug. Lindas Klasse ging auf Klassenfahrt in den Schwarzwald, in ein Schullandheim im Kinzigtal. 23 Kinder und drei Lehrerinnen, dazu jede Menge aufgeregte Eltern, zumeist Mütter, warteten auf dem überfüllten Bahnsteig auf die Einfahrt des ICE, in dem für die Kids und ihre Aufpasser ein halber Waggon reserviert war. Es war ein Montagmorgen Anfang September, aber noch immer war das Ende des Hochsommers nicht in Sicht. Auf eine weitere drückend schwüle Woche sollten erneut lange Tage mit fast unerträglich heißen Temperaturen folgen.

Als der Zug schließlich kam, musste alles sehr schnell gehen. Merz hatte Mühe, Linda in dem bunten Gewimmel noch einmal kurz festhalten und umarmen zu können. Doch als sie dann im Einstieg stand, verloren wirkte und die Tränen ihr in die Augen stiegen, nahm sie ihren ganzen Mut zusammen und küsste ihn, auch wenn das auf der Stelle von drinnen mit höhnischem Johlen quittiert wurde. Lindy hatte es nicht leicht in der Schule. Sie wurde von Mitschülern und deren Eltern angefeindet, weil sie einige Diebstähle begangen und man sie dabei erwischt hatte. Keiner konnte sich den kleptomanischen Zug an der kleinen und zarten Linda Annabella Merz erklären, sogar die Schulpsychologin schien hilflos und riet vorläufig zu Gelassenheit und Abwarten.

Merz winkte Lindy zu und lief, weil sie das liebte, Grimassen schneidend neben dem anfahrenden Zug her. Sofort brach ihm der Schweiß aus, aber er lief weiter, und obwohl das traurige Mädchen hinter den verdunkelten Scheiben längst nicht mehr zu sehen war, lief er und lief und lief und lief und lief neben dem Zug her hinaus ins Freie.

Außer Atem blieb er stehen. Er sah dem Zug nach, bis der letzte Wagen am Berliner Tor verschwunden war, dann zog er sein Telefon aus der Tasche und schrieb Floriane, dass alles in Ordnung war und die Kleine unterwegs.

Eine ganze Weile stand er noch in der Morgensonne auf dem Bahnsteig, blickte zu den reglos in der Windstille hängenden Plakaten an der Museumsfassade hinauf und wartete auf Floris Rückmeldung. Aber es kam keine Antwort. Er spürte Lindys kleinen Kuss auf den Lippen und vermisste sie mit einem Mal sehr. Er stellte sich vor, wie Floriane in der vormittäglichen Hektik der Praxis seine Nachricht las und die drei Sätze Sekunden später über dem aufgesperrten Rachen des nächsten Patienten schon vergessen hatte. Linda tat ihm leid. Irgendetwas musste es in ihrem Gemüt geben, das sie peinigte und immer öfter dazu nötigte, Dinge an sich zu bringen, die ihr nicht gehörten. Die Jungs und Mädchen, denen sie ein Stickeralbum, einen Füller oder zuletzt den Chip für eine Spielekonsole gestohlen hatte, taten ihm nicht leid. Das Elsternkind nannten sie Lindy in der Klasse. So wie das Kind tat er sich auch selbst leid. Er spürte, wie der alte Kummer, von dem keiner wusste, ihm in der Kehle aufstieg. Und im

Grunde bloß deshalb setzte er sich in Bewegung, und nur um sich von dem Traurigsein abzulenken, ging er an diesem Vormittag noch einmal in die Bahnsteighalle und das Licht.

Ein Autoreisezug voller großer Wohnmobile mit skandinavischem Kennzeichen donnerte durch den Bahnhof und weiter Richtung Altona, um dort entladen zu werden. Der Lärm des Monstrums war unfassbar, er setzte Merz so zu, dass er sich abwandte und die Ohren zuhielt.

So stand er eine Zeit lang am Fuß einer Rolltreppe, die zur Wandelhalle hinaufführte. Unaufhörlich strömten Menschen an ihm vorüber; hunderte fuhren hinauf, hunderte kamen herab, als wären es dieselben. Keiner von ihnen schien das Licht wahrzunehmen, und auch er schloss irgendwann die Augen, tauchte in das Schwarz und öffnete sie erst wieder, als der Zementboden nicht länger bebte.

Er holte tief Luft. Und das war der Augenblick … gerade als das Dröhnen und Rattern des nur wenige Schritte entfernt vorbeirollenden Zuges nachließ und er das Licht wiedersah und den alten Abschiedsschmerz spürte und den Kummer darüber, dass sich das Verlassenheitsgefühl durch nichts lindern ließ als Ablenkung, Weitergehen, Weitermachen … in diesem Augenblick kam Inger die Rolltreppe herunter. Er sah sie, aber sie blickte nicht in seine Richtung, sondern zur Seite, über die Gleise, in die Halle. Er erkannte sie sofort, war jedoch so geistesgegenwärtig, sich wegzudrehen, weiterzugehen, an der Rolltreppe vorbei und in den Tunnelbereich unter der Wandelhalle. Er eilte in eine Richtung, die eine Sackgasse war, ohne Ausgang, ohne Eingang. Ihm wurde klar, dass er sich auffällig verhielt, keiner hatte etwas verloren in dieser finsteren Unterführung; darum blieb er stehen, als würde ein Film angehalten.

Sie folgte ihm nicht. Er stand im Halbdunkel und blickte ihr nach. Sie war es ohne Zweifel. Sie ging weiter zur Bahnsteigmitte, wandte sich nicht nach ihm um, schien sich nicht zu fragen, ob sie sich geirrt haben könnte. Inger hatte ihn nicht erkannt, anscheinend nicht mal bemerkt.

Kein Koffer, kein Rucksack, sie war ohne Gepäck. Nur eine schmale rote Handtasche in genau der Farbe ihres Nagellacks trug sie über der Schulter. Und ein helles Sommerkleid hatte sie an, übergroße, seltsam blasse Mohnblumenblüten sah man darauf. Ihr Haar war noch wie in Berlin, lang und offen, nur etwas weniger blond kam es ihm vor, nicht mehr ganz so vollkommen blond. Sie war älter geworden, Ingers Angst vor dem Altern hatte es nicht verhindern können.

In sicherer Entfernung folgte er ihr. Da war ein Funkeln auf ihren Haaren, an das er sich gut zu erinnern meinte – bis er sah, sie hatte sich eine Sonnenbrille auf den Scheitel geschoben, die das Licht reflektierte. Er schüttelte den Kopf über sich selbst, lächelte, und er fühlte sich dadurch sicher, als wäre das Lächeln das Visier eines Helms.

Allmählich ließ seine Nervosität nach, die Anspannung wich einer Neugier, die er so heftig lange nicht verspürt hatte. Er genoss es, nicht von ihr gesehen zu werden, sie aber genau im Blick zu haben. Und zum ersten Mal fragte er sich, auf welchen Zug sie wartete, wohin sie reisen wollte. Inger verschwand in einen Bahnsteigkiosk.

Merz blieb stehen und zog, es kam ihm selber vor wie einstudiert, ohne zu zögern, das Handy aus der Tasche. Von Flori keine Antwort. Er brachte sich hinter einer Fahrplantafel in Sicherheit, und dort tat er so, als würde er nachlesen, wann montagmorgens der ICE nach Stuttgart fuhr, den Bruno und er nächste Woche würden nehmen müssen. Warteminuten, in denen er nichts weiter als die abenteuerliche Absurdität seines Verhaltens wahrnahm.

Sein Blick fiel auf die Anzeigetafel. Von dem Bahnsteig fuhr überhaupt kein Zug ab, hier kam demnächst einer an, der verspätete Nachtzug aus Budapest.

Budapest – Wien – Prag – Berlin – Hamburg.

Erst da ließ er es zu. Zum ersten Mal seit Wochen, seit Monaten, dachte er an Moritz, ohne den Gedanken sogleich zu verscheuchen. Er wusste nicht, ob sie noch verheiratet waren; aber falls ja, war davon auszugehen, dass Inger ihren Mann vom Zug abholte. Merz kam der Gedanke, auf der Stelle Reißaus zu nehmen … nur nicht mitansehen müssen, wie sie Moritz begrüßte, so wie damals im Dorf, wenn sie getrennt zum Garten kamen, oder später in Weißensee und draußen in Köpenick, wenn Inger im Atelier gemalt hatte und nachkam zum Baden.

Im Schutz der Fahrplantafel warf er den Kopf in den Nacken, starrte in das Licht, das durch das verglaste Dach auf die Züge, die Gleise, die Reisenden auf den Bahnsteigen fiel. Er fühlte, wie ihn Panik ergriff, und so floh er vor dem, was er nicht sehen wollte, und der Angst davor. Er hastete davon, zurück zu der Rolltreppe und unter die Leute, wo er sich sicher fühlte. Ein Trugschluss.

Durch eine Schaufenstergasse, deren silberner und goldener Flitter ihn blendete, kam er in die Wandelhalle und merkte sofort, etwas stimmte nicht. Die Lautsprechermusik, die dort seit Jahren gespielt wurde, immer dieselbe, immer dieselbe, war an diesem Morgen eine völlig andere.

Wie es hieß, diente die Wandelhallenmusik dazu, die Aggressionen der Drogensüchtigen zu lindern und die Junkies dadurch von Geschäften und Bahnsteigen fernzuhalten. Aber das hatte ihm nie eingeleuchtet. Immer empfand er die stumpfsinnige Berieselung als an ihn gerichtet, unzufriedene, aufmüpfige, reizbare Existenzen sollten durch die Musik, die eine Nichtmusik war, beruhigt werden, und nicht selten gelang das sogar und fühlte sich einer wie er seiner Aufgebrachtheit beraubt und ruhiggestellt. An diesem Vormittag nicht. Die Musik war eine andere, war wirklich Musik, auch lauter, fast unangenehm laut; beruhigen oder besänftigen konnte sie keinen, und noch etwas anderes war nicht wie sonst, doch was, darauf kam er nicht, während ihn sein Weg zwischen Kiosken, Essensständen, einem Tabakladen und Blumengeschäften hindurch zum Ausgang führte. In der Mönckebergstraße fuhr der Bus zur Hafencity. Wenn er den nächsten erwischte, würde er pünktlich zur Vormittagskonferenz in der Redaktion sein, alles würde seinen gewohnten Gang gehen, und am Abend konnte er den Schock, Inger begegnet zu sein, vor Floriane herunterspielen oder am besten gar nicht erwähnen und dann insgeheim bei einer Flasche Weißwein dabei zusehen, wie er sich in Luft auflöste und schließlich auch von ihm selber vergessen wurde.

Allerdings bemerkte er jetzt, wie viele junge Leute, nicht nur Jugendliche, sogar Kinder sich in der Wandelhalle aufhielten, obwohl die Sommerferien lange vorbei waren. Ein lautes Raunen, fast ein Lärmen erfüllte den großen und hohen Raum unter dem Walmdach. Ein Gewimmel ist das hier!, dachte er. Und gerade fragte er sich, ob dieses Durcheinander wohl auf mehrere Schulklassen zurückzuführen war, die die Kunsthalle oder eine Ausstellung in der Galerie der Gegenwart besuchen sollten und eben aus der S-Bahn gestiegen sein mussten, da änderte sich schlagartig alles.

Denn die Musik verstummte mitten in einem Takt, und unmittelbar vor ihm, sodass er nur mit Mühe nicht in sie hineinrannte, blieb eine Schülergruppe einfach stehen, so als hätte jemand die Zeit und mit ihr auch alles andere angehalten. Er wich den schlaksigen Jungs und Mädchen aus, die fast alle schwarze Klamotten trugen, wunderte sich zwar, aber schritt weiter durch die Menge, bis rechts, links, vor ihm und hinter ihm, überall schwarzgekleidete

Jugendliche, wie mitten in ihren Bewegungen eingefroren, in dem Augenblick stehen geblieben sein mussten, als die Musik aussetzte.

In Wirklichkeit, das erkannte er jetzt, war er einer der wenigen, die sich überhaupt noch bewegten. Und alle diese zehn, zwölf Staunenden und noch ein paar Schritte Weiterstolpernden, zu denen er sich dazurechnete, waren älter als diejenigen, die auf einmal stocksteif dastanden mit Gesichtern ohne Ausdruck und erstarrten Gliedern.

Wer sich noch bewegte, war alt, wer nicht, war jung. So sah es aus. Doch wurde schnell klar, dass das Spiel anders ging. Nur wer nicht mitspielte, bewegte sich noch. Wer die Regeln kannte, stand still.

Da waren auch Erwachsene, die sich nicht rührten. Sie verharrten am Rand, vor den Läden, und anders als die Kinder wirkten sie wie Statuen, weiße und bunte Aus-Stein-Gehauene, die aber ebenso genau zu wissen schienen, was hier vor sich ging. Eine dieser offenkundig Eingeweihten war die Frau seines früher engsten Freundes Moritz und ehemalige Freundin seiner eigenen Frau. Inger.

Im Sommerkleid mit großen, blassen Mohnblumenblüten stand sie vor einem Blumenladen: Es hatte noch keinen Hintergrund gegeben, aus dem sie nicht herausstach. Etwas an ihr regte sich – die Augen. Ihre Blicke folgen mir, meinte Merz, während er sich durch die stillstehende Menge schlängelte, bis mit einem Mal die Musik weiterging und alles sich wieder bewegte, als wäre nie etwas gewesen.

Über dem Ausgang zum Glockengießerwall entrollten im selben Moment mehrere Jungs und Mädchen ein schwarzes Transparent; in großen weißen Lettern war darauf zu lesen: Schatten, Staub und Wind. Was sollte das bedeuten? Ein hoch aufgeschossenes, auffallend dünnes Mädchen mit einem langen blonden Pferdeschwanz löste sich aus der kleinen Gruppe und stürzte Inger in die Arme.

Alles war vorbei. Der Flashmob war zu Ende, und dieser Teenager, der mit dutzenden Klassenkameradinnen und Mitschülern daran teilgenommen hatte, konnte nur Pippa sein. Am Müggelsee, in Köpenick, war Inger bereits schwanger gewesen, über vierzehn Jahre war es her, dass sie alle sich zuletzt gesehen hatten.

»Du siehst aus, als wärst du mit einem Gespenst Fahrstuhl gefahren«, sagte Bruno zu ihm im Treppenhaus, als sie nach der Konferenz zusammen in die Mittagspause gingen. »Du solltest an die frische Luft.«

Eigentlich hatte Merz in den klimatisierten Redaktionsräumen bleiben und das am Vormittag Versäumte nachholen wollen. Doch er merkte, wie sehr ihm die Begegnung mit Inger zusetzte, und so erschöpft er sich fühlte, war er froh, mit dem Kollegen und Freund über Dinge zu reden, die ihn auf andere Gedanken brachten.

»Wieso bist du so finster, hast du den HSV-Vereinsbus gesehen? Ich hoffe, du weißt, dass wir nächste Woche zusammen runter zu diesen Menschen fahren, die nur Schwäbisch sprechen. Bitte, lass mich nicht allein!«

Bruno brachte ihn zum Lachen, wann immer er konnte, am liebsten mit Witzen über den Fußball des chronisch dem Abstieg entgegentrudelnden Hamburger sv.

»Außerdem weht unten am Hafen eine Brise, im Ernst! Bei der Hitze tut ein kleiner Wind gut. Also los!«

Sie schlenderten den Baumwall entlang und weiter ins Portugiesenviertel. Die Leute lagen im ausgeblichenen Gras auf den Michelwiesen oder saßen im gleißenden Septemberlicht an den Straßentischen. Fast alle waren sie sonnengebräunt vom zurückliegenden Urlaub, hatten dunkle Brillen auf, waren nur mit dem Nötigsten bekleidet und unterhielten sich. Viele lachten. Merz schien der Einzige zu sein, der düsteren Gedanken nachhing, so kam es ihm vor, während sie auf zwei Sandwiches und die bestellten Getränke warteten. Ja, zum Teufel, er hatte ein Gespenst gesehen!

»Schatten, Staub und Wind«, sagte er tonlos, ohne etwas damit zu bezwecken, und blickte über die Straße zu den vollbesetzten Tischreihen dort auf dem Bürgersteig, die wie ein Spiegelbild wirkten, in dem er zwar vorkam, aber genauso hätte fehlen können. Es war auch ohne ihn vollständig.

Er fragte Bruno: »Kommt dir das bekannt vor: ›Schatten, Staub und Wind‹?«

Der portugiesische Kellner stellte zwei Gläser und eine amphorenförmige Flasche Wasser auf den Tisch. Lauter Bläschen standen perlend außen an dem hellblauen Glas, und wo einige der Tropfen auf die Tischdecke hinuntergeronnen waren und sich ein kleiner Mineralwassersee sammelte, saß ein geflügeltes Tier, das man leicht für eine Wespe halten konnte. Es war aber keine, auch wenn so eine Schwirrfliege zu ihrem eigenen Schutz vorgab, eine Wespe zu sein.

Der Freund überlegte. »Wusste gar nicht, dass du dich für Barockdichter interessierst.«

»Klingt das nach Barockdichtung für dich, du elendig belesener Schlaumeier?« Ein Teller mit zwei Toastsandwiches stand auf dem Tisch. »Hat der Kellner die gebracht?«, fragte Merz und blickte sich um: Ein Kellner war nirgends zu sehen. Er schenkte ihnen ein, und die Schwirrfliege, eine Zweiband-Wespenschwebfliege, schwirrte davon, er spürte den Handteller kühl und nass werden.

»Deswegen will ich immer in dieses Lokal, hier passieren kuriose Dinge«, sagte Bruno mit einem Sommerlachen. »›Schatten, Staub und‹ ... Ich hab's! Das ist das Vereinsmotto dieses Hamburger Rasenschachklubs, wie hieß er gleich?«

»Haha sv.«

»Richtig!«

Eine Frau ging vorbei und grüßte Bruno. Sie trug kaum etwas am Körper, hatte dafür aber goldene Sandalen an.

»Hallo Elfi«, sagte er. »Also, ich glaube, das ist aus einem Gedicht von ... Fleming, vielleicht auch Gryphius. Jedenfalls – lass es dir schmecken, mein Lieber – klingt es ziemlich alt. Paar hundert Jahre. Wie kommst du darauf?«

»Elfi?«, fragte Merz und schüttelte lächelnd den Kopf.

Bruno drehte sich um und sah der brünetten Frau nach,

und Merz sah, dass auch sie sich umdrehte und Bruno lächelnd und mit einer vertrauten Geste kurz zuwinkte.

»Sie ist einsam, reizend und sehr klug,« sagte Bruno ernst. »Geld hat sie auch. Ich werde nicht schlau aus ihr.«

»Vielleicht möchte sie geheiratet werden«, sagte Merz. »Möchte Familie haben und ein Haus im Grünen und eins am Meer.«

»Meinst du?« Bruno drehte sich um. Aber die Frau war schon verschwunden.

Als Bruno vor einigen Jahren eingestellt und zu ihm ins Zimmer gesetzt worden war, hatte Raimund Merz in Gesprächen mit seinem neuen Kollegen noch lange das Blaue vom Himmel gelogen, sobald Bruno nach seinen Wochenendplänen, seiner Frau, seinen Kindern, seiner Freizeit fragte. Lange Zeit hatte er das Gefühl gehabt, diesem DeWitt ebenso wenig etwas anvertrauen zu können wie dem Rest der Redaktion des *Tag*. Und dem Rest der Welt.

Aber das war ganz anders geworden.

Irgendwann hatte er begriffen, dass entgegen aller Erwartung Bruno tatsächlich sein Freund geworden war, ein kritischer zwar – kritisch zu sein war Brunos Beruf –, aber ein aufrichtiger. Und als sie dann schließlich offen miteinander zu reden anfingen, hatte er nur unter Mühen die ganzen alten Lügen so zurechtzubiegen vermocht, dass sie sich einigermaßen mit den Fakten vereinen ließen. Floriane, die er vor Bruno in Marianne umgetauft und zur Osteopathin gemacht hatte, war auf diese Weise eine Zeit lang Orthopädin gewesen, ehe Merz sich sicher war, sie ungefährdet als Kieferchirurgin bezeichnen zu können.

»Wie kommst du auf Marianne? Meine Frau heißt Floriane. So heißt sie schon immer, glaub mir, ich kenne sie lange.«

Es war nicht wirklich schlimm, Kieferchirurgin zu sein. Auf einem Erdball, der anscheinend nicht um die Sonne rotieren konnte, ohne dass unzählige seiner Bewohner unter grässlichen Schmerzen litten, hatten Kieferchirurgen eine sicherlich wichtige, mitunter sogar tröstliche Funktion. Doch eine solche banale Feststellung oder überhaupt das, was gemeinhin unter Wahrheit verstanden wurde, erschien einem wie ihm oft seltsam anfechtbar, sobald man es offen aussprach. Immer wieder gab er deshalb dem Bedürfnis nach, eine Tatsache entweder ganz zu verheimlichen oder sie immerhin leicht abzuändern und damit zu schützen.

Schützen wovor? Darüber dachte er täglich nach.

Das ganze Lügen hing ihm furchtbar zum Hals heraus. Es machte das Leben so anstrengend. Merz war heilfroh, als Bruno ihm eines Tages riet, ihm endlich reinen Wein einzuschenken. Hatte er zwei Frauen, hatte er eine, zwei, drei oder mehr Töchter? Merz wusste selbst nicht, was er Bruno alles erzählt hatte. Damals nutzte er die Gelegenheit und bat den Kollegen, der Übergewicht, kurze Beine und dünnes Haar hatte, der die Frauen aber wie magnetisch anzog und auch ihm auf unerklärliche Weise ans Herz gewachsen war, um Verzeihung.

»Vertrauen, schon mal davon gehört? Könnte auch dir gefallen, Herr Merz!« Bruno boxte ihn mitten im Konferenzraum lachend auf den Oberarm. Es tat lange weh.

Seither machte er dem Freund nichts mehr oder kaum noch etwas vor. Bruno erfuhr entweder alles oder nichts von ihm. Sie redeten viel miteinander, am meisten über Fußball und Musik. Merz erzählte ihm von dem Licht und davon, was es ihm bedeutete. Er erzählte von der Feldmark und dem wilden Garten. Sogar von Moritz und Inger erzählte er. Bruno schilderte dafür ihm, was er an dieser oder jener Frau mochte und wie er sie erobert hatte oder von ihr erobert worden war – was gar nicht selten passierte. Nie äußerte er sich abfällig über eine Liebschaft.

Sie flachsten, sie schwiegen, sie lachten und betranken sich miteinander, aber sie konnten auch ernst sein, über Filme reden, alte oder neue, den unüberwindbaren Graben, der die späten von den frühen Genesis trennte, den Irrsinn der Sportler, den Irrsinn der Politik, den Irrsinn der Leute, und manchmal wusste Merz: Gab es einen Mann, mit dem er zusammen weinen könnte, weinen über den Irrsinn der Welt oder den Irrsinn des eigenen Lebens, dann war es dieser so lebendige Bruno, der unverheiratet war und keine Kinder hatte, der in einem klimatisierten Dreizimmerappartement in einem Hochhaus mit Portier am Elbufer wohnte und dort von einer Liaison zur nächsten schlitterte.

An den Landungsbrücken lag die *Kruzenshtern*. Merz traute zunächst seinen Augen nicht, aber dann erkannte er am Heck den Namen des russischen Viermasters, schwarzweiß hob sich der Rumpf der alten *Padua* vom Blau der Elbe ab. Als Junge hatte er ein großes Plastikmodell des Segelschulschiffs zusammengebaut und bemalt, viele Monate lang hatte der Windjammer seine Fantasie beschäftigt, aber das wirkliche Schiff gesehen hatte er nie. Mit einem Mal, vierzig Jahre später, lag es vor ihm.

Als sie durch die Speicherstadt zum *Tag* zurückgingen, jeder sein Sakko überm Arm und im gleißenden Licht die Augen zusammengekniffen, erzählte er von dem vormittäglichen Flashmob und sagte, wenn er sich nicht täusche, habe er eine früher mal ziemlich enge Freundin im Hauptbahnhof gesehen.

»Hm. Wie eng?«, fragte Bruno.

»Sehr eng«, sagte Merz.

»So eng?« Bruno presste Daumen- und Zeigefingerkuppe fest aufeinander.

»Enger«, sagte Merz.

Ingers Namen gab er lieber nicht preis, und das Mädchen verschwieg er ganz.

Die vier Wörter auf dem Transparent stammten tatsächlich aus einem 375 Jahre alten Sonett aus dem Barock. »Es ist alles eitel« hieß das Gedicht von Andreas Gryphius, und auf der Kopie, die ihm Bruno auf den Schreibtisch legte, las Merz noch am selben Nachmittag den ganzen Vers: »Ach! was ist alles dies, was wir für köstlich achten, / Als schlechte Nichtigkeit, als Schatten, Staub und Wind.«

Am Abend nahm er seinen Mut zusammen und erzählte Floriane gleich beim Nachhausekommen von der morgendlichen Begegnung. Ihre ältere Tochter Priska deckte im Esszimmer den Tisch, Flori verschloss ihm mit dem Zeigefinger die Lippen, aber kaum waren sie in der Küche allein, forderte sie ihn auf zu erzählen, und er beschrieb ihr sogar die Blicke, mit denen Inger ihn, wie er meinte, in der Hauptbahnhofwandelhalle verfolgt hatte.

Floriane fragte: »Du bist aber nicht zu ihr hin und hast mit ihr geredet, oder doch?«

Merz tat und war ja auch entrüstet: »Natürlich nicht!«

Dann kam Priska in die Küche zurück, und sie unterhielten sich über Lindas Klassenreise, über seine berufliche Fahrt mit Bruno DeWitt in der folgenden Woche und darüber, dass es von Stuttgart ins Kinzigtal gar nicht weit war. Er könne, sagte Merz, die kleine Maus glatt besuchen fahren.

Die Johannisbeerbüsche litten furchtbar unter der Hitze, meinte Floriane. Sie hielt es für besser, wenn der Rasensprenger über Nacht anblieb. Merz fragte, wann mit einer Nachricht von Lindys Klassenlehrerin zu rechnen sei, bekam aber keine Antwort.

»Wie groß Pippa geworden ist«, sagte er, sobald Priska wieder im Flur verschwunden war.

Von Floriane kam bloß ein Atemgeräusch.

»Ich hab sie zuerst gar nicht erkannt.«

Von Flori kam nichts mehr.

Erst nach einer ganzen Weile sagte sie, und er hörte an ihrer dunklen Stimme, dass sie aufgebracht war: »Bitte Themenwechsel. Ich kann, ich will, ich werde mich damit nicht abgeben. Gott! Du glaubst ja nicht, wie ich juble, sollte es jemals wieder kühler werden.«

Sie aßen. Während Priska von ihrem aufregenden Tag

erzählte – ihre und die Parallelklasse hatten offenbar den Flughafen besichtigt –, sah Merz in den Garten hinaus, wo Hecken, Sträucher und die Pergola in ein fast goldenes Licht getaucht waren. Noch abends lag das hochsommerliche Flirren der Hitzenachmittage in der Luft, und auch heute wieder sah man nirgends einen Vogel, ganz als wären sie alle längst verdurstet, die Tauben, die Meisen, die Amseln. Wo waren die Johannisbeeren? Rot wie roter Nagellack, dachte Merz. Und die Blätter alle welk, ausnahmslos. Es wird nichts mehr jemals wieder gut. Man kann es aushalten, ich kann es aushalten. Aber gut, gut wird es nie wieder, alles kaputt, alles vor langer Zeit kaputtgegangen, und das Einzige, was ich machen kann, ist, es zu vergessen und so zu tun, als wäre es anders.

Die Traurigkeit hatte seit dem Morgen auf der Lauer gelegen, jetzt witterte sie ihre Gelegenheit und kam heran; er schenkte sich Wein nach.

Seine Frau und seine Tochter unterhielten sich. Er war in Gedanken, hörte nicht zu, verstand daher nicht, wovon sie redeten.

»… und dann habt ihr alle angefangen zu tanzen, einfach so?«, fragte Floriane. »Auch die Jungs?«

Prissy strahlte. Sie spießte eine Nudel auf, drehte die Gabel in der Luft und ließ die Nudel ein paar Mal hin und her tanzen und Kreise beschreiben.

»Ja! Alle!«, sagte sie begeistert. »Erst standen wir nur so im Terminal rum und taten, als würden wir einchecken oder jemanden abholen. Ein paar von uns hatten sogar Rollkoffer oder Rucksäcke mit. Und die Lehrer einen CD-

Player. Pünktlich um zehn stellten sie ihn an. Sehr laut! Mitten im Terminal. Dazu hatten wir die Erlaubnis. Und alle haben wir losgetanzt, wild durcheinander, einige das, was sie in der Tanzschule lernen, die meisten so wie ich einfach nur so. Und alle Fluggäste an den Schaltern und die Stewardessen, die vorbeikamen, alle kriegten sie solche Augen!«

»Was ihr euch ausdenkt«, sagte Floriane. »So was wäre uns nie eingefallen. Oder?« Sie sah ihn an; sie lächelte, aber nur mit dem Mund, nicht mit den Augen. Es war kein wirkliches Lächeln, sondern die Maske, die Frau Dr. Lepsius täglich acht Stunden lang in ihrer Praxis trug, damit niemand ihr Gesicht sah, ihre Müdigkeit und ihr Befremden.

Stumm schüttelte er den Kopf. Was Flori gesagt hatte, ergab keinen Sinn. Doch er war zu erschöpft für ein Wortgefecht. So manches war ihnen eingefallen, gerade Flori, die sich von Lehrern oder Profs nie hatte etwas vorschreiben lassen, und so lange her war das alles noch gar nicht. Allerdings hatten auch sie zum Glück nicht in die Zukunft sehen können.

Priska sprach aus, was ihr Vater dachte: »Früher gab es nun mal keine Flashmobs. Da gab es andere Aktionen in der Öffentlichkeit. Demos, klar. Aber auch von Künstlern organisierte Happenings zum Beispiel. Oder politische Sit-ins.«

»Und jede Menge anderen Kram«, sagte Floriane.

Selbst schuld, wenn du eine Zahnärztintochter heiratest, dachte Merz und trank. Engagement und menschliches Miteinander hatten für Flori einherzugehen mit ordentlichen Einkünften, deshalb war es für sie ausgemacht, dass beide Mädchen, Priska Marie und Linda Annabella, nach dem Abi Medizin, Zahnmedizin studieren würden, wie ihre Mutter, wie ihre Großmutter. Etwas anderes kam gar nicht infrage.

»Ich wäre ja gern mal bei so einem Die-in dabei«, sagte Merz trotzig und stellte sich vor, Bruno und er ließen sich in der Mittagspause an den Magellan-Terrassen mitten unter den ganzen Büromenschen aufs Pflaster fallen, als hätte sie der Schlag getroffen.

»Tot! Zwei Mitarbeiter des *Tag* in der Hafencity zusammengebrochen«, würde die Schlagzeile lauten.

»Nice«, sagte Priska. »Bei einem Die-in hätte ich am Flughafen auch gern mitgemacht, aber das haben die Lehrer natürlich abgeblockt. Gähn! Zu makaber. Abstürze und so. Nine-Eleven. Nicht mal einen Freeze haben die Sicherheitsmenschen vom Flughafen erlaubt. Gähn. Awkward.«

»Einen Fries?« Flori kniff die Augen zusammen, verständnislos schüttelte sie den Kopf.

Hilfesuchend sah Prissy ihn an und verdrehte die Augen.

Merz sagte: »Bei einem Freeze bleiben alle wie eingefroren stehen und bewegen sich nicht mehr. Der Freeze ist das Gegenteil vom Tanz-Flashmob. Stimmt doch, oder?«

Priska nickte. Sie hatte einen stark ausgeprägten Gerechtigkeitssinn, deshalb beugte sie sich zu ihrer Mutter und gab ihr einen Kuss auf die Wange.

»Love you«, sagte sie.

»Danke, wieder was gelernt«, sagte Floriane.

Merz beobachtete seine Frau: ihre Zerknirschung, weil sie sich ausgeschlossen fühlte. So war sie schon als junges Mädchen gewesen. In Floris Augen waren Kinder eine eigene Spezies, auch ihre: »Neandertalernachwuchs«. Sie verstand Kinder nicht, und aus kindlichem Trotz wollte sie sie auch gar nicht verstehen, schließlich hatte sie früher auch keiner verstehen wollen. Kinder waren die Zukunft, aber sonst? Sie machten ihr Angst; über Linda, ihr Elsternkind, sagte Floriane oft, sie sei verrückt.

»Ich finde ja tanzen besser als sterben«, lachte sie. »Wie lang hat das Ganze denn gedauert? So ein Flashmob ist doch meistens eher kurz, dachte ich.«

»Na ja, halbe Minute. Dann kam das Transparent. Und dann war Schluss, und alle haben so getan, als wäre nichts gewesen. Das war noch mal echt krass.«

»Und dieses Transparent«, fragte Merz, »was stand da drauf?«

»Ein kurzer Satz von Wolfgang Borchert«, sagte Priska. Sie zuckte mit den Achseln und stand vom Tisch auf. »Das war nun mal – huhu! – die Vorgabe für den Flashmob-Tag. Heinrich-Heine-Gymnasium: zwei, drei berühmte Worte von Heini Heine. Wolfgang-Borchert-Schule: zwei, drei berühmte Worte von Wolfgang Amadeus Borchert. Gezeichnet: die Schubladenbehörde. Gähn. Awkward.«

»Ordnung ist das halbe Leben«, sagte er überflüssigerweise.

Priskas unerbittlicher Kommentar lautete: »… und die andere Hälfte Arbeit, klar, Papa.«

»Was stand denn nun drauf?«, fragte Floriane.

Ihre Tochter war schon im Flur, als sie noch rief: »Was wohl? ›Sag nein!‹ Gähn. Say no.« Prissy lachte spöttisch, und kurz darauf flog oben ihre Tür zu.

Am Tisch fragte Floriane, als wären sie im Fernsehen: »Noch Salat?« Dabei sah sie ihn an, hob die Hände und flüsterte: »Was ist los mit dir? Muss ich mir Sorgen machen?«

Es lag vielleicht an der Monotonie einer täglich vierundzwanzig Stunden lang abgesicherten Existenz, eher aber an der festgefahrenen Lage, ja der einzementierten Schieflage der späten mittleren Jahre, wenn ein Ehemann und Vater, ein erfahrener Mann wie Raimund Merz praktisch stündlich damit rechnete, dass alles in sich zusammenstürzte und die Trümmer wie Schaumstoff den Bach runtergingen.

Nie beglichene, uralte Rechnungen mussten dafür verantwortlich sein, wenn er drei Tage nach dem ersten Wiedersehen alle Vorsicht über den Haufen warf und auf die Suche nach Inger ging. Bei vollem Bewusstsein und doch wie von Sinnen stürzte er sich kopfüber in ein Wagnis, das ihn von Anfang an zugleich berauschte und verzweifeln ließ.

Hatten sie sich wirklich in Berlin zuletzt getroffen?

An ihrem letzten Abend am Müggelsee war es gewesen, im Garten ihres gemeinsam gemieteten Ferienhauses ein paar Kilometer südlich von Köpenick. Seither hatte es keinerlei Kontakt mehr zwischen Moritz und Inger und Flori und ihm gegeben, und er war all die Jahre standhaft geblieben und hatte nie auch nur den leisesten Versuch unternommen, etwas über Rauchs in Erfahrung zu bringen.

Es gab von früher keine Freunde mehr, die einmal Moritz' und auch seine gewesen waren, und so war der einzige Mensch in seinem Umfeld, der sich an Rauchs noch erinnerte, Floriane, der aber noch weniger als ihm daran lag, über den Verbleib der einstigen Freunde und des Kindes informiert zu sein. Flori war nie gut auf Pippa zu sprechen gewesen, und in ihren Augen hatte sie mehr als triftige Gründe dafür. Wie sollte die Tochter anders sein als die Mutter?

Als Merz an diesem Donnerstag zum allerersten Mal ihre Namen in die Maske der Suchmaschine eingab, war er verblüfft; denn nichts kam dabei heraus. Sie hatten keine Firma, kein Büro oder Atelier. Der große Architekt, der Moritz immer hatte sein wollen, war nicht mal ein kleiner, wie es schien. Und auch Inger war anscheinend weder als Künstlerin oder sonstwie freiberuflich tätig noch irgendwo angestellt. Beide waren sie in fast fünfzehn Jahren nie in Erscheinung getreten, sie waren weder Mitglieder eines Vereins noch bei einem sozialen Netzwerk registriert.

Als Niemand aufzutauchen und als Niemand wieder zu verschwinden war respektabel. Nur konnte man dazwischen wenigstens versuchen, auch für andere da zu sein, jemandem zu helfen oder zuzuhören. Aber wer tat das schon, er selber so wenig wie seine Frau, Flori so wenig wie Inger, die sich genauso stets nur um ihre eigenen Angelegenheiten gekümmert hatte.

Ihre Malerei, ihre Adoptivtante, ihren Mann und später das Kind.

Und Moritz? Was gab er nicht immer an mit der Erfolgsgeschichte seines Vaters, erst recht, als der Tanke-Rauch längst alles verloren hatte! Moritz sah darin die Gelegenheit, jede ihm angeblich aufgepfropfte Unternehmerambition abzuschütteln, und brüstete sich fortan mit erfolgreichem Aufbegehren. Im Internet aber fand Merz kein einziges Foto von ihm und von den einstigen Tankstellen nichts als ein paar grobkörnige Aufnahmen verblasster, halb zerborstener Leuchtstofftafelsammlerstücke, auf denen der lange vergessene Firmenname zu lesen war: Rauch & Kossleck.

Wo wohnte man, wenn man niemand war?

Allem Anschein nach waren zumindest Inger und Pippa irgendwann aus Berlin zurückgekehrt und in den Hamburger Nordosten gezogen, denn weshalb sollte das Mädchen sonst auf eine Schule am Alsterlauf gehen?

Pippa war die Einzige, über die sich etwas herausfinden ließ. Offenbar war sie eine Zeit lang Kunstrad gefahren. Sie hatte ihre Plüschhundesammlung fotografiert und alle Bilder sorgfältig untertitelt und nach Größe und Farbe sortiert auf die Webseite einer Stofftierbörse geladen. Hatte Moritz ihr dabei geholfen? Es war wirklich rührend. Zumal man auf mehreren der süßen Fotos im Hintergrund die Mutter der kleinen Hundenärrin sah. Die Frau mit den lachenden Augen, über denen noch immer der alte schöne Schatten lag, war eindeutig Inger.

Aufgewühlt und reizbar, seit er am Morgen die Fotos im Netz gefunden hatte, aß Merz an diesem quälend heißen Donnerstag mit Bruno DeWitt in der Hafencity zu Mittag. Er ärgerte sich, ohne das Bruno zu sagen, über einen Aschenbecher vor ihnen, der unter seinem Deckel offenbar vor sich hin kokelte und einen üblen Geruch verbreitete. Es war dieser stinkende Ascher, mit dem kurz darauf ein abenteuerlicher Nachmittag begann.

Bruno berichtete von der Reportage, an der er schon seit Wochen schrieb. Die Landschaftsmalerei der Schule von Barbizon, zum Verzweifeln. Viel zu lange hatte er die notwendigen Recherchen vor sich hergeschoben.

»Ich lebe eigentlich Mitte des 19. Jahrhunderts«, sagte er. »Und um mich rum«, er breitete die Arme aus, »das kann nur der Wald von Fontainebleau sein.« Bruno stand auf. »Ich sehe ständig Felder vor mir, einen Hohlweg oder eine Baumgruppe, und zugleich weiß ich, die gibt es bloß auf alten Gemälden, bei Daubigny und Rousseau. Wie Gott sie schuf, liegt nachts die entzückendste Frau neben mir, und was mache ich? Ich denke nach über Antoine Chintreuils Wolken.«

»Du findest Fritzi Feddersen entzückend?« Merz war fassungslos. »Das meinst du nicht im Ernst. Sie ist keine Frau, sondern unsere Justiziarin.«

»Sie ist beides, Raimund Merz.«

Nur selten war Bruno derart humorlos. Seufzend verschwand er nach drinnen zur Toilette, und sofort schraubte Merz den Aschenbecher auf, um nachzusehen, was darin qualmte, »pöserte«, wie man in Hamburg sagte. Die Namen der Maler, die Bruno erwähnt hatte, schwirrten ihm wie Möwen durch den Sinn, für ein paar Augenblicke bedauerte er, dass er weder von Daubigny oder Rousseau noch von diesem André oder Antoine Chintreuil irgendein Gemälde kannte. Der Wald von Fontainebleau. Wo lag der?

Aus dem Ascher kam der Gestank nicht. Er war mit Chromlack überzogen, Merz sah sein Gesicht darin gespiegelt, das Himmelsblau und tatsächlich Wolken. Er tauchte eine Fingerspitze in den grauen Puder zwischen den Kippen; und wie früher, als wäre er wieder sechzehn, bestrich er sich einem plötzlichen Impuls folgend mit der Asche links und rechts die unteren Lider, so wie manchmal mit Moritz in der Pause auf dem Schulhof, wenn sie einen ihrer Lehrer hatten verunsichern wollen. Bruno kam zurück, er setzte sich. Merz nahm die Hand von den Augen und betrachtete den Freund, mit möglichst mattem Blick, wie ein Gespenst im hellblauen Hemd.

»Na und, sie ist Justiziarin, Himmel. Und lass du dir gesagt sein, es ist nur gerecht, dass ein so wundervolles Wesen wie Fritzi Feddersen auf dieser gegen die Wand gefahrenen Welt lebt. Denn ohne Menschen wie sie wäre das Leben ... – meine Güte, du siehst ja aus wie der Tod!«

Kein Wunder. Wenn er je gelebt hatte, war das lange

her. Wäre er aufrichtig gewesen, hätte er das zu Bruno sagen müssen. Stattdessen blickte er ihn aus vorgetäuscht tiefen Augenhöhlen nur an. Merz lächelte erschöpft. Er litt.

Wenig später war er für den Rest der Bürowoche entschuldigt. Melly, der Sekretärin, musste er versprechen, sofort zu seinem Hausarzt zu gehen. Er spürte die mitleidlose Neugier seiner Kollegen, die ihm alles Gute wünschten, ohne zu wissen, was das war. Bruno legte ihm den Arm um die Schultern. Das zum Beispiel! Er brachte ihn nach unten vor die Tür, wirkte nachdenklich und war einsilbig, und Merz wusste – oder ahnte –, warum. In vier Tagen sollten sie zusammen nach Stuttgart fahren, damit Bruno in der Staatsgalerie den Kurator einer Ausstellung interviewte und sich für die Reportage ein paar Gemälde ansah. Impressionisten. Der Kurator, Kullmann, war angeblich eine Ausnahmeerscheinung, jung, omnipräsent, dabei alles andere als ein Karrierist. An ihrem letzten Abend würden sie sich außerdem das Pokalspiel des HSV bei den Stuttgarter Kickers ansehen. Die Kickers waren zwar nur ein Viertligist, doch dort einen hohen Sieg einzufahren würde den Hamburgern nach einem verhunzten Saisonauftakt vielleicht Auftrieb geben. Nach Brunos Ansicht wäre alles andere lachhaft, rein zum Weinen.

Außer zu einem Spiel zu gehen, das ihn nicht sonderlich interessierte, hatte Merz in Stuttgart eigentlich nichts zu tun. Er machte keine Fotos, kannte sich mit Aufnahmegeräten nicht aus, hatte für Museen noch nie besonders viel übriggehabt, und auch Schwaben oder Baden, der Neckar und die Kinzig waren ihm schnuppe. Er würde auf dieser Reise überflüssig sein, obwohl kaum überflüssiger als sonst. Weder hatte er eine Aufgabe noch irgendeine Funktion, außer Herrn DeWitt zu begleiten. Der hatte darauf bestanden, dass Merz mitkam, und selbst die Stadionkarten hatte er Melly als Spesen untergejubelt.

»Also Montag?«, fragte Bruno und sah dem Freund tief in die aschgrauen Augen.

»Tue mein Bestes«, sagte Merz schwach. »Fritzi Feddersen und unsere gegen die Wand gefahrene Welt, das muss ich erst verkraften.« Damit ging er. Aber er hob noch kurz die Hand und rief Bruno zu: »Wir sehen uns Montagmorgen am Bahnhof. Gespenster halten Wort.«

Floriane schrieb er, dass er sich den Nachmittag frei genommen hatte und spazieren ging, in Planten un Blomen oder auf dem Friedhof Ohlsdorf. Vielleicht sah er in der Staatsbibliothek vorbei.

In den vergangenen Jahren hatte er für den *Tag* einige Artikel über neueste Erkenntnisse der Insektenforschung geschrieben, die von der Verlagsleitung und von Chefredakteurin Mareike Kennedy gut aufgenommen worden waren. Ein renommierter Hamburger Wissenschaftsverlag hatte daraufhin den Kontakt zu ihm gesucht und erwog offenbar ernsthaft, seine entomologischen Elaborate in Buchform herauszubringen. Niemand außer Flori und Bruno wusste davon.

»Bin am Abend zur üblichen Zeit zu Hause«, schrieb

er, aber wie in letzter Zeit üblich antwortete Floriane nicht.

Er nahm die U-Bahn zu der Station, an der sein Wagen stand. Mit dem Phoebus fuhr er dann aber nicht nach Westen, wo sie wohnten, sondern quer durch die Stadt in die entgegengesetzte Richtung, über die Uhlenhorst, durch Winterhude, Alsterdorf und Ohlsdorf hinauf ins Alstertal.

Nördlich des Parkfriedhofs war die Alster ein schmales Flüsschen und schlängelte sich durch schattige, am Nachmittag menschenleere Auenwälder hinunter zur Innenstadt. Unter Sommereichen unweit des Ufers parkte er so, dass er jede Schülerin, die aus dem Haupteingang ins Freie kam, genau sah, dabei aber selbst unbemerkt blieb. Er tat, worin er Fachmann war, er verhielt sich vollkommen unauffällig. Ein Mann, um die fünfzig, an sein Auto gelehnt. Er tat, als würde er telefonieren, er, der seit Jahren nicht mehr telefonierte. Auf dem Display rief er eine Landkarte von Frankreich auf und zoomte sie groß. Von Besançon ging es nach Nordwesten, vorbei an Dijon, Auxerre und Montargis Richtung Versailles. Zwischen Nemours und Évry lag der Wald von Fontainebleau.

Er hatte Zeit. Fünfzehn Jahre lang hatte er auf diesen Tag hingelebt, still und so heimlich, dass er es beinahe selber nicht wusste, und deshalb wartete er gleichmütig, jedenfalls ohne nervös zu werden, ja im Grunde kaltblütig zweieinhalb Stunden lang vor der Andreas-Gryphius-Schule, bis Pippa herauskam.

Allem Anschein nach hatte sie Sport gehabt: Ihre Haare waren noch nass vom Duschen. Sie war nicht allein, zusammen mit sechs oder sieben Mitschülerinnen, die alle eine Sporttasche abstellten oder fallen ließen und die alle ähnlich dürr, ähnlich langhaarig und ähnlich hübsch waren, stand Pippa im goldengrünen Licht unter den Bäumen vor dem Schulpavillon und wartete, bis sie an der Reihe war, den anderen irgendein Bildchen auf ihrem Smartphone-Display zu zeigen. Alle kicherten. Sie klangen wie Vögel.

Alle hatten sie ganz ähnliche Stimmen. Sie waren alle gleich! Aber das schien nur so. In Wirklichkeit waren sie es nicht, und in Wahrheit unterschied sich jedes der Mädchen in beinahe allem von den anderen. Alle hatten sie ihre eigene Geschichte, ihre Ängste, ihre Sehnsüchte. Und alle ihr Leben vor sich. Keins würde dem anderen gleichen, auch wenn man ihnen das Gegenteil wieder und wieder weismachte. Kurz stellten sich ein paar Jungs zu ihnen. Deren Frisuren waren das einzig Auffällige an ihnen, als hätten sie blonde Helme oder Mützen auf. Schon trotteten sie weiter, linkisch und schlaksig, und Merz blickte ihnen nach, als sie auf dem Parkplatz durch die Sonne und an ihm vorbeistapften. Fast genauso alt waren Moritz, Flori und er gewesen, als damals ein dänisches Mädchen in ihr Dorf und dort zu seiner Tante zog. Ingers Eltern waren wenige Wochen zuvor beim Segeln auf der Ostsee ertrunken. Er erinnerte sich, wie sie ihm in ihrem so klaren Englisch davon erzählt hatte. *Solsort* hieß das Boot, auf Dänisch bedeutete das Amsel, und Inger sagte, bei jeder Amsel, die sie sah, denke sie an ihre Eltern. Sie saßen vor der Turnhalle im Schneidersitz auf dem von der Sonne aufgewärmten Asphalt und warteten auf die anderen. Inger Rasmussens Gesicht war voller Sommersprossen gewesen.

Er hielt sich hinter einem Forsythiengebüsch verborgen. Pippa und ihre Freundinnen griffen sich ihre Taschen, dann gingen sie zu einem Fahrradunterstand ganz aus Wellblech, wo sie ihre Räder aufschlossen. Schon gondelte ihr kleiner Pulk los, und Merz musste sich entscheiden, wie es weiterging.

Sollte er ihr nachfahren?

Deswegen bist du doch hergekommen.

Also los! Er stieg in den Phoebus. Er fuhr, den Mädchen hinterher. Herausfinden, wo und wie sie lebte. Wissen, was aus Inger und Moritz geworden war. Nein. Nein, das war nicht der wahre Grund. So wäre es vielleicht gewesen, hätten sie sich in Berlin getrennt, wie Leute sich trennten, weil sich die Dinge nun mal änderten und das Leben trotzdem weiterging. Aber so war es nicht. Die Dinge hatten sich geändert, und das Leben war nicht weitergegangen. Es hatte nur den Anschein gehabt.

Eins der Mädchen führte am Lenker ein leeres Fahrrad neben sich her, schon lange hatte er das nicht mehr gesehen. Und wie früher schon, als er selbst noch so jung gewesen war, freute ihn, das zu sehen, es erinnerte ihn an ein paar Reiter, die er irgendwann mal – in der Nähe des wilden Gartens – dabei beobachtet hatte, wie sie zwischen ihren Pferden ein Fohlen mitführten, auf dem aber natürlich niemand ritt.

Der Heimweg der Mädchen verlief entlang einer nicht enden wollenden Kastanienallee, die dem Alsterlauf folgte und auf der abendlicher Pendlerverkehr eingesetzt hatte. So wie am westlichen Stadtrand, wo Floriane, Priska, Linda und er lebten, wälzten sich auch im Nordosten die Blechkolonnen tagtäglich unter den teilnahmslos vor sich hin rauschenden Bäumen hindurch, morgens stadteinwärts, abends wieder hinaus, dreihundert Tage und öfter im Jahr immer dasselbe. Die Jugendlichen schien es nicht zu kümmern. Sie hatten es nicht eilig und gondelten so dahin. Auf einmal aber bogen die Fahrräder ab, die Mädchen verschwanden zwischen lauter abgestellten Autos, die eine ganze, sacht eine Anhöhe hinaufführende Straße in eine einzige Blechhalde verwandelten. Unvermittelt fand sich Merz in einer Siedlung mit hunderten englisch anmutenden, weißgetünchten und beinahe vollkommen identischen Doppelhäusern wieder.

Langsam, in sicherem Abstand, folgte er dem Pulk. Ein erstes Mädchen verabschiedete sich, und alle übrigen winkten und riefen der Schulfreundin noch etwas nach. Es war ein ruhiger, fast dörflicher Stadtteil, den er nicht kannte. Eine Katze überquerte ohne Eile die Straße. Berberitzenhecken umgaben Vorgärten mit symmetrisch gestutzten Weidenbäumen, aus deren Kronen hier und da eine Schaukel herabhing. In den Carports und Auffahrten parkten Familienkutschen, nicht selten ein neuer Phoebus. Sie lebt in einer Siedlung für Phoebusfahrer wie mich, dachte Merz, in einer Phoebussiedlung! Es gab Fahnenmaste. Es gab Gartenhäuser. Es gab Baumhäuser. Es gab Kanus und Kajaks unter Kanu- und Kajakabdeckungen. Es gab mit bunter Kreide auf den Asphalt gemalte Kopffüßer. Floriane hätte es als Neandertalersiedlung bezeichnet und sich darüber mokiert, zumal wenn sie gewusst hätte, dass auch Inger und Ingers Kind und vielleicht ihr Mann hier wohnten. Aber Merz hatte von den Neandertalern ohnehin eine abweichende Ansicht, seit im Radio berichtet worden war, dass sie sich vermutlich über Gesänge miteinander verständigt hatten, über ihre schönen Neandertalermelodien.

Das leere Fahrrad, das eins der Mädchen neben ihrem herschob, im Grunde, dachte Merz, könnte darauf genauso Prissy sitzen. Er war froh, als das Mädchen abstieg und sich verabschiedete und die anderen weiterfuhren.

Von da an waren sie nur noch zu dritt, und Pippa fuhr in der Mitte, auf einem blauen Hollandrad mit überall darauf lackierten weißen Wolken und je einem Korb am Lenker und auf dem Gepäckträger. An einem Kreisel, von dem mehrere völlig gleich aussehende Straßen abzweigten, blieb das Trio stehen. Die beiden anderen Mädchen umarmten Pippa, dann trennten sie sich, um in unterschiedliche Richtungen davonzufahren. Und auch er fuhr wieder an und weiter Ingers Tochter hinterher. Jetzt war sie allein, und als gäbe es einen Zusammenhang zwischen dem Kind und dem Licht, fiel Merz auf, dass es schon fast Abend war. Die Septembersonne stand tief jenseits hoher alter Bäume, die ein Wäldchen bildeten, um das erst Pippa

und dann auch er herumfuhren. Er folgte dem Wolkenfahrrad durch immer schmalere Wohnstraßen und ach-
tete mit jeder Minute vorsichtiger darauf, einen Abstand
einzuhalten, der das Mädchen gar nicht erst Verdacht
schöpfen ließe.

Dann war es auf einmal so weit. Innerhalb eines einzigen
Augenblicks endeten die ganzen Jahre. Am Rand des
Wäldchens standen Einfamilienhäuser im Schatten gro-
ßer, schwer belaubter Kastanien, dort lenkte Merz den
Phoebus um eine Kurve, musste kurz stoppen, fuhr wei-
ter und stellte fest, dass Pippa verschwunden war.

Es gab nur vier Häuser, die infrage kamen, und alle
sahen sie fast identisch aus. Doch er brauchte gar nicht
lange zu suchen. In der Garagenauffahrt des zweiten
stand das weiß getüpfelte Fahrrad, und auch wenn von
dem Mädchen selbst nichts mehr zu sehen war, konnte er
sich sicher sein, Pippas Zuhause gefunden zu haben. Fünf
gusseiserne Buchstaben prangten an einem um das Haus
laufenden weißen Mäuerchen: Rauch.

Er wendete am Ende der Sackgasse, beobachtet von
einem Jungen, der dort auf dem Bürgersteig stand und
ihm vorkam wie ein Abbild von Moritz im Jahr 1973.
Während der Phoebus lautlos an dem glotzenden Knirps
vorüberglitt, blickte ihm Merz in sein Mondgesicht: Das
Kind verzog keine Miene. Es war ein dicklicher kleiner
Kerl, sommersprossig, stupsnasig, bebrillt und mit einer
Zahnspange ausgerüstet, über die ab und zu seine Zun-
genspitze leckte. Wie oft hatte der Junge sie gesehen? Für

ihn war Inger einfach die Nachbarin, Frau Rauch, und ihr Mann Moritz vielleicht ein Freund seines Vaters, jedenfalls kein Fremder, und Pippa passte womöglich auf ihn auf, wenn seine Eltern abends essen gingen, ab und zu bestimmt zusammen mit den Rauchs. Mit dieser Vorstellung fuhr Merz langsam, ohne dem Haus und seinem Mäuerchen weiter Beachtung zu schenken, zurück in die Siedlung, und als würde es aus ihrer Mitte aufragen in den Himmel, stand ihm noch lange das Kastanienwäldchen vor Augen.

Bis er zu Hause in Sülldorf sein musste, weil sich Floriane sonst Sorgen machte oder ihr etwas spanisch vorkam, blieb noch Zeit. Beim *Tag* begann Bruno jeden Abend gegen halb sechs, den täglichen Kaffeebecher- und Pappschachtelmüll vom Schreibtisch zu räumen. Donnerstag. Linda ging seit Kurzem donnerstagabends zu einem Therapeuten, der, wie sie sagte, mit ihr über das redete, was in ihrem Leben nicht ihr gehörte. Prissy machte sich währenddessen um halb sechs auf den Weg zum ihr verhassten Hockeytraining. Ebenfalls donnerstagabends erledigte Floriane in der Ferdinandstraße die Praxiskorrespondenz, für die unter der Woche keine Zeit war, weil ihr die Leute mit Parodontitis und lockerem Zahnhalteapparat die Bude einrannten. An einem gewöhnlichen frühen Donnerstagabend lief Raimund Merz über die Fleetufer vom Büro zum Hauptbahnhof, stellte sich für eine Viertelstunde auf einen stilleren Fernzugbahnsteig und überließ sich für eine Viertelstunde seinen Gedanken. Hierin lag sein Glück. In diesen Minuten hatte er kein Alter, keine Pflichten, keine Fehler, keine Pläne, keinen Kummer. Von April bis Oktober konnte man sich fast sicher sein, dass ein leicht rosiges Licht die Bahnsteighalle erfüllte, und im Winter, wenn es meist zu trüb dafür war, reichten ihm die Erinnerungen an die Feldmark und die Vorfreude auf das kommende Frühjahr.

Dieser Donnerstag aber war kein gewöhnlicher. War es überhaupt ein Tag? Er kam ihm wie aus der Zeit gefallen vor, und deshalb verdiente er auch eine andere Bezeichnung als ein x-beliebiger Tag, der nach dem Donnergott hieß. Es war ein Phoebustag. An diesem Abend nämlich war er weit entfernt von Hauptbahnhof und *Tag*-Redaktion unterwegs mit dem Phoebus. Je später er auf den Ring fuhr, umso weniger dicht wäre dort der Verkehr.

Er musste was essen, ein Unterzuckerungsgefühl stieg in ihm auf, er wurde ungehalten, schön, endlich! War das nicht in Wirklichkeit ein Hochgefühl? In eine Birne, einen Apfel hätte er auf der Stelle die Zähne geschlagen und alles hinuntergeschlungen, Stiel und Kerne, Vorsicht, ein Obstvernichter am Steuer! Und zu einem, der darüber den Kopf geschüttelt hätte in einem popeligen Lexus oder Prius Plus an der Ampel neben seinem Sonnenwagen, hätte er rübergerufen: »Na, Grubengaul, wieder krummgeschleppt heute?«

Das glotzäugige dicke Kind in Ingers Straße hätte er nicht einfach so davonkommen lassen sollen.

»He, willst du Raumschiffkapitän werden?«

Der Junge hätte vielleicht genickt, bestimmt aber gestaunt, von einem Dahergelaufenen durchschaut zu werden.

»Daraus wird nichts! Du wirst Bankangestellter, leider kann ich hellsehen«, hätte Merz gesagt oder sagen sollen.

Erfüllt von Heißhunger auf etwas Süßes, trieb es ihn durch den ehemaligen Dorfkern, der nun »Einkaufsdorf« hieß und das Zentrum des Stadtviertels an der noch immer grünen Peripherie bildete. Dort stand eine Backsteinkirche, an deren rotem Türmchen ein schlaffes Refugees welcome-Banner hing. Es gab eine Sparkasse, in der der dicke Junge seine Ausbildung würde machen können, eine Post, einen Italiener, eine Bäckerei mit Namen »Bäckerei«, ein paar Läden und ein Eiscafé, vor dem wie vom Himmel gestürzt lauter Kinderfahrräder und Roller auf dem Bürgersteig lagen.

Es gab kein Entrinnen. Zorn und Aufgewühltheit machten höchstens die Schranken deutlicher, gegen die einer wie er mit dem Kopf voran anrannte. Existierte denn eine Mauer, die sein Leben umgab, sein Haus, die Stadt, das Land? Nein. Oder ein freies, offenes Feld, auf das man jubelnd hätte hinausgelangen können? Nein. Wo war alles besser, lichter, freier und anders? Nirgends? Ja. Und das hieß?

»Druckertankstelle«, sagte Merz laut. Das stand über einem der Geschäfte.

Druckertankstelle. Im Grunde war alles zum Weinen.

Zum ersten Mal kam ihm der Gedanke, dass Linda die Sachen ihrer Mitschüler vielleicht deshalb an sich nahm, weil sie die Dinge in ihrer Unglückseligkeit durchschaute und verschwinden lassen wollte. War das möglich?

Hab keine Angst, sagte er sich, als er parkte, und seltsam, dieser Gedanke erleichterte ihn.

In der »Bäckerei« waren die beiden Bäckereifachverkäuferinnen, eine junge und eine ältere, am Zusammenräumen und Ausfegen. Nur noch wenige Brote lagen in den Regalen, darunter die Schüttfächer für Schrippen und andere Brötchen waren schon leer.

Durch die Tresenscheiben betrachtete er das restliche Gebäck, übrig gebliebene Florentiner, Nussecken, Plundertaschen, Makronen und Amerikaner, schillernd in gelbgoldenem Licht. Fast alles sah klebrig aus und unappetitlich, und die paar Kuchen- und Tortenstücke, die noch auslagen, wirkten wie in der Hitze immer wieder zerflossen und von den beiden wortlos vor sich hinarbeitenden Verkäuferinnen mühsam ein ums andere Mal zusammengeschoben.

»Was darf es sein?«

Dutzende Wespen krabbelten über die glasierten Kekse, Striezel und Schnecken. Man sah die Schleifspuren ihrer Hinterleiber im Zuckerguss, die Abdrücke ihrer Hakenbeine und die Löcher und Lücken, die ihre Zangen in den Mürbeteig rissen.

»Sie wünschen bitte?«

Es waren große, kleinere, ältere und junge Tiere. Auf Anhieb erkannte Merz mindestens drei verschiedene Arten.

Er blickte der Verkäuferin ins Gesicht, konnte darin aber keinerlei Regung erkennen. Ausdruckslos sah ihn die junge Frau an, und Merz fragte sich, ob er auf sie wohl den gleichen Eindruck machte. Er stellte sich vor, wie diese Auszubildende mit langem Hals und dürren Armen Stammkunden bediente, etwa Inger, die ein Graubrot verlangte. Oder wie am Sonntagvormittag Herr Rauch mit den letzten zehn quer über den Schädel gekämmten Haaren die wie üblich am Vortag bestellten Frühstücksschrippen abholen kam, mit dem Trekking-Rad, in Begleitung Pippas. Sie nannte ihn Moritz. Und er das Kind seinen Spatz. »Mauerritze« hatte Pippas Mutter früher zu ihm gesagt, sobald der gemeine Moritz aus dem allseits beliebten Moritz hervorkroch.

»Moritz ... Maurids ... Mauerritze!«, hatte sie gesungen.

Die meisten waren Deutsche Wespen. Aber auch einige Sächsische und ein paar Feldwespen hatte der süßliche Geruch in die Bäckerei gelockt. Sie mussten unten am Fluss oder drüben auf dem Friedhof ihre Nester haben. Auch ein paar Schwirrfliegen gab es, aber die waren allesamt tot, geköpft, zerschnitten, avocadogleich halb ausgehöhlt und verspeist von den Wespen. Wäre sie so groß wie ein Bussard, hatte Merz in einem seiner Hautflügler-Artikel geschrieben, die Sächsische Wespe könnte mit ihren Zangen ein Fahrrad in Stücke reißen. Die sich hierher verirrt hatten, wirkten abgekämpft und entkräftet. Schon seit Stunden suchten sie nach dem Ausweg aus der Zuckerhölle.

»Keinen klaren Gedanken kann man fassen bei so einer Gluthitze«, sagte er in der Hoffnung, damit sein Zaudern zu entschuldigen. »Oder kommen viele Leute zu Ihnen und kaufen frisch und munter ein Graubrot?«

Der erleichterten Verkäuferin huschte der Anflug eines Lächelns übers Gesicht. Sie wischte sich den Schweiß von der Stirn, als wäre das eine Antwort.

Entweder sie wusste keine oder wollte keine geben.

»Geben Sie mir … eine Rosinenschnecke bitte.«

Die Feldwespe ernährte ihre Larven nicht mit Fliegenfleisch wie die Hornissen und die meisten anderen Wespenarten, sie verfütterte ausschließlich Bienenhonig.

Er zahlte und bedankte sich. Doch anstatt zu gehen, blieb er vor dem Tresen stehen und blickte die Verkäuferin teilnahmslos an.

Sie hatte eingefallene Wangen. Was dachte sie? Hau ab, weg, mach, dass du wegkommst?

Nichts fürchteten Honigbienen mehr als Honig witternde Wespen.

Er fragte die junge Frau, wie weit es zu Fuß bis zum Alsterufer sei.

Sie schüttelte den Kopf und blickte ihn entgeistert an.

Aus dem Hinterzimmer, wo früher vielleicht die Backstube gewesen war und ein Bäcker ab drei Uhr in der Früh backte, Brötchen und Brot, rief ihre ältere Kollegin, die dort unvermindert mit dem Besen herumrumorte: »Am Kreisel rechts runter, dann sieht man schon das Wasser – wenn noch welches da ist!«

Sie lachte.

Und die Auszubildende kicherte.

»Heuschrecke«, sagte Merz zwar leise, aber vernehmlich, und riss dabei die Augen so weit auf, dass sie ihn fassungslos anstarrte. Wieder draußen in der Hitze, sah er sie durch das Schaufenster, in dem der Zucker zerfloss; nach Feierabend schaufelte sie ihn mit einer angewiderten Grimasse in den Müll. Arme, verängstigte Gebäckheuschrecke.

Im Schatten unter den Uferbäumen war es merklich kühler. Dennoch führten nur vereinzelte Leute ihren Hund aus oder gingen spazieren, und es joggte auch kaum jemand.

Über die Wege flimmerten die Muster des Lichts, das durch die dichten Baumwipfel bis auf den Erdboden fiel. Die unten in der Stadt zu zwei Seen aufgestaute Alster war hier oben im Hamburger Nordosten an ihren schmalsten Stellen nicht breiter als ein Feldweg. Steinerne kleine Brücken überspannten das Flüsschen. Erstaunlich schnell floss es dahin, morastig braun in der Sonne, unterm Blätterdach der Birken und Eschen hingegen dunkelgrün und golden leuchtend.

Im Gehen griff Merz immer hastiger in die Papiertüte und riss sich süße Happen von der klebrigen Schnecke, und er genoss es, sich dann jedes Mal neu den Zuckerguss von den Fingern zu lecken. Stundenlang hätte er so weiterlaufen können, allein mit sich, in diesem schönen Licht, in diesem angenehm kühlen Schatten am Ufer der ihren Blumenvasengeruch verströmenden Alster, mit dem Ausblick – gleich, ob er ein trügerischer war –, sein Leben endlich in die eigene Hand nehmen und die Dinge wohin auch immer biegen zu können. Als er aufgegessen hatte, zerknüllte er die Tüte in der Faust und bewarf mit dem Knäuel ein paar vorüberschwimmende Enten, die sich auf der Stelle über das Papier hermachten und es wie von Sinnen zerfetzten. War das zu fassen? Erschüttert, weil er merkte, wie ihm die Tränen kamen, blieb er stehen.

Die Enten schwammen weiter, und was von der Tüte übrig war, das ging unter und löste sich im Wasser auf, während er am Ufer stand, die zerstörerische Gier auf sich bezog und dem Kummer und Unmut, die er seit Tagen zurückdrängte und totschwieg, nichts mehr entgegenzusetzen wusste. Er war maßlos wütend. Aber zugleich verspürte er eine abgrundtiefe Traurigkeit. Wäre er in diesem austrocknenden Auenwäldchen tatsächlich allein gewesen und nicht noch immer übervorsichtig, um ja kein unnötiges Aufsehen zu erregen, er hätte laut losgeheult.

In diesem Zustand, der ihn außer sich sein ließ und doch ganz bei sich, ging ihm Floriane durch den Sinn. Was war der Grund dafür, sein schlechtes Gewissen, weil er Inger so unverfroren nachstieg? Er hatte kein schlechtes Gewissen. Er hatte fast ein Drittel seines Lebens auf diese Gelegenheit gewartet. Dennoch fühlte er sich seiner Frau mit einem Mal so verbunden wie seit Jahren nicht mehr. Wäre nur eine Übereinkunft mit ihr möglich! Aber nicht mal aussprechen konnte er sich mit Flori. Dabei war er sich sicher, dass sie beide noch immer der zornige

Kummer verband, der sie vor so langer Zeit ein Paar hatte werden lassen.

Merz erinnerte sich an die heftigen Tumulte, nachdem Inger schwanger geworden war und ihre Viererfreundschaft am Müggelsee auseinanderbrach. Er dachte an die Zeit zurück, als Jahre später ihre Jüngste ein Baby war und abgesehen von ein paar Stunden am Nachmittag, wenn die Kleine erschöpft schlief, von morgens bis abends und fast jede Nacht aus Leibeskräften schrie. Linda brüllte, schien ihnen, wie kein Kind je gebrüllt hatte. Um zu schreien, schien sie auf der Welt zu sein. Es gab kein Gegenmittel, nichts und niemand konnte ihnen helfen. Durch nichts ließ sich das kleine Mädchen davon abbringen, seinen Schmerz, seine Verzweiflung oder was immer es war, der Welt entgegenzubrüllen. Sie verbrachten diese Monate in dumpfem Schweigen nebeneinander, zermürbt von einem Lärm, der nicht furchtbarer gewesen wäre, hätten sie in einer Wellblechhütte unmittelbar neben der Autobahn gelebt. Flori entdeckte schließlich wenigstens für sich eine stille Nische, indem sie sich täglich für ein paar Stunden hinter zwei Feuerschutztüren in einem lärmdichten Kellerraum verbarrikadierte. Während sie unten döste, ein kieferchirurgisches Fachjournal las oder einfach nur die weiße Wand anstarrte, ging er mit verstopften Ohren oben im Flur hin und her. Alles im Haus vibrierte, wenn das Baby brüllte. Priska, die drei war, bekundete des Öfteren ihre Verwunderung darüber, wie still die Welt war, sobald man draußen vorm Haus stand. Er hatte Lindy auf dem Arm und blickte aus vor

Müdigkeit schmerzenden Augen fassungslos in den brüllenden Kinderrachen. Sein schreiendes Kind war von unbändiger Kraft. Alles, was es war, setzte es in jedem Moment aufs Spiel. Etwas stimmt nicht, schien ihm Linda schon als kleiner Wurm mitteilen zu wollen, etwas kann nicht richtig daran sein, dass ich nicht mehr dort bin, wo ich selig war.

Blicklos, mit nach innen gekehrten Augen, saß Merz in seinem vor der Druckertankstelle parkenden Hybridauto und überließ sich seinen Erinnerungen. Damit die Klimaanlage die stickig heiße Luft im Wageninnern kühlte, stellte er den Motor an, und es dauerte nicht lang, da kam auf dem Gehweg ein verhutzelter Rentner vorbei und forderte ihn mit zwar stummen, aber abfälligen Gesten beharrlich dazu auf, zu verschwinden und nicht länger die Luft zu verpesten.

Durch die Windschutzscheibe sah Merz den Alten lange an, bewegte sich aber nicht. Erst als der Mann anfing zu pöbeln, zeigte er ihm die Faust, spreizte den Daumen ab, dann den Zeigefinger und zielte auf ihn wie mit einer Handfeuerwaffe, ehe er so lange auf die Hupe drückte, bis der erschrockene Greis fluchend das Weite suchte.

Merz ließ das Seitenfenster hinunter. »Ist was, bucklige Brotspinne?«, schrie er dem Rentner nach. »Bist du der, dem hier die Luft gehört? Mach, dass du wegkommst, du Luftbesitzer, oder ich fahr dich über den Haufen! Glaubst du nicht? Dann komm her, stell dich vor meinen Kühler! Ich fahr dich platt, so platt wie ein Blatt.«

»Raimund, bist du das?«

Merz war sich nicht sicher, ob er richtig gehört hatte. Eine ihm unbekannte Frau rief nach ihm, eine Fremde mit allerdings vertrauter Stimme. War das möglich?

»Was machst du? Hör doch auf, was soll denn der Lärm!«

Wer rief da, wer war die Frau?

Er hatte sie nur im Augenwinkel gesehen. Jetzt blickte er über die Schulter und sah dort auf dem Bürgersteig neben seinem Auto Inger stehen. Sie beugte sich zu ihm hinunter. Sie trug enge Jeans, ein ärmelloses grünes Top und im Haar ein zum schmalen Band gefaltetes weißes Tuch. Sie hatte einen leeren Einkaufskorb dabei, er baumelte ihr von der Armbeuge.

Sie war eine Einbildung. Ein Phantom im Einkaufsdorf.

»Mama, wer ist der Mann?«, fragte das Mädchen, das hinter Inger stand und einen jungen Hund mit auffällig langen Beinen an der Leine führte. Der Hund bellte, er war rötlich braun, fast wie ein Fuchs, er kläffte in seine Richtung, und als Merz endlich aufhörte, wie besessen auf die Hupe zu drücken, erkannte er auch, dass das Mädchen Pippa war.

Ihm wurde bewusst, dass der Motor des Phoebus lief. Er konnte fahren, einfach wegfahren, ganz gleich, wohin.

»Sleipy, hör auf, sei jetzt ruhig. Aus, Sleipner!«, sagte das Mädchen zu dem Hund.

»Raimund, was machst du hier?«, fragte die Frau, die

wie Inger aussah; sie blickte durch das Seitenfenster zu ihm herein, sie war keine Armlänge entfernt.

Merz starrte auf das weiße Band in ihrem Haar. Es war mit Blumen bestickt, kleinen bunten Blütenblättern.

Sleipner... der Name, er passte gar nicht zu einem so jungen Hund, so einer spiddeligen Töle... Mit diesem Gedanken gab er Gas – oder Strom –, und der Phoebus, der sonst nur so dahinsurrte, sprang aus der Parklücke. Er war der Fahrer eines Hybridfluchtwagens. Er raste davon, kachelte die Straße runter, weiter, immer weiter durch die Siedlung, aufgewühlt, aufgebracht, fluchend erst, dann stumm, und als er nicht länger floh, glitt er durch ein anderes, ihm genauso unbekanntes Viertel am nordöstlichen Stadtrand, Sasel oder schon Berne, er versuchte nicht zurückzudenken, sondern auch diese Begegnung zu vergessen, die zweite mit Inger innerhalb von vier Tagen, und hielt sie, als er dann irgendwann auf dem Weg nach Hause war, wirklich für nie geschehen.

Er hörte Musik im Auto, hingebungsvoll lauschte er jedem Lied eines alten Cure-Albums und dachte dabei nach über alles Mögliche, nur nicht über Frauen, Töchter, Vergangenheit, Jugend, sondern ganz andere Dinge. Was treibt die Wespen an, dachte Raimund Merz, ist es denn nicht Sehnsucht? Ein Verlangen nach Besänftigung, das unbedingt gestillt werden will?

Später hatte er mit Floriane und Priska auf der Terrasse gegessen, und am violetten Himmel waren Wärmegewitter aufgezogen, die bei Einbruch der Dunkelheit kühlen

Wind vor sich hertrieben und mit weithin sichtbaren Blitzen und lautem Donnern von Westen den so lange ersehnten Regen brachten. Im Garten wogten die Baumwipfel. Geisterhaft peitschte es die Schlehen und Johannisbeerbüsche im Wechsel mit ihren Schatten hin und her. Windwellen liefen durch die Hecken, ehe sie übersprangen auf das Gras. Quiekend vor Freude an der eigenen Bangigkeit hüpfte Priska in Bikini und T-Shirt über den schwarzen Rasen und tat alles, um ihre Mutter zu einem Regentanz zu animieren, der aber Floriane bloß peinlich war und den sie lieber fotografierte: Priska Marie, wie sie die Hüften kreisen ließ, die nackten Arme flehend gen Nachthimmel reckte und schließlich laut jubelnd auf die Knie sank, um dem Regengott zu danken.

Unmittelbar überm Haus war dann das Gedonnere losgebrochen. Und mit einer einzigen machtvollen Bö hatte ein Wasserwind angehoben, der einen dichten Guss aus dicken warmen Tropfen über den Vierteln am Fluss, den Elbinseln und bestimmt dem ganzen Hafen ausschüttete.

Müde und ausgelaugt hatte er sich zurückgezogen und war zu Bett gegangen, in Unruhe versetzt von fiebrigen Erinnerungen an den Tag und irgendwie erregt und gleichzeitig angewidert von einem großen blasslila Strauß Blumen auf dem Wohnzimmerglastisch, wo er einen Duft verströmte, als hätte alles Übrige seinen Geruch eingebüßt.

Stundenlang lag er in seinem Schlafzimmer unter dem gekippten Fenster. Nur mit einem Laken zugedeckt, lauschte er dem besänftigenden Prasseln des Regens, der auf die knarrenden Baumkronen und die längst unter Wasser stehende Terrasse fiel. Auch lange nach Mitternacht war es im Zimmer nicht vollständig finster; immer wieder tauchte ein Blitz über Osdorf den Himmel schockartig in grelles Licht, dann malte sich Merz die Philippinos auf einem elbabwärtsfahrenden Frachter aus, und jedes Mal kam es ihm vor, als erhelle das Gleißen auch seine Gedanken. Was ihm seit Tagen, wenn nicht Jahren unklar gewesen war, sah er mit einem Mal deutlich vor sich. So wie er fraglos wusste, dass Nacht war und er in seinem Bett unter der tapezierten Dachschräge lag, meinte er plötzlich zu begreifen, weshalb er nie wieder von Moritz gehört hatte und von dem früheren Freund nicht das Geringste in Erfahrung zu bringen war.

Natürlich war es nur eine Vermutung, aber sprach nicht vieles dafür, dass Moritz gar nicht mehr am Leben war?

Kein Mensch hätte Merz verständigt, wenn Moritz tatsächlich etwas zugestoßen war, keiner außer vielleicht Inger.

Lange dachte er darüber nach, und die Bilder, die ihm durch den Kopf gingen, lösten immer neue aus, Bilder, die er viel zu lange verscheucht hatte, sobald sie aufgetaucht waren.

Die Eltern von Moritz waren Ende der neunziger Jahre tödlich verunglückt, als sie mit ihrem Jaguar auf einer Landstraße der Ostseeinsel Fehmarn unter einen Sattelschlepper gerieten. Merz war ihnen stets ein Dorn im

Auge gewesen. Denn in nichts schien dieser Raimund auch nur entfernt etwas darzustellen, was ihren Sohn hätte voranbringen können. Was sollte so einer anderes sein als ein Bürschchen, und was aus so jemandem werden, wenn nicht ein Halbstarker und später irgendein Mensch?

Raimund Merz lebte mit seiner Mutter in einem Reihenendhaus im unteren Teil des Dorfs. Die Mutter war zuvorkommend, wenn man anrief, um nach dem Verbleib des eigenen Kindes zu fragen, aber sie war, Gott, eine Verkäuferin. Ab und an ließ es sich nicht vermeiden, in dem Laden, in dem Frau Merz hinterm Tresen stand, ein paar Kleinigkeiten einzuholen; betretenes Schweigen. Der Vater wer weiß wo, die Mutter alleinerziehend und der Sohn eine Plage, widerborstig, mal maulfaul, mal rotzfrech.

Hätten der Tanke-Rauch und seine Frau es noch erlebt, der Bruch ihres Sohnes mit dessen vermeintlichem Freund aus dem Unterdorf hätte sie nicht betrübt, eher erleichtert und bestätigt. Ja, erlöst! Man hatte diese sogenannte Freundschaft jahre-, jahrzehntelang hingenommen, mehr aber, nein, nicht. Wer war man denn?

Als junger Mann hatte Arno Rauch, wie er gern herumposaunte, die Gelegenheit beim Schopf gepackt, eh sie kahlköpfig war. Von allen außer dem Gemeindevorsteher belächelt, hatte er die Tankstellenruine am Ortsrand erstanden und Dach, Werkstatt und Zapfsäulen eigenhändig in Schuss gebracht. Über Wochen stand er in der hallenden Dunkelheit der zwei verrosteten unterirdischen Benzin- und Dieseltanks und schweißte dort, als wäre er persönlich der Schwelbrand in einem Kohleflöz.

Als an der Tankstelle im Dorf schließlich wieder Autos hielten, bekam der junge Rauch von Gemeindevorsteher Alberich die Erlaubnis, um die Hand der Tochter anzuhalten und von Noras Mitgift zwei Tankstellen in Nachbardörfern zu erwerben. So wurde aus Arno Rauch der Tanke-Rauch.

Jedes Jahr kauften Rauchs mindestens eine alte Tankstelle, ließen sie grundsanieren und rüsteten sie mit einer Waschanlage aus. Im Jahr, als Moritz zur Welt kam, gehörten seinen Eltern neunzehn Tankstellen zwischen Bad Oldesloe und Hamburg-Billstedt, »ein kleines Imperium«, hatte Merz gedankenlos einmal zu äußern gewagt und war dafür von seinem Freund so lange wie Luft behandelt worden, wie dessen Vater in der Erde unter seiner ersten Tankstelle mit dem Schweißbrenner geschuftet hatte.

Achtundzwanzig, zweiunddreißig, vierunddreißig Tankstellen gehörten Rauchs zur Blütezeit der allgemeinen Kohlenmonoxid-Verpestung. Moritz machte seinen Führerschein und holte morgens mit dem alten Saab seiner Mutter den Freund ab, um über die neugebaute Autobahn zur Schule zu heizen. Es waren die gedankenlosen Jahre, satt und sorglos, die Jahre der Eigenliebe in den Zeiten der Kohl-Ära.

Um auch diesmal alle Spuren von Selbstverschulden zu verwischen, wurde für den so unerwarteten wie unaufhaltsamen Niedergang des Tankstellenimperiums ebenso eine Freundschaft verantwortlich gemacht, allerdings dürfte die zu keiner Zeit eine echte gewesen sein. Es gab in der Gegend einen Mann, der für ähnliche Furore sorgte wie der Tanke-Rauch, und mit diesem Gebrauchtwagen-Hai ging Arno Rauch eines Tages, der wohl nicht zu seinen besten gehörte, eine fatale Verbindung ein, indem er Hajo Kossleck, den Auto-Kossleck, zu seinem Kompagnon machte.

Merz sah die beiden siegesgewissen Männer wieder vor sich, während er im Dunkeln in seinem Zimmer lag und vor dem Fenster der Regen in die Sträucher brauste. Sie lehnten am Kotflügel eines riesigen BMW und grinsten, als würde ihnen beiden zu gleichen Teilen die Sonne gehören. Moritz' Vater und der Auto-Kossleck waren überzeugt gewesen, mithilfe des anderen dem eigenen Glück Glanz und Dauer verleihen zu können. Aber daraus war nichts geworden, sogar weniger als nichts. Er war vielleicht zwanzig gewesen und hatte mit mäßigem Interesse, aber großem Staunen den Ruin von Moritz' Vater mitverfolgt, als in den Jahren, in denen man an Tankstellen in ganz Stormarn und schließlich sogar Lübeck tanken, sein Auto waschen und einen Billiggebrauchtwagen kaufen konnte, Gier, Mauscheleien, Schlampigkeit und Arroganz Einzug hielten. Gebrauchtwagenverkäufer bedienten sich freizügig an den Zapfsäulen, Tankstellenangestellte erhielten großzügig Rabatte beim Autokauf. Für die Kunden wurde alles teurer und immer teurer, zugleich aber Waren und Service schlechter und schlechter. Irgendwann waren die Gebrauchtwagentankstellen der Gegend dermaßen berüchtigt, dass jeder, sogar einer wie Raimund Merz mit seinem Mofa, einen Bogen um alles machte, auf dem in geschwungener Schrift Rauch & Kossleck stand.

Der Tanke-Rauch verscherbelte kopflos eine Tankstelle nach der anderen und musste sich am Ende doch von seinem Partner, mit dem er seit Jahren kein Wort redete, ausbezahlen lassen, woraufhin der Auto-Kossleck binnen drei Wochen alle in der Insolvenzmasse verbliebenen Rauch-Tanken abreißen ließ, um auf den Grundstücken supermoderne Waschanlagenstraßen zu errichten, die vorgeschriebene Bodensanierung aber vernachlässigte und an den Geldstrafen dafür dann gleichfalls so holterdiepolter bankrott ging, dass er sich nicht mal mehr nach Gomera aus dem Staub machen konnte.

Ach, was ist alles dies, was wir für köstlich achten, als schlechte Nichtigkeit, als Schatten, Staub und Wind. Mit dem alten Jaguar, einem dunkelgrünen XJ Baujahr '75, den Hajo Kossleck den Rauchs zum fünfjährigen Firmenjubiläum geschenkt hatte und den Moritz gern die Blechflunder nannte, chauffierte der Sohn seine vom Übel der Welt gebeutelten Eltern noch einige Sommer lang nach Sylt. Als dort der Bungalow flöten ging, wichen sie notgedrungen aus nach Binz zu ihrer Ferienwohnung und, als auch die unter den Hammer kam, schließlich nach Damp in eine Pension, die Nora Rauchs früher mal beste Internatsfreundin betrieb. Und immer hatte Moritz vollstes Verständnis für die Selbstgerechtigkeit seines alten Herrn, sogar wenn der mittlerweile silberhaarige Tanke-Rauch ihn beim irrtümlichen Bleifrei-Tanken erst als allerletzte Träne im Ozean verunglimpfte und dann einmal mehr schulterklopfend und mit dumpfem Bass vor falschen Freunden warnte.

War Merz das denn gewesen, ein falscher Freund? Ja, bestimmt zu der Zeit, als ihnen beiden Inger immer wichtiger wurde. Aber am Anfang, und auch grundsätzlich, nein. Sicher hatten sie beide, Moritz und er, viel zu hohe und von Beginn an uneinlösbare Ansprüche an ihre Freundschaft. Doch man veränderte sich, wurde älter, brauchte mehr und mehr Raum für seine Eigenheiten. Wo einmal kein Blatt Papier zwischen sie beide gepasst hatte, dort klaffte irgendwann ein Riss, ein Spalt, ein Graben und Abgrund, den keiner mehr schloss. Sie hätten Brücken bauen müssen, aber das war irgendwie nicht ihr Metier.

Fest stand für Merz, dass er Moritz' Vater Arno eigentlich gar nicht gekannt hatte. Als er noch der Tanke-Rauch gewesen war, hatte er mit ihm nie ein Wort geredet. Alles an seiner Dicke-Wampe-, Dicke-Knete-, Dicke-Karre- und Dicke-Hütte-Attitüde schien darauf abzuzielen, einen gesichtslosen Spund auf Distanz zu halten und ihm damit das Gefühl aufzuhalsen, mit dem sich der Pommernjunge Arno Rauchkowski nach oben schuften zu müssen geglaubt hatte.

Einer wie Merz wusste, dass keiner sich irgendwohin schuftete, es sei denn unter die Erde. Man konnte nicht aufhören, alt zu werden, das war das Dilemma so vieler, die sich aus Angst vor der Stille, in der einen plötzlich die Dinge ansahen, flüchteten in ewiges Schaffen, Schaffen, Schaffen.

Merz wusste, dass er mittlerweile älter war als damals zu dessen krassesten Zeiten der krasse Tanke-Rauch. Von Moritz wusste er, dass dessen Vater ab und zu durchaus eine gewisse Milde an den Tag gelegt hatte, gerade später, als er nur noch der alte Rauch war. Doch die Dünkel des Verbitterten gegenüber einem, den er zwanzig Jahre lang vergeblich einzuschüchtern versucht und milde bestenfalls geduldet hatte, blieben dieselben. Die Dünkel waren das Erbe der Rauchs und eine so giftige Schlacke wie das verseuchte Erdreich unter ihren verschwundenen Tankstellen.

Wie sollte Moritz daran keinen Schaden genommen haben? Inger hatte sich das oft gefragt, und immer öfter hatte sie die Frage auch Raimund Merz gestellt. In ihrem Gesicht sah er die Liebe zu seinem Freund, und je dunkler es wurde in dem Zimmer, in dem sie saßen, oder unter den Bäumen im wilden Garten, umso dichter schob er den Kopf an sie heran. Sehr genau und doch heimlich betrachtete er aus der Nähe ihre Nase, ihr Kinn, die leicht auseinanderstehenden Schneidezähne, ihre Wimpern und den Bogen der Stirn und das Ohr, das durch ihre Haare sah, denn viel Gelegenheit, Inger Rasmussen so nah zu sein, hatte er nicht.

Ihre Schönheit war selbst in fast vollständiger Dunkelheit deutlich zu sehen.

Noch nie hatte er für entscheidende Probleme eine Lösung gehabt, schon gar nicht, wenn er sich selber als den Leidtragenden einer Entscheidung sah, und erst recht nicht gegenüber Inger, die, wie er annehmen musste, nicht ihn liebte, sondern Moritz, seinen Freund.

Manchmal trug sie das verwaschene schwarze T-Shirt von Moritz, auf dem in blassroten Lettern Nebraska stand, wie auf dem Cover von Bruce Springsteens Album.

»Wenn ich das anhabe, glaube ich immer, ich kann ihm von meiner Kraft was abgeben«, sagte sie. »Das ist dann so wie eine Energieverbindung, weißt du?«

Er stellte sich vor, das T-Shirt auf der Haut zu spüren, nachdem Inger es den ganzen Tag angehabt hatte.

»Wie durch eine Wunschkappe, ja«, hatte Merz zu ihr gesagt, und lange hatte sie ihn dann nur angesehen.

Ja, so war es; abgesehen von Moritz' Freundin und späterer Frau gab es niemanden, der ihnen Bescheid gegeben hätte. Zumindest theoretisch wäre nur Inger auf den Gedanken gekommen, Flori und Raimund zu informieren, wenn es um Moritz' Gesundheit ernstlich schlechtstand, zumal es einfach war, mit ihnen in Verbindung zu treten, ob über den *Tag*, der im ganzen Land gelesen wurde, oder Florianes Gemeinschaftspraxis mit ihrer Schwester Jette.

Allerdings war das wirklich nur theoretisch so. Denn für Flori war ihre ehemalige Freundin Inger mindestens so gestorben, wie deren Mann womöglich nicht mehr lebte.

Im Licht der ostwärtsströmenden Wolken verschränkte Merz die Hände unterm Kissen und fand das Ganze auf einmal furchtbar lächerlich.

Kopfschüttelnd, mit tränenden Augen, lag er im Dunkeln. Inger hatte sich nicht bei ihnen gemeldet, weil sie gut wusste, wie rachdurstig Flori war. Ob sie und Moritz gemeinsam am Ohlsdorfer Friedhof wohnten, ob sie getrennt oder sogar geschieden waren oder ob Moritz gar nicht mehr lebte, reine Spekulation, dachte er beiläufig, aber sofort durchfuhr es ihn so heiß, dass er sich im Bett aufsetzte.

»Ohlsdorf«, sagte er, und dann noch einmal, so laut, dass er dabei selbst erschrak: »Ohlsdorf!«

Man musste in einem solchen Fall auf sein Gefühl vertrauen. Hatte Inger nicht einsam gewirkt, ja verlassen? Wie er sie vor ein paar Tagen im Hauptbahnhof und nun in ihrer Friedhofssiedlung erlebt hatte, war sie schwer enttäuscht. Wovon?

Auch Pippa war ihm sogar im Kreis ihrer Freundinnen nicht glücklich vorgekommen. Bald würden die anderen sie links liegenlassen und auslachen wegen ihres Fahrrads voller Wolken. Es war bloß eine Frage der Zeit … Weshalb waren ihm beide so abwesend erschienen?

Sollte es möglich sein, dass Moritz tot war?

Mit einem Mal kam Merz das Leben sehr abenteuerlich vor. Alles erschien wieder möglich, alles denkbar.

Nebraska, dachte er, wieder und wieder nur diesen Namen.

Wie herausfinden, ob einer noch lebte, wenn man niemanden ohne Umschweife fragen konnte: »Gestorben? Sie meinen tot?«

Vielleicht lag es an den Regengeräuschen, vielleicht an dem so würzigen Geruch nach Erde, der durch das Fenster hereindrang und ihm in die Nase stieg, dass sich Merz so deutlich wie seit zig Jahren nicht mehr auf einmal an den wilden Garten erinnerte und die aufflackernden Gedankenbilder anders als sonst nicht beiseitewischte.

Nicht mal Moritz Rauch wünschte er den Tod. Würde er so einen also retten, wenn er könnte, einen falschen Freund, einen, dem es immer bloß um sich selbst und die eigenen Interessen ging? Selbstverständlich, und ohne zu zögern.

Wo Hamburgs östliche Vororte an Stormarn und das Herzogtum Lauenburg grenzten, begann die nur von Ackerknicks und letzten Sachsenwaldüberresten durchbrochene Feldmark. Dort waren sie mit den Rädern unterwegs gewesen, und dort hatte er mit Moritz und Flori und manchmal auch anderen Jungs und Mädchen aus den umliegenden Dörfern in den wärmeren Monaten jeden Winkel ausgekundschaftet. Später war Inger dazugekommen, ab da waren sie fast immer zu viert gewesen.

Er sah den von tiefstehender Oktobersonne golden angestrahlten Waldrand so scharf umrissen vor sich, als wären keine dreieinhalb Jahrzehnte vergangen. Er war kein niedergeschlagener Redaktionsangestellter und lag nicht in einem Dachzimmer einer Doppelhaushälfte tief in der Nacht hellwach im Bett, sondern er lag an einem unvergesslich schönen Nachmittag im warmen ausgeblichenen Gras, kaute auf einem Halm und blickte mit zusammengekniffenen Augen über das abgemähte Feld zu den Bäumen auf dem Rücken der Moräne hinüber; seit Stunden tat er das, denn er wartete und wartete und konnte nicht aufhören mit dem Warten.

An dem Nachmittag, als er so im Feldmarkgras lag, wie alt war er da? Das fragte er sich in dieser schlaflosen Gewitternacht. Du warst noch halb ein Kind … und es war einer der letzten Nachmittage, bevor im Grunde alles losging. Bevor das ganze Unglück losging. Inger … alles war noch gut an dem Nachmittag. Und wie gut es war.

Er merkte, wie ihm der Kummer in der Kehle aufstieg, aber auch, wie wütend er nach all der Zeit noch immer war. Es gibt Dinge, über die man nicht reden kann, mit niemandem, nur kann man sie auch nicht totschweigen, und ich, dachte er, werde nicht länger tun, als wäre das anders.

Aus dem Dauergeprassel war mittlerweile Nieseln geworden, ein ergiebiger Sprühregen. Sachtes Rauschen wie von einem feinen Vorhang hüllte das Dach ein, unter dem er lauschend im Bett lag. Er hörte das Wasser unten im Garten durch die steinernen Abflussrinnen gluckern, und er hörte es durch die Dachtraufen fließen, ehe es durch die Fallrohre abwärtsströmte auf die Eisengitter über den Gullys. Den Donner, sein Grollen, vernahm man nun nur noch selten und in weiter Ferne. Ein paar Vögel sangen schon. Sie mussten in den wieder reglosen Schwarzpappeln unterhalb des Bahndamms sitzen, weil aus den Bäumen ein aufgeregtes Gezwitscher herüberdrang. Irgendwo ganz in der Nähe, so früh hatte er das lange nicht gehört, klopfte ein Buntspecht.

Stille.

Da!

Und Stille.

Schon wieder …

Oder das Klopfen kam gar nicht aus dem Garten.

Nebraska. Nebraska.

Die Tür ging auf.

Obwohl im Flur kein Licht brannte, erkannte er an ihrem Umriss, dass dort im Türrahmen seine Frau stand und ihn in dem halbdunklen Raum auszumachen versuchte. Floriane betrat sein Schlafzimmer nur, wenn sie mit Staubsaugen an der Reihe war oder dem Waschen des Bettzeugs, das sie ihm dann zusammengefaltet hinlegte, denn wie so vieles andere im Haushalt, das es zu erledigen galt, bezog Merz sein Bett selbst. Und umgekehrt hielt er es genauso in Florianes Schlafzimmer und den Zimmern ihrer Neandertalerkinder an den Tagen, an denen er an der Reihe war mit Putzen, Saugen und Waschen.

»Ich kann nicht schlafen. Seit Stunden liege ich wach, da hör ich auf einmal, wie du durchs Haus rufst: ›Ohlsdorf! Ohlsdorf!‹«, sagte Flori sehr ruhig, aber mit dunkler Stimme, die von Gereiztheit und Kampfeslust kündete und praktisch ihr akustisches Streitross war.

Heiho! Und schon ging es los!

»Könntest du mir bitte sagen, was du hast? Du verduftest am Mittag aus dem Büro, Bruno ruft am Abend hier an, um sich nach dir zu erkundigen, weil du ausgesehen hättest wie ein Schwindsüchtiger, und ich muss ihn anlügen, dass du nicht telefonieren kannst, weil du völlig erschöpft wärst. Wo also warst du neun Stunden lang, hm? In der Staatsbibliothek, bei den Insektenbüchern? Du kommst nach Haus, tust, als hätte es dich zufällig in dieses Haus gespült oder als wäre ich eine Wildfremde, eine Geflüchtete, die zusammen mit ihrer pubertierenden Tochter hier in deinem Haus einquartiert wurde. Entschuldigen Sie vielmals, Herr Merz. Du stehst stumm da und murmelst vor dich hin, wenn ich dir erzähle, wie mein Tag mit fünfundzwanzig Patienten war. Dass es Linda gut geht, sage ich zu dir, nein, sie hat noch keinem was geklaut, sage ich zu dir, zumindest wird noch nichts vermisst, sage ich zu dir, und du machst dir seelenruhig eine Flasche Wein auf, sitzt mit Prissy und mir für drei Alibiminuten auf der Terrasse und guckst auf dein Handy oder in die Johannisbeeren. Und dann verziehst du dich, verziehst dich mit deiner Alkoholration in dein Trauergemach, ohne ein einziges Wort mit uns zu reden. ›Was ist denn mit Papa los?‹, will deine Tochter von mir wissen. ›Frag ihn selber!‹, hab ich ihr gesagt. ›Wieso ich denn?‹, sagt deine Tochter. ›Ihr seid doch verheiratet!‹ ›Ach ja? Bist du dir da sicher?‹, hab ich sie gefragt. Und kaum ist Ruhe in diesem Irrenhaus, brüllst du mitten in der Nacht so mir nichts, dir nichts: ›Ohlsdorf! Ohlsdorf!‹ Raimund, so nicht! Ich bin keine Asylantin. Ich bin auch nicht auf der Flucht. Und erst recht nicht auf den Kopf gefallen!

Raimund, rede mit mir! Behandle mich nicht wie deine Zahnärztin. Ich bin auch nicht deine Mutter. Hast du eigentlich eine Vorstellung davon, wie es ist, mit einem Abwesenden verheiratet zu sein, einem, der abwesend ist, wenn er weg ist und wenn er da ist? Als du rein zufällig deine dänische Freundin wiedergetroffen hast, habe ich am nächsten Tag einen Strauß Lupinen ins Wohnzimmer gestellt, große blasslila Kerzenlupinen, die stehen da seit fünf Tagen, jeden Abend haben sie frisches Wasser gekriegt, aber verwelkt sind sie bei dieser Affenhitze trotzdem. Hast du den Strauß überhaupt bemerkt? Hallo, hörst du mich? Sind die Blumen ein einziges Mal in dein Nachrichtenredakteurbewusstsein gedrungen? Weißt du, was Lupinen für uns mal waren? Ich will jetzt auf der Stelle von dir wissen, warum du hier, während es draußen blitzt und donnert, im Dunkeln im Bett liegst und schreist ›Ohlsdorf‹, ›Ohlsdorf‹!«

»Ach, willst du das?«, fragte er.

»Ja, sag es mir, verflucht!«

»Geh raus und mach die Tür zu«, sagte Merz zu seiner Frau. »Ich lasse so nicht mit mir reden. ›Ohlsdorf‹! Das ist aberwitzig. Als würde ich im Bett liegen und hier wie ein Lebensmüder Stadtteilnamen brüllen. ›Harvestehude!‹, ›Eimsbüttel!‹, ›Sasel!‹« Er lachte, oder tat, als würde er lachen. »Ich habe tief und fest geschlafen, Mensch!«

Lupinen? Er hatte keine Lupinen gesehen. Lupinen waren für ihn überhaupt keine Blumen, sondern Futterpflanzen. Sie wurden angebaut, um untergepflügt zu werden, wenn sie noch grün waren. Sie dienten der Nährstoffanreicherung des Ackerbodens, so wie Esparsetten und Luzernen. Blühende Lupinen waren reich an Nektar. Dutzende Bienen-, Wespen- und Hummelarten liebten den Lupinennektar ... wenn bei Hautflüglern von Liebe zu sprechen nicht zu viel des Guten war.

Der große blassviolette Strauß Blumen, der unten gestanden und dessen Geruch ihn so kirre gemacht hatte, fiel ihm wieder ein. Meinte Floriane den?

Konnte man denn bei einer Kieferchirurgin von Liebe sprechen?

Wespen lebten im Durchschnitt zweiundzwanzig Tage lang. Merz war überzeugt, dass jede einzelne Wespe auf ihre ihm unbekannte Weise diese so absurd kurze, ihr auf der Welt gegönnte Frist liebte.

Jawohl, liebte!

Die Wespe liebte jeden Lupinenkelch, der sie mit dem versorgte, wonach ihr der Sinn stand und was sie deshalb ersehnte. Nicht nur den Nektar. Wespen waren nicht gefräßig. Auch den Duft, die Farbe, das Licht der Welt im Sommer liebte die Wespe.

Wie schon unzählige Male, so war er auch jetzt drauf und dran, seiner Frau vorzuschlagen, sie solle sich statt um Kiefer lieber um Kiefern kümmern.

»Kiefernchirurgin, wäre das nichts für dich?«, hatte er sie des Öfteren beinahe gefragt.

Im Dunkeln lächelte er, sie konnte es nicht sehen.

Floriane drehte sich aber auch so mit einer Bewegung um, die ihren ganzen Zorn auf ihn verriet, und marschierte durch den Flur davon.

»Tür zu, Frau Doktor!«, rief er ihr nach.

Er lachte. Diesmal war es ein wirkliches Lachen, auch wenn es Flori nicht gerecht wurde. In ihrer Angst, vergessen zu werden, schrieb sie vor einem Treffen mit einer Freundin oder Kollegin eine Erinnerungs-SMS: »Heute sind wir verabredet. Ich freue mich darauf, Dich um 19.45 Uhr in unserem Stammlokal in Eppendorf zu treffen. LG Floriane.«

Etwas rührend Kindliches hatte sie in ihrer Scheu an sich, und er hatte das lange an ihr geliebt. Doch wie fast alles in ihrer Ehe waren sie ein Automatismus geworden, ihre Schüchternheit und seine Rührung.

»Eppendorf!«, rief Raimund Merz.

Flori – die reizend sein konnte und klug war, so erfahren wie zurückhaltend – war in ihrem ganzen Leben nur von einem einzigen Menschen je vergessen worden, und ausgerechnet diese von ihr mit gutem Recht so verachtete Frau, die ihre beste Freundin gewesen war, hatte ihr Mann wiedertreffen müssen.

Im Flur, von dem ihre zwei Schlafzimmer und die Kinderzimmer ihrer Töchter abzweigten, ging das Licht an, und schon erschien im Türrahmen erneut Floriane, diesmal jedoch nicht allein. Vor sich her schob sie Priska. Zwar schlief das Mädchen halb, davon ließ sie sich aber nicht beirren. Sie fasste Prissy bei den Schultern, drehte ihr das Gesicht in Merz' Richtung und hielt das Mädchen fest.

»Sag deinem Vater, wieso du grad in mein Zimmer gekommen bist, um mich zu wecken.« Floriane war jetzt aufgebracht, »fuchsig« nannte sie das.

»Ich bin aufgewacht, weil Papa laut gerufen hat«, sagte Prissy wie ein Automat. »Da hab ich Panik gekriegt und bin zu dir rüber. Reicht das?«

Floriane fragte: »Was hat dein Vater gerufen?«

Und Priska sagte: »Hab ich doch gesagt. Was du auch gehört hast.«

Er sah, Priska hatte die Augen gar nicht geöffnet, und sagte sich, dass ihr alles, was sie zu erleben glaubte, morgen womöglich wie ein Traum vorkam.

Floriane sagte: »Priska, laut bitte.«

Und Priska keuchte: »›Ohlsdorf!‹, das hat Papa gerufen. Oh my god, ja, so hat es sich angehört! Zweimal, glaub ich, hat er das gerufen.«

Und wieder Floriane: »›Ohlsdorf!‹, ›Ohlsdorf!‹, ja? Bist du dir sicher? – Prissy! Priska Marie. Bist du dir sicher?«

Prissy ließ das Kinn auf die Brust sinken. »Weiß nicht«, sagte sie. »Ja. Ohlsdorf. Du hast es doch selber gehört, hast du gesagt. Ich will endlich schlafen.«

»Gut«, sagte ihre Mutter. »Ab ins Bett. Licht aus.«

Das Flurlicht ging aus. In der Stille, als seine Tochter zurück in ihr Zimmer geschlurft war, hörte Merz von Neuem den Regen vorm Fenster. Es goss wieder, und das Prasseln schluckte alle Geräusche. Kein Vogel war in dem Dauergetrommel zu hören, aber womöglich hatten sie auch einfach aufgehört zu singen.

Vielleicht war er herzlos; dennoch, gerade jetzt fand er

es gemütlich im Bett. Nein, in Wahrheit war die Regennacht angenehm, das Durchrieseltwerden von Geräuschen, die ihm seine missliche Lage deutlich machten. Dieses aufwühlende Hinundhergerissensein! Denn das war er wirklich, hin- und her-, her- und hingerissen, ganz als stünde er unter dem Zauber eines machtvollen Zweifels, der ihn einerseits fühlen ließ, dass es auch um sein eigenes Leben ging, und andererseits, dass dabei alle Empfindungen seiner Kontrolle entglitten. So dunkel wie die Nacht schwebte etwas dunkel über ihm. Und die Dinge konnten binnen Sekunden eine Wendung nehmen, die alles von Grund auf veränderte. Wie oft ihm jetzt das Herz bis in den Gaumen hinauf schlug, kaum dass er sich ausmalte, was nicht alles mit seinem Leben passieren konnte.

Flori stand unverändert in der Tür. Sie wusste nicht, was in ihm vorging. Sie hatte es einmal gewusst, und Interesse daran gehabt. Aber jetzt sagte sie nichts, lehnte bloß stumm mit der Schulter am Rahmen und blickte mit zusammengekniffenen Augen ins Zimmer und zu dem Bett, in dem er lag und die Tür im Blick behielt, gleichmütig, angenehm durchrieselt und absolut unschuldig.

Doch, sie hatten einmal genau gewusst, wie es um den anderen stand. Beide waren sie Verlierer gewesen, aber hatten jeder den Verlust hingenommen und waren nicht daran zugrunde gegangen.

Da war ein Moment gewesen, an den erinnerte er sich nur vage, so schwach wie an bedeutsame Dinge in der Kindheit. Flori und er mit einem Mal allein im Wald auf der Moräne. Ihre Nähe. Ihre Haut. Ihr Atem. Immer der

Kummer. Und ihr Hinweglachen. Sein Begehren. Sein Begehren, das sich ablöste von Inger, obwohl er das nicht wollte. Wie lange ging das? Jahre, Wochen, Stunden. Irrweg der rein körperlichen Leidenschaft. »Moritz, ja!«, rief sie so oft, wenn sie miteinander schliefen. »Moritz, ja!«

Aber er war nicht Moritz.

»Deine Lügen«, so begann Flori schließlich, »ich habe sie ein für alle Mal satt. Auf der Stelle sagst du mir die Wahrheit, oder du lernst mich kennen. Glaub ja nicht, ich würde Rücksicht auf deine Tochter nehmen! Wo bist du gewesen, nachdem du dich heute Mittag mit einer Lüge in deinem Lügenbüro krankgemeldet hast? Sag mir ja nicht noch mal, du wärst in der Staatsbibliothek gewesen! Ich habe am frühen Abend in der Stabi angerufen, es hat dich dort keiner gesehen, seit Wochen nicht, und nach Hause gekommen, nach neun Stunden, bist du ohne ausgeliehenes Buch, dafür durchgeschwitzt bis auf die Knochen! Raimund, du hörst mich. Lüg mich nicht an. Ich bin deine Frau. Ich bin fast fünfzig und kenne dich seit über vierzig Jahren. Ich habe verdammt noch mal ein Recht darauf, dass du mich nicht belügst. Ein letztes Mal: Wo warst du?«

Wo er gewesen war, Inger und Pippa und womöglich Moritz, wenn der noch lebte, dicht auf den Fersen, vor ihrem Haus, in ihrer Siedlung und an der Schule des Mädchens, das konnte er nie und nimmer zugeben, Floriane würde es weder verstehen noch ihm verzeihen. Stimmte denn, was sie behauptete, hatte sie ein Recht darauf, dass er sie nicht belog? Nein, nur darauf, nicht verletzt zu werden. Wo also war er gewesen in diesen neun Stunden, die sich vor seinem geistigen Auge zusehends in eine Leerstelle, eine Lebenslücke verwandelten? Allmählich wusste er selbst nicht mehr, wie er den Nachmittag und den Abend verbracht hatte, und minütlich fühlte er deshalb deutlicher die Notwendigkeit, etwas erfinden zu müssen.

»Ich denke nicht, dass du vierundzwanzig Stunden am Tag zu wissen brauchst, wo ich mich aufhalte, mein Schatz«, sagte er in einem Ton, der, um ihm Zeit zu verschaffen, eine bodenlose Frechheit sein sollte.

»Ach?«, lautete Florianes prompte Reaktion. Ihre Stimme hob sich. »Ach nein?« Schon fing sie an zu kreischen. »Seit wann denn das? Seit du hier allein das Sagen hast? Oder seit du heimlich Jugendfreundinnen triffst, mit denen dich noch etwas ganz anderes verbindet, wie du sehr gut weißt!«

»Ich habe hier nicht allein das Sagen. Aber du hast es genauso wenig«, sagte Merz ruhig. Er gab sich betont gelassen, um auch dadurch den Anschein zu erwecken, dass ihr Verdacht absurd war. »Sobald wir uns in diesem grundsätzlichen Punkt einig sind, will ich gern sehen, ob ich dir anvertrauen möchte, wo ...«

»Ich gebe dir neun Sekunden«, fiel ihm Flori ins Wort. »Bis dahin sagst du mir entweder, wo du heute neun Stunden lang deine Finger gehabt hast, oder ...«

»Oder was?«

Flori sagte nichts.

Sie war wirklich furchtbar aufgebracht. War das gerecht? Merz wusste sehr wohl, dass er kein hervorragender oder herausragender, kein großartiger, sondern höchstens ein mittelprächtiger, mittelmäßiger Mann und Mensch war. Er machte keinen Hehl daraus. Auch wenn sie den Unterschied gern verwischte, war er kein Nachrichtenredakteur, sondern Nachrichtenredaktionsangestellter. Immerhin schrieb er ab und zu, in jüngster Zeit allerdings häufiger, für den *Tag*. Ohne dass er es darauf anlegte, tauchte sogar die Chefredakteurin, Mareike Kennedy persönlich, nun ab und zu bei Bruno und ihm auf und fragte, indem sie groß wie ein Brauereipferd mitten im Zimmer stand, ob er nicht Lust habe, »mal wieder was über Krabbler zu schreiben«.

Er schien ein Händchen für naturwissenschaftliche Artikel zu haben, insbesondere für solche, die das Spezialgebiet Entomologie berührten, das hatte sich herumgesprochen und den Kollegen einigen Respekt abgenötigt, die Ehrfurcht der Bienen vor der Wespe sozusagen. Aber für gewöhnlich bestand sein Büroalltag dennoch aus Korrekturlesen, Korrespondenzpflege und, das vor allem, Hin-und-her-Gerenne. Er kannte den Keller des Magazins, in dem das Archiv lagerte, besser als der Hausmeister. Manchmal fragte er sich, ob nicht in Wahrheit er längst der Hausmeister des *Tag* war. Er musste überall und nirgends anwesend sein oder zumindest so tun. Aber bildete er sich deshalb gleich ein, unersetzbar zu sein? Aus eigener Erfahrung wusste er, dass dem nicht so war. Mehrere ältere Kollegen hatte man »freigestellt aufgrund suboptimal flexibler Skills«, wie es in der Sprache der zynischen

Untoten hieß, mit denen Mareike Kennedy sich umgab; Mitarbeiter wie er waren gefeuert, verschrottet und entsorgt worden, und natürlich war es nur eine Frage der Zeit, dass es ihm genauso erging. Immerhin war er kein Popanz. In seinem Privatleben, in seiner Freizeit gab er sich Mühe, ein guter Vater und nach Kräften Vorbild und Ratgeber seiner Töchter zu sein, und auch als Ehemann hatte er sich nichts oder kaum etwas vorzuwerfen. Er war für seine Frau da, wenn sie ihn brauchte, und das seit einer Ewigkeit. Er nahm Floriane in Schutz vor ihren Schwestern, die dreimal hartherziger waren als sie, und er hatte seine Frau nie betrogen, und wenn er es hätte, wäre es nicht oder kaum der Rede wert gewesen, weshalb sie auch nichts davon zu wissen bräuchte. Mit Inger war es damals, als sie und er endlich zueinandergefunden hatten, etwas völlig anderes gewesen, mit Betrügen oder Hintergehen hatte es rein gar nichts zu tun. Ein einziges Mal war er aus allem herausgetreten und hatte etwas zuwege gebracht, das man einem wie ihm nie zutrauen würde. Aber, und das war es, was er sich fast jeden Tag mit gutem Gewissen sagte, er hatte es nicht für sich getan, sondern aus Freundschaft, zumindest anfangs. Außerdem wusste Flori so gut wie alles. Und es war so lange her! Verletze sie nicht. Tu der Mutter deiner Kinder nicht unrecht, dann bringst du deine Ehe und Familie nicht in Gefahr und dein Leben nicht aus dem Gleichgewicht, sagte er sich seither.

»Ich war in Ohlsdorf«, sagte er nach etwa neun Sekunden.

»›Ich war in Ohlsdorf‹!«, machte sie ihn nach. »Als ob das nicht schon die ganze Straße wüsste! Liegt hier und ruft ›Ohlsdorf!‹ durch die Nacht. Wieso, will ich wissen, wo genau, will ich wissen, mit wem und bei wem, will ich wissen, warst du in Ohlsdorf!«

Allmählich wurde es ihm zu bunt. »Was hast du gegen Ohlsdorf?«, fragte er ehrlich erstaunt. »Hast du eine Ohlsdorf-Phobie?«

Er lachte, aber nur in sich hinein.

»Sag es.«

»Was?«

»Sag es!«

»Was denn?«

»Warst du bei ihr?«

»Ihr? Bei wem denn?«

»Bei ihr und ihrer Tochter! Du weißt genau, von wem ich rede – von wem zu reden du mich zwingst!«

Gleich, endlich, würde sie in Tränen ausbrechen.

Aber sie weinte nicht.

»Entschuldige, aber ich kann dir nicht ganz folgen. Du meinst doch nicht … meinst du etwa …?«

Es regnete und regnete, aber Flori weinte nicht. Merz kam es so vor, als würde er im strömenden Regen draußen im Garten liegen. Der kalte Schweiß stand ihm auf der Stirn.

Die Enten auf der träge durch die Abendhitze dahinfließenden Alster fielen ihm ein. Wie zornig sie waren.

»Woher weißt du eigentlich, dass Inger und Pippa in Ohlsdorf wohnen?«, fragte er nicht länger lauernd und unterwürfig, sondern ganz ruhig, beinahe so kaltblütig, wie er sich am Nachmittag vor der Schule des Mädchens und in der fremden Siedlung gefühlt hatte.

Flori merkte selbst, dass sie in ihrer Wut zu weit gegangen war und sich deshalb verplappert hatte.

Und plötzlich knickte sie ein. Sie sagte nichts mehr. Und als hätte sie alle Kraft aufgebraucht, klappte sie auch körperlich zusammen, ging in die Hocke, sank auf die Knie und zur Seite und kauerte dann in ihrem weißen Pyjama reglos in der Zimmertür. Und Merz hörte sie schwer atmen; und er empfand dabei nicht das geringste Mitgefühl.

»Wir werden sie nie los«, sagte sie nach einer Weile und hatte dabei auf einmal ihre ganz junge Stimme von früher. »Sie sind wie unsere Schatten.«

Und dann erzählte sie, schon vor Monaten sei ein Brief von Inger gekommen, adressiert nur an ihn, weshalb sie ihn an sich genommen und nach ein paar Wochen, in denen er ihr nicht aus dem Sinn gegangen sei, geöffnet habe.

»Bitte? Und was stand in dem Brief?«, wollte Merz fragen, tat es aber nicht. Es war nicht nötig.

»Sie schreibt, dass Moritz schwer krank ist und dass er sich wünscht, dass Pippa die Wahrheit erfährt über Inger und ihn, über dich und mich, ehe vielleicht das Schlimmste eintritt«, sagte Flori. »An mich nicht mal Grüße«, fügte sie an, »weder von ihm noch ihr. Na, habt euch ja gefunden.«

Sie schluchzte.

Merz wusste, dass er nichts weiter zu befürchten hatte. Er schwieg lange, war bestürzt, aber kam sich auch sicher vor. Er lauschte dem Regen und Florianes allmählich ruhiger werdendem Atem. Indem er durch das Fenster über seinem Bett auf die am Himmel vorüberflutenden Wolkenfetzen blickte, sagte er irgendwann tonlos, dass sie sich irre.

»Ich bin einfach schrecklich ausgelaugt. Mir war heute Mittag alles egal. Ich wollte nur noch meine Ruhe haben, irgendwo im Schatten spazieren gehen, da bin ich einfach rumgefahren, im Auto war es schön kühl, bin raus an die Elbe und dann am Grab meiner Großeltern in Ohlsdorf gewesen, da war ich schon Jahre nicht. Überall in den Rhododendren waren Wespen, sogar Hornissen, daumengroße und ganz verschiedene Arten, die habe ich lange beobachtet und darüber ... die Zeit vergessen.«

Minuten, eine Stunde, zwei Stunden vergingen. Es dämmerte, es wurde hell; der Regen hörte auf, begann von Neuem, hörte wieder auf und war dann vorbei. Irgendwann wurde Merz bewusst, dass er längst allein war. Sie, Floriane, musste wortlos schlafen gegangen sein, jedenfalls war sie nicht mehr da, und im ganzen Haus herrschte wohltuende Stille.

Müde schloss er die Augen und sank in die Bilder, die hinter seinen Lidern auftauchten und verschwanden, nur um sogleich von anderen abgelöst zu werden ... Die Sommer ihrer Jugend, die Hitzefrei-Tage vor dreißig, fünfunddreißig Jahren waren nicht vorbei; denn nichts war vergangen, nein es gab überhaupt keine Vergangenheit.

Natürlich hatte er nicht vergessen, was Lupinen Floriane und ihm früher einmal bedeuteten. Auf der sich bis zum Horizont erstreckenden Feldmark und so auch zwischen dem Wald auf der Moräne und dem wilden Garten, den er mit Moritz und Flori entdeckt und den sie Inger gezeigt und der seither ihnen gehört hatte und ihr gemeinsames Geheimnis war, auf diesen in der flirrenden Nachmittagssonne endlosen Feldern wuchsen Lupinen, unzählige. Es waren so viele violette, hellblaue und dazwischen immer wieder auch gelbe Kerzen, dass Moritz, die beiden Mädchen und er an manchen besonders heißen Sommertagen berauscht vom Duft der Blüten am Waldrand entlangtorkelten und sich kaputtlachten.

Und wie sonderbar waren ihre Blüten! Sie wirkten zuerst wie Trauben, wenn man sie sich aber von Nahem ansah, fächerten die Beeren sich auf und waren kleine Quirle, und die Blätter hatten lange Stiele, von denen sie sich abspreizten, wie Finger. Insekten schwirrten durch den Moränenwald hinaus auf die Felder, um sich dort aus den Blütenkelchen ihren Nektar zu holen. Und der ganzen großen und kleinen, schwarzen und grünen, lauten und lautlosen Fliegen wegen waren immer hunderte Vögel in der Luft, Schwalben und Meisen und Finken, aber auch Stare, Glanzstare, die sich im Herbst zu Wolken zusammenrotteten, und Drosseln, Wacholderdrosseln, und Amseln. Von morgens bis abends waren sie am Jagen und sangen und zwitscherten.

Ein paar Mal waren sie auch in der Nacht auf den hellen Sandwegen über die Moräne zu ihrem Garten gegangen, und Merz erinnerte sich so deutlich an das Licht, in das der Mond die Feldmark tauchte, und an die blasse Haut von Ingers schmaler Hand, die er festhielt, während sie am Waldrand entlangliefen, als wären seither nur Stunden vergangen und nicht Jahre, Jahre und Jahre.

Flori hatte manchmal den Hund ihrer Schwester dabei, einen Riesenschnauzer, auf den sie aufpasste, wenn Jette bei ihrem Freund schlief.

Dünn und mit langen Beinen, gackernd und sich gegenseitig erschreckend, waren Inger und Floriane mit dem Hund, an dessen Namen Merz sich nicht erinnerte, vor Moritz und ihm hergerannt. Der Weg durch die Brennnesselsäume war schmal, die Waden und Schienbeine der Mädchen färbten sich feuerrot, wenn sie keine Jeans, sondern Röcke oder Shorts anhatten, und der sich durch die Büsche und das Unterholz schlängelnde Pfad war so niedrig, dass sie sich immer wieder ducken mussten, weil ein dichtes grünes Dach aus Laub und Zweigen den Hohlweg überwölbte.

Der Hohlpfad, so nannten sie den Weg, der vom Waldrand durch die Brennnesselbänke zum Eingang in den wilden Garten führte.

Umgeben von manchmal bis in die Baumkronen hinaufwuchernden Hecken öffnete sich dort ein kleines Feld mit hohem Gras, und kaum dass die geheime Wiese in Sichtweite kam, rannte Jettes Hund los und folgten ihm die Mädchen, wie Fledermäuse huschten ihre Schatten über die Heckenwand. Sie kicherten und sangen, und manchmal knipste Moritz dann die Taschenlampe aus.

Sofort war alles stockfinster. Dann bellte der Riesenschnauzer mit dunkler Stimme, und Flori kreischte, und Inger, die noch gar nicht richtig Deutsch konnte, bettelte in ihrer fremden Sprache um Licht: »Tænd lyset! Tænd lyset! ...«

Es folgten drei Tage, von denen er kaum etwas wahrnahm außer den stumpfen Rausch öder Stunden. Nichts ereignete sich. Was im Haus passierte – ein Bimmeln des Telefons, auf das er mit Reglosigkeit reagierte, oder das Klopfen der Heizkörper, das eine Sprache war, in der niemand nichts mitteilte – und was draußen vor sich ging – ein Eichhörnchen, das aus einem Schatten unter der Hecke in den Schatten unter den Johannisbeeren hechtete, oder abends das zeitschaltuhrgeregelte Anspringen der Rasensprenger –, es schien nur um der Leere willen zu geschehen, nur um ihm zu verdeutlichen, dass nicht das Geringste vonstatten ging, solange er sich nicht gleichfalls bewegte.

Nachdem er die träge, lauwarme Dünung dieses endlosen Wochenendes über sich hatte hinwegbranden lassen, verbrachte er den halben Montag schwer verkatert im Zug und fuhr mit verquollenen Augen südwärts, immer weiter südwärts. Hannover, Göttingen, Kassel, Frankfurt, eine in der Hitze flimmernde Stadt folgte auf die vorige und lag bald ebenso unerreichbar hinter ihm wie alle Orte, an denen er seit fünfzig Jahren gewesen war.

Während seit Mannheim sein am Gang sitzender Freund mit offenstehendem Mund schnarchte, sah Merz vor den Fenstern lauter in der grellen Sonne gleißende Felder; darauf wuchs ein so blasses und anscheinend längst verholztes Getreide, als hätte es Skorbut. Immer wieder führte die Trasse durch Felder voll Luzernen und Lupinen, nichts als Luzernen und Lupinen.

Manchmal fielen ihm die Augen zu. Er genoss, nichts zu tun zu haben. Weder hatte er Lust, Zeitung zu lesen, noch, sich den Bildband anzusehen, den Bruno mit sich herumschleppte, als würde sich dadurch von selber erledigen, was er über diese – Merz absolut rätselhafte – Schule von Barbizon schreiben musste. Der gehwegplattengroße Band lehnte zu Brunos Füßen an der Rücklehne des Sitzes vor ihm, denn er passte nicht in die viel zu schmale Gepäckablage des rappelvollen Großraumabteils, das in Wahrheit ein verkapptes Kleinraumabteil war. Und so schlief Bruno zwar, doch in gekrümmter Haltung, mit zusammengepressten Knien und mal einwärts, mal auswärts verdrehten Füßen.

Wenn er auch selbst die Lider schloss, gingen Raimund Merz wilde Dinge durch den Sinn. Es kam ihm vor, als würde er in sich hinein- und von einem schmalen Sims aus hinunterblicken in einen finsteren Schacht. Sturzbetrunken sah er sich dort unten auf dem Wohnzimmerteppich liegen. Er hatte in den vergangenen drei Tagen einfach alles an Alkohol in sich hineingeschüttet, was im Haus zu finden gewesen war. Und jeden Mittag aufs Neue hatte er sich weisgemacht, im Keller nach etwas zu suchen, aber worum es sich dabei handelte, war ihm nie klar geworden. Jedes Mal, wenn er hinunterging, hatte er in den modrig kühlen Räumen eine Flasche Weißwein aufgemacht und gedankenverloren so lange daran genippt, bis ihm auffiel, wie wenig passierte, wenn man regungslos in einem Keller herumstand. Einen Weinkeller hatte er sich ausgemalt, der nicht bloß die Ausmaße der darüber liegenden Küche hatte, sondern so groß war wie das ganze Haus samt Garage und Garten. Und wo oben der Parkplatz war, der Wendehammer und die Stichstraße, dort erstreckte sich unter der Erde ein Korridor, da waren Gänge voller Flaschen, eine Halle voller Fässer. Als er wieder zu sich kam, war die Flasche jedes Mal schon fast leer gewesen, und wenigstens das hatte ihn noch erschreckt.

Noch immer blickte er aus dem Fenster, ohne jedoch länger Luzernen und Lupinen zu sehen oder die fremde Landschaft der Karlsruher Gegend, durch die der ICE seit einiger Zeit fuhr. Angestrengt dachte er über das hinter ihm liegende Wochenende nach. Einsamkeit und Trübsinn. Wut. Verwirrung, von einer anscheinend verstummten Welt umgeben zu sein. Er war sich vorgekommen wie in Lindas Lieblingswitz der Betrunkene, der nachts eine Litfaßsäule umkreist, immer aufs Neue um sie herumwankt und sie abtastet, bis er zu Boden sinkt und schluchzt: »Hilfe! Man hat mich eingemauert!« Sie hatten ihn sich selbst überlassen, und er wusste drei Tage lang nichts Besseres zu tun, als sich zunächst den ganzen guten Sancerre und später allen Grauburgunder einzuverleiben.

Immer tiefer hatte er in den Abgrund zwischen seinen offenbar weit auseinanderklaffenden Empfindungen gestarrt, dabei über seine verlorene Jugend und alle unwiederbringlich vergangenen und vergeudeten Jahre Tränen über Tränen vergossen, und mit jeder Stunde, die von Freitagnachmittag bis Montagmorgen unbarmherzig ereignislos verstrich, war er überzeugter gewesen, dass was er aus den Flaschen so lange weltvergessen in sich hineingoss, bis es wieder aus ihm hinausfloss, gar nicht Wein war, sondern in Wahrheit Tränen. Tränen! Woher sollte sein Heulen denn kommen, warum hätte er sonst so haltlos geweint.

Am Mittag nach ihrem nächtlichen Streit hatte Floriane so laut, dass er es hören musste, unten im Flur Priska gefragt, ob sie am Wochenende mitkommen wolle zu ihrer Großmutter, und war dann, als keine Antwort kam, gegangen, hatte den Phoebus genommen, was sie sonst nie tat, und war, wie er annahm, an diesem Freitag in die Praxis gefahren.

Als er am frühen Nachmittag aufstand, fand er unten auf dem Ziertischchen nahe der Haustür ein großes gelbes, unbeschriebenes Kuvert, an dem ein Post-it-Zettel klebte.

»Guten Morgen, Papa! Den Umschlag sollte ich Dir von Mammi geben, doch Du hast so fest geschlafen.«

Prissy hatte das geschrieben, und drei Herzchen hatte sie daruntergezeichnet, die Töne von sich gaben. Schnarchende Herzen.

In dem dottergelben Kuvert lag Ingers Brief, von dem Flori in der Nacht erzählt hatte, außerdem ein loses Blatt. Ingers Schreiben steckte in einem säuberlich aufgeschnittenen Umschlag mit abgestempelter Marke, er war tatsächlich nur an ihn adressiert und mit der Absenderanschrift versehen, die er bereits kannte. Das Haus in Ohlsdorf mit dem weißen Mäuerchen, auf dem in Gusseisenlettern der Name zu lesen gewesen war, stand ihm deutlich vor Augen.

Noch im Flur und mit Schlaf in den Augenwinkeln las er Ingers Brief. Sein Herz schlug heftig, und er spürte, wie ihm heiß wurde und die Aufregung den ganzen Körper erfasste. Seine Beine fingen an zu zittern, ohne dass er etwas dagegen tun konnte.

Er hatte den Brief beiseitelegen müssen, um nicht vor Zorn gegen die große Chinavase zu treten, die ein Geschenk von Floris Eltern war und im Haus als Regenschirmständer diente. Und erst da fiel ihm das lose Blatt wieder ein; es war einmal gefaltet, und er klappte es kurz auseinander, erkannte Floris Handschrift und fluchte, dann steckte er den Zettel ungelesen mit Ingers Brief in das gelbe Kuvert zurück.

Priska hatte auch auf die Rückseite des Post-it-Zettels etwas geschrieben: »Mammi ist übers Wochenende zu Omi gefahren. Sie sagt, ich darf bei Larissa schlafen. Okay? Love you. P.«

Noch mal drei Herzen.

Von einer Sekunde zur nächsten war er allein gewesen. Um ihn mit Liebesentzug zu bestrafen, hatte sich seine

Frau zu ihrer Mutter geflüchtet, die selbst Zahnärztin gewesen war, eine gefürchtete; Moritz, Inger, Flori, ihre Schwestern Jette und Dani und auch er, alle hatten sie mit weit aufgerissenem Mund unter der Stirnlampe von Frau Dr. Lepsius gelegen und ihr entsetzt in die leblos grauen Augen gestarrt, wenn sie sagte, es werde jetzt sehr wehtun.

Er kannte nur wenige Menschen, die ähnlich selbstbewusst waren wie Floriane. Warum also hatte sie nie auch nur versucht, ihre Mutter in deren Schranken zu weisen?

Seine ältere Tochter verbrachte das überraschend unbeaufsichtigte Wochenende lieber mit ihrer besten Freundin vor der Playstation, anstatt dem krankgeschriebenen Vater, der nachts den Namen eines Friedhofs rief, Gesellschaft zu leisten. Lindy, Linda Annabella, hätte ihn gerettet. Mit ihr wäre er nach Itzstedt gefahren, zum Itzstedter See, an dem die Zeit stehen geblieben war. Aber auch Linda war nicht da, sondern in einem Schullandheim im Schwarzwald, wo sie womöglich noch unglücklicher wurde.

Und Bruno, sein Freund, musste sich um seine Frauen kümmern, Babs, Elfi und Fritzi, und würde auch an diesem Wochenende eine neue Geliebte haben.

Nichts war ihm geblieben, noch nicht mal der elektrische oder halb elektrische Wagen, nicht mal der Phoebus, sein Sonnenwagen. Man hatte ihn eingesperrt, er war gefangen in seiner eigenen Doppelhaushälfte.

»Ohlsdorf!«, hatte er gebrüllt, »Ohlsdorf!«, und dabei gegen die Vase getreten, die gar keine Vase war, nur eine

Vasen-Imitation, und vor Schmerz aufgeheult. Dann war er in den Keller gegangen und hatte im Halbdunkel unter dem leeren Haus grölend die erste Flasche plattgemacht. Köstlich hatte der Wein geschmeckt, nach Birnen, nach Holzrauch und, wenn das möglich war, nach sommerlichem Licht.

Bruno hatte in der Tat ein ähnlich kräftezehrendes Wochenende hinter sich, nur aus anderen Gründen und unterfüttert von bedeutend weniger Wein. Er war am Freitagabend mit Fritzi Feddersen im Theater gewesen – »Die Stunde da wir nichts voneinander wußten« –, hatte den Sonnabend mit Babs verbracht – im Freibad, im Kino, im Bett – und am Sonntagmittag in einer HSV-Kneipe eine junge Frau kennengelernt, die ihn schon am Nachmittag anrief und fragte, ob er am Abend mit ihr loszog »auf den Zwutsch«.

»Und Donnerstag?«, fragte ihn Merz. »Was hast du gemacht, nachdem du mit meiner Frau telefoniert hast?«

Bruno war entgeistert. »Mit Floriane? Wie kommst du darauf?«, rief er empört. »Wieso soll ich dir hinterhertelefonieren, Mensch? Ich hab doch deine Mobilnummer. Außerdem gibt es unter Freunden ja das wortlose Verstehen.«

Den Freund von seiner Notlage in Kenntnis zu setzen, hatte Merz nicht den Mut. Eine Erklärung hätte zwei andere nach sich gezogen, diese beiden dann vier weitere und immer so fort. Es tat gut, nicht länger an die Feldmark zu denken, den wilden Garten, alle die fatalen Entwicklungen, die Flori, Moritz, Inger, ihn und nun auch die Kinder verbanden. Während der Zug durch einen Karlsruher Vorort fuhr, betrachtete er das Profil des Freundes. Es war kein Wunder, wenn er jede freie Minute zum Schlafnachholen nutzte; Bruno war ein Hochleistungsliebhaber, er wollte nie sterben.

Ein schöner Mann war er nicht. Auch er trank viel zu viel. Doch anders als bei dir, dachte Merz, sieht man es ihm an! Bruno hatte gerötete Haut. Er litt unter Bluthochdruck, stritt das jedoch ab. Er war aufgeschwemmt, hatte Übergewicht, und seine Augen mit den so stechenden wie freundlichen Pupillen blickten stets rot unterlaufen und leicht verquollen in die Gegend, so als würde er wirklich bloß jede dritte Nacht schlafen.

Dennoch war Bruno ein Mensch, dem die Herzen zuflogen. Wer fühlte sich nicht zu ihm hingezogen. Seine Aufrichtigkeit, sein Humor, sein umwerfendes Lachen, sein Tiefsinn und diese Seelenruhe, diese Saumseligkeit, wie er selber es nannte, alles an ihm wirkte anziehend, ja ansteckend, zwar nicht auf einen hoffnungslos deprimierenden Fall, wie du einer bist, dachte Merz im Stillen auf seinem Fensterplatz, aber auf beinahe alle anderen Menschen, mit denen Bruno ins Gespräch kam und die wirklich lebten und noch offene Augen und Sinne hatten und nicht nur so taten.

Wie ist es wohl, Bruno DeWitt zu sein, fragte er sich oft, wie fühlt es sich an, Respekt zu genießen, weil man auf eigenen Füßen steht, und dabei ungebunden zu sein? Nur die wenigsten konnten das von sich behaupten. Wie war es, mit Anfang fünfzig keine Kinder zu haben, aber für alles Mögliche Perspektiven zu sehen? Bruno sagte nicht selten, er würde gern noch Vater werden. Wie wundervoll musste es sein, keine verkorkste Persönlichkeit zu haben, mit der man von Selbstzweifeln zernagt aus Schießschartenaugen auf ein Leben blickte, das einem versiebt erschien, wie man es auch drehte und wendete. Einmal sich sagen können: Ja, das war ich und das bin ich, das sind meine Eltern, das sind meine Geschwister, so war ich als Kind, so war meine Jugend, Gott, nichts Besonderes, aber immerhin! Das hab ich gemacht, das nicht geschafft, dafür aber was anderes, und eigentlich war das sogar besser, tja, denn so musste es anscheinend sein! Ich lebe. Noch gibt es mich! Ich habe eine Geschichte; Leute, ich liebe es, so zu sein, wie ich bin. Und deshalb kommt her, seid umarmt, lasst uns einander umarmen, ich liebe jeden von euch, ausnahmslos.

Der Zug stand im Karlsruher Hauptbahnhof. Merz sah aus dem Fenster, nichts Besonderes war zu sehen, doch mit einem Mal wurde ihm klar: Dies war zwar ein Moment wie jeder andere, für ihn aber ein lebensentscheidender.

Belog er andere nicht nur deshalb, um sich selbst etwas vorzumachen? Raimund Merz hatte eine Erkenntnis. Es waren die Lügen, die ihn abhielten, sich lebendig zu fühlen. Niemand stand ihm im Weg, nur er sich selbst. Und hier trat er nun zur Seite und schritt an sich selbst vorbei. Er beschloss, diesem Gedanken nicht aus dem Weg, sondern ihm nach- und auf den Grund zu gehen.

Das auf Stahlträgern ruhende, mehrfach gewölbte Glasdach war umgeben von erstaunlich weiten Feldern voller Bäumen und Sträuchern, einem Grasland, über das die Geleise und Strommasten aus einer Leere kommend in eine Leere davonzustreben schienen. Der im Flirren der Sommerhitze verlassen anmutende Hauptbahnhof von Karlsruhe, war er nicht geradezu ein Inbild für den verwunschenen Zustand eines Lebens, wie einer wie er es führte oder zumindest zu führen glaubte? Er zog die Stirn kraus; er lehnte den Kopf an die kühle Fensterscheibe.

Wo war die Stadt? Da war ein Dschungel aus Büschen und verwilderten Hecken, vereinzelt sah man Bäume, aber sonst, kilometerweit, wie es schien, nichts, nichts als Gras.

Wo, Gott, war Karlsruhe?

Das Unwirklichkeitsempfinden, das ihn täglich ratloser, mutloser und kraftloser machte, vielleicht, bestimmt war es ebenso eine Folge der ganzen Erfindungen, Schwindel und Lügen, die er seit Jahrzehnten seinen Mitmenschen auftischte, um ja nicht mit den Leuten in Berührung zu kommen.

Erfindungen überwucherten sein Leben, genau wie das ganze Karlsruhe von Gras zugedeckt wurde.

Und nur er allein wusste, sehr genau wusste so ein sonderbarer, nur halb wirklicher Mensch wie Raimund Merz, wieso er mit anderen besser nicht näher in Kontakt kam. Er war nicht wie sein Freund und Kollege Bruno, nicht im entferntesten. »Willkommen Glück, willkommen Sorgen« schien dessen Credo zu lauten. Aber was wusste er schon von einem Mann wie Bruno DeWitt, der das Talent besaß, sein Leben in vollen Zügen auszukosten. Was wusste er überhaupt von irgendwem.

Woher beispielsweise kamen alle die Frauen, die Bruno kannte? Sie waren keine Erfindungen, sondern sehr lebendig. Merz hatte viele von ihnen gesehen, einige sogar flüchtig kennengelernt, ab und an hatte er sich, wenn auch nur kurz, mit einer von ihnen unterhalten. Sie lachten viel oder waren humorlos, einige erzählten und erzählten, andere waren einsilbig; sie trugen auffälligen Schmuck oder gar keinen und waren überhaupt erstaunlich unterschiedlich. Ein paar dieser Frauen, die Bruno ihm in der Mittagspause, im Verlauf einer Konferenz oder beim alljährlichen Sommerfest des *Tag* vorstellte, schienen dem Freund viel zu bedeuten, Fritzi Feddersen war kein Sonderfall. Mitunter zeigte Bruno ihm auf dem Smartphone Fotos von gemeinsamen Ausflügen oder dem Essen, das man zusammen gekocht hatte. Solcher beinahe durchweg kurzzeitigen Bekanntschaften wegen hatte Bruno häufig Liebeskummer, den er sich aber nicht anmerken ließ. Merz war das Ganze ein Rätsel. Nach seiner Einschätzung war Bruno der einzige Mann, der mit hellem Lachen von sich sagte: »Weißt du, ich bin immer sehr traurig.«

Kaum hatte er sich wieder berappelt, indem er sich in die Arbeit stürzte, hielt sich Bruno über Monate hinweg an bestimmte Frauen, die ihm nicht gefährlich wurden, wie er meinte, denn für sie, er zuckte dann mit den Achseln, sei er nur so ein dicklicher Typ mit gewissen Vorzügen, so einer für eine Nacht. Nicht selten schlief er an einem Wochenende mit zwei Frauen, die nur voneinander erfuhren, wenn ihr Liebhaber nicht rechtzeitig alle verfänglichen Spuren hatte beiseitigen können. Merz war dem überlasteten Freund des Öfteren zu Hilfe geeilt und in der Mittagspause zu ihm gefahren, um das Hochhausappartement mit Elbblick in einen neutralen Zustand zu versetzen. Aber selbst wenn Brunos atemberaubende Frequenz vielleicht nicht immer den Tatsachen entsprach, war sie deshalb nicht erfunden. Eher war sie aus Rücksicht und Bescheidenheit noch untertrieben, schwante Merz.

Bruno log nicht, höchstens verschwieg er einer Liebsten eine andere, das aber nur, um niemanden zu kränken und um nicht als Aufschneider oder Schürzenjäger dazustehen. Er war keines von beidem, definitiv nicht. So wichtig es Bruno war, dass er gut roch, so viel Wert legte er darauf, einer Frau, die er mochte und die ihn mochte, seine Hochachtung auszudrücken. Womanizer, diese Bezeichnung ließ er mitunter gelten, zumindest solange klar war, dass er nichts dafür konnte, wenn selbst abgebrühte, kühle Frauen, denen Merz ein Seelenleben gar nicht zutraute, sich in Bruno verguckten. Er tat ja nichts, damit das so war! Es passierte! Es schien ein Naturgesetz zu sein, so wie der Hamburger sv nicht absteigen, aber auch ebenso wenig einen Blumentopf gewinnen konnte. Mit Fritzi Feddersen, der leitenden Redaktionsjustiziarin des *Tag*, hatte Merz in zwölf Jahren nie ein persönliches Wort gewechselt, doch sie hatte Bruno DeWitt über den gläsernen Flur hinweg angerufen und ihn gefragt, ob er mit ihr essen gehe; und Brunos Antwort waren zwei einsilbige Wörter gewesen.

»Ein spätes Mittagessen?«

»Gern.«

»Könnte sehr spät werden.«

»Gut.«

»Vielleicht auch erst so gegen acht.«

»Gut.«

»Bei mir?«

»Gern.«

Als er ihm einmal dabei half, hoch oben im siebzehnten Stock des Liebeswohnturms einen Ohrstecker von Brunos Sonnabendgeliebter Babs zu finden, ehe das eine seiner Gefährtinnen vom Sonntag tat, erfuhr Merz, worunter der Freund nach eigener Ansicht litt, nämlich keineswegs an einer maskulinen Art Nymphomanie, sondern unter einer für gewöhnlich bloß belächelten Form von philosophischem Don Juanismus. Auf dem Bauch liegend, Kopf und Arme unter dem frisch bezogenen Bett, keuchte Bruno, Männer wie Kierkegaard und Casanova, der Dichter Nikolaus Lenau oder Nastassja Kinskis herzloser Vater hätten mit jeder Frau, mit der sie schliefen, stets nur versucht, dem Verstreichen der Zeit und dem Fluch der Vergänglichkeit Einhalt zu gebieten. Im Selbstvergessen der Umarmung, im Hochgefühl der Lust sei der Liebhaber dem Wortsinn nach der, der lieb habe. Das Leben liebe er, so sehr, dass er den Tod auszulöschen versuche, indem er die Zeit zum Stillstand bringe.

Hm.

Konnte schon sein. Der philosophischen oder psychologischen Sicht auf die Dinge wusste Merz nur wenig abzugewinnen, einer wie er hatte da gewisse Berührungsängste.

»Hab ihn!«

Babs' Ohrstecker, Bruno reckte eine Hand unter dem Bett hervor. Der Stein funkelte im Licht über dem Elbstrom.

Nein, Merz verließ sich lieber auf seine Menschenkenntnis. Immerhin war der Philosoph Sören Kierkegaard Däne gewesen. Aber Merz hatte weder etwas von diesem Lenau gelesen, noch war ihm je zu Ohren gekommen, dass Casanova auch Bücher schrieb. Und Klaus Kinski war bestimmt ein Genie gewesen, ebenso aber sexbesessen, unverantwortlich, skrupellos und größenwahnsinnig.

Entscheidend war doch vielmehr, dass dieser so belesene und von französischen Frühimpressionisten träumende Schnarcher mit Plauze und häufig wechselnden Sexualpartnerinnen, der keine Armlänge entfernt neben ihm im Großraumabteil saß und von einem Prachtbildband eingezwängt schlief, nie auf die Idee gekommen wäre, sich selber in die Tasche zu lügen, geschweige denn sich etwas vorzumachen.

Das nämlich war es, was Merz schlagartig erkannte.

Anders als er belog Bruno DeWitt sich nicht selbst.

»Du lügst dir in die Tasche«, sagte er zu seinem Spiegelbild, das er vorm grünen Hintergrund des Karlsruhe überwuchernden Graslands im Zugfenster sah, und dann lächelte er, und sein Spiegelbild lächelte genauso, und das machte es leichter.

Einmal hatten Bruno und er in einer Seitenstraße der Reeperbahn ein Etablissement besucht. Wände, Böden, Möbel und die spärliche Bekleidung der Frauen, alles war rosa und rot gewesen, und Merz hatte in den Räumen augenblicklich ein Gefühl unbändiger Beschämung ergriffen. Er beschloss, solange Bruno mit einem der »Pink Girls« auf dessen Zimmer war, am Tresen etwas zu trinken, wie viel es auch kostete. Es kostete sehr viel. Er trank den Sekt und wurde von der Bardame – Monique – hin und wieder etwas gefragt, was er mit Ausflüchten und Erfindungen beantwortete, bis sie freundlich fragte, ob er nicht besser woanders sein Glück suchen solle; daraufhin war er gegangen, erleichtert und zugleich zerknirscht.

Monique hatte ihm gefallen. Er stellte sich vor, wie er sie nach Hause brachte, wie er sie und ihr kleines Kind aus den Fängen des Rotlichtmilieus befreite. Wie sie zusammen in den Urlaub fuhren.

Draußen in der Nachtluft hatte Bruno gelegen, auf einer Stufe vorm Nachbarhaus, rücklings auf dem nackten Zement. Er blickte in die Sterne über St. Pauli, er weinte, schluchzte, und Merz erschien er in diesem Augenblick jugendlich oder noch jünger, ein Teenager, ein Junge.

»Es war nur furchtbar! Furchtbar für sie, furchtbar für mich«, sagte Bruno. »Dann lieber hier liegen.«

»Du bist doch keine Fußmatte.«

Und Bruno lachte: »Doch! Guck doch hin. Ich bin eine Fußmatte!«

Merz lächelte zum ersten Mal seit vier Tagen, gefühlt aber vier Wochen. Der Zug wurde wieder schneller. Siedlungen, Einkaufsstraßen und Parkplätze voller Leute tauchten auf und verschwanden. Er sah einen See, auf dem lauter Ruder- und Segelboote fuhren. Er sah ein Sportstadion voller Kinder. Er sah ein Freibad, dessen Wasserbecken kaum noch blau und dessen Rasen kaum noch grün war, so viele Besucher sorgten dort für buntes Gewimmel. Wieder sah er sich selbst gespiegelt im Fenster, sah, wie Bäume, Häuser und Straßen über sein Gesicht huschten, als hätte man sie ihm daraufprojiziert. Einem plötzlichen Impuls folgend zog er das gelbe Kuvert aus seiner Ledermappe und faltete Ingers Brief auseinander. Noch einmal besann er sich, hielt die Luft an und überlegte. Er war fest entschlossen. Und dann las er die zwei Seiten noch mal langsam und diesmal sehr aufmerksam. Er las sie wie zum ersten Mal.

Inger hatte den Brief zwar nicht datiert, doch ließ sich der Poststempel auf dem Umschlag gut entziffern. Aufgegeben worden war er in Ohlsdorf. Sie hatte ihm an einem Tag Ende Februar geschrieben, vor fast sieben Monaten.

»Lieber Raimund, bitte lies bis zum Ende.«

So lauteten die ersten, doppelt unterstrichenen Wörter.

Es folgten anscheinend hastig hingeschriebene Zeilen, dazwischen immer eine leere, wie um Platz für Korrekturen zu lassen, obwohl nirgends etwas durchgestrichen oder verbessert war.

Ein dünner schwarzer Stift oder Füller, dessen Tinte, wenn er das Blatt schräg hielt, in der Sonne schimmerte.

Merz las, und schon nach dem ersten Wort war er nicht mehr, wo er war, im Zug irgendwo in der Nähe von Pforzheim, sondern sah den See vor sich, den Müggelsee.

»Vierzehn Jahre ist es her, dass wir zuletzt miteinander geredet haben, Du und ich, mein Mann und Deine Frau. Alle vier dürften wir wissen, wieso das so ist, und alle werden wir versucht haben, damit zu leben und, so gut es ging, es zu vergessen. Moritz und mir ist es lange erschreckend gut gelungen.

Ohne die Ereignisse, die Pippas und mein Leben in den letzten Monaten kaputtgemacht haben, würde ich mich nicht an Dich wenden, schon wegen Deiner Frau nicht, von der ich annehmen muss – leider –, dass sie mir nie verzeihen wird.

Auch frage ich mich: Wenn ich ehrlich bin, könnte ich mir denn selber verzeihen?

Und es sollen sich ja die Mädchen nicht begegnen.

Wenn ich Dir schreibe, hat das nur wenig mit unseren Auseinandersetzungen zu tun, dem ganzen Hass und Totschweigen. Du weißt ja, ich hab mir nie viel aus der Vergangenheit gemacht. Als ich in das Dorf kam und wir uns trafen, war ich 13 – jünger als Pippa jetzt ist – und musste abschließen mit allem, was mir am Herzen lag, meinen Eltern, meinen Freundinnen, Ringkøbing, den Grasdünen, dem Meer, meiner Sprache. Ich habe in Deutschland alles neu gelernt, auch zu lieben, auch das Hassen. Manchmal erinnere ich mich sehr gern an alles, was wir miteinander erlebt haben, als die Mädchen und Jungs, die wir waren und die erwachsen wurden und das in den Gesichtern der anderen lesen konnten. Aber auch an die Zärtlichkeit, die wir füreinander hatten, erinnere ich mich gern. Sie hat mich gerettet.

Mich plagen Dinge, die auf Pippa und mich zukommen. Die Ärzte sagen, Moritz wird nicht mehr lang leben. Ich will Dir gern alles in Ruhe unter vier Augen erzählen, doch schon jetzt brauche ich Deine Unterstützung, Raimund. Ich fürchte, niemand außer Dir kann uns jetzt helfen! Es war ja nur eine Frage der Zeit, dass Pippa es erfahren musste.

Nach Moritz' Wunsch soll genau das passieren, solange er noch lebt und auf ihre Fragen selber antworten kann.

Sie wird wissen wollen, warum wir ihr nie gesagt haben, dass Du ihr Vater bist, dass sie eine Halbschwester hat und dass Priska fast genauso alt ist wie sie.

Raimund, Liebster, wie geht es Prissy?

Ich schreibe Dir und weiß plötzlich selbst nicht, wie ich so selbstsüchtig sein konnte, nie den Mut aufzubringen, unserer Tochter die Wahrheit zu sagen.

Jetzt muss ich es. Bitte, tu, was Dir möglich ist, um Dich mit Moritz auszusöhnen. Hilf uns.«

Inger hatte unterschrieben, und so, wie sie Linda nicht erwähnte – sie wusste von ihr gar nicht –, nannte sie Floriane tatsächlich kein einziges Mal mit Namen. Der Graben zwischen den beiden Frauen war tief wie der zwischen Moritz und ihm.

Merz fühlte den alten, verhassten Groll in sich aufsteigen. Niemals hätte er es für möglich gehalten, sich nach so vielen Jahren in eine derart ausweglose Lage manövriert zu sehen. Womit hatte er das verdient?

Mit diesem Menschen sich auszusöhnen kam nicht infrage. Zum Teufel mit Moritz Rauch! Er war kein Stück besser als sein Vater. Mir mein Leben verbauen, mir und dem einzigen Menschen, den ich mehr geliebt habe als alles auf der Welt, dachte Merz, mich eingeschlossen!

Aber um den falschen Freund ging es ja gar nicht.

Inger hatte sich nicht wegen Moritz an ihn gewendet, sondern einzig um ihres Kindes willen; in dem Brief stand es schwarz auf weiß.

Es ging um das Mädchen.

Pippa.

Seine Tochter, er kannte sie gar nicht. Und sollte nun über Pippa reden, womöglich sogar mit ihr?

Flori würde das niemals zulassen.

Während ihm die Gedanken kreuz und quer durch den Kopf gingen, sah er aus dem Fenster, ohne jedoch irgendetwas wahrzunehmen. Felder, Wälder, Gräben, Reihenhäuser, Häuserreihen, Straßen, Autos, Autofriedhöfe. Der Zug schien durch ein Zwischenreich zu fahren, in dem es bloß Bruchstücke der verlorenen Vergangenheit und eine noch ungewissere Zukunft gab, keine Gegenwart, nichts als gespenstischen Schein.

Doch das stimmte nicht. Eine auffällige Fliege landete in diesem Moment genau vor seinem Gesicht innen an der Scheibe. Sie war nicht groß, eher schmal, aber ihr Körper schillerte grüngolden.

Zum ersten Mal, seit Insekten ihn beschäftigten, hatte er eine Nonnenbremse vor sich. So hieß sie, weil sie Larven auf Falterspinnern und Falternonnen ablegte. Sie war getigert, borstig behaart. Ein paar Mal hatte er von Wespendrohnen erbeutete Raupenfliegen gesehen, die bereits einen Flügel eingebüßt hatten. Diese lebte, sie wirkte sehr munter. Sie strich sich behutsam den Staub vom Körper. Er pustete sie an, ganz sacht, und sofort flog die Fliege davon und war verschwunden.

»Was machst du da?«, fragte Bruno. Mit von Schlafschweiß glänzendem Gesicht blickte er herüber.

»Da war ein Tier.«

Er steckte den Brief in das Kuvert zurück, und dabei fiel sein Blick auf das lose Blatt, Florianes Nachricht, die er noch immer nicht gelesen hatte.

»In einer halben Stunde sind wir in Stuttgart, mach ruhig die Augen noch mal zu. Ich weck dich.«

»Er will mich loswerden!« Bruno kniff ihn in den Oberarm. »Aber es wird ihm nicht gelingen!«

»Mensch, jetzt lass das!« Merz schüttelte die Hand ab. Er faltete das Kuvert zusammen und steckte es ein. »Lass mich durch. Seit Stunden muss ich zum Klo und lass dich hier pennen.«

»Was bist du für eine Memme«, sagte Bruno und lachte. Jetzt war er wirklich ganz wach. »Du solltest HSV-Stürmer werden! Nein, du kommst hier nicht durch. Geht nicht. Der Bildband ist unüberwindlich. Die reinste Mauer. Ist gar kein Bildband, ist eine Bildwand, die Kullmann-Wand.«

Merz stand auf. »Lass mich durch. Los, du Irrer.«

»Sonst? Rufst du um Hilfe? Wen denn, Kullmann? Ich gebe dir seine Nummern. Weißt du, wie viele Handys so ein Kurator hat? Vier.« Bruno zog eine Grimasse. Er tat, als würde er in Tränen ausbrechen.

Schräg gegenüber drehte sich eine junge Frau um, ihr Gesicht war mit roten Sommersprossen gesprenkelt, und am Mund hatte sie etwas Seltsames, eine deutlich hervortretende Ader, eine Art blaues Mal, das wie ein unleserlicher Buchstabe aussah, ein Y, das ein P zu werden versuchte.

»Sie sind im Ruhebereich«, sagte sie ruhig. »Bitte, ich möchte lesen.«

»Was lesen Sie denn?«, fragte Bruno.

Er stand auf und ließ Merz durch.

»Glauben Sie echt, das geht Sie was an?« Die rothaarige, rotgepunktete Frau sprach leise, klang dabei aber amüsiert, jedenfalls nicht sonderlich abweisend.

»Nein, Sie haben recht, es geht mich nichts an. Entschuldigen Sie«, sagte Bruno ernst und war kurz davor, sich zu verneigen. Merz kannte diese Eröffnung.

»Vorsicht«, sagte er. »Der ist ein Frauenverführer, einer von der schlimmsten Sorte, raffinierter als Kinski. Er sieht nicht so aus, aber der verschlingt Sie, wie eine Anakonda.«

»Na, das wär mal was«, antwortete sie und zeigte ihre Zähne. Es waren schöne Zähne, Merz konnte jedoch die Augen nicht von der blauen Ader am Mundwinkel lassen.

»Ja, stimmt, ich gebe es zu, ich bin ein Scheusal. Aber

ich würde keinen vom Lesen abhalten«, sagte Bruno freundlich. »Da müsste man schon zusammen etwas vorhaben, das viel, viel …«

Er ging, ging davon, weiter, immer weiter durch Sitzreihen und Gänge, aber musste erst mehrere Wagen durchqueren, bis er ein leeres Gangfenster entdeckte. In dessen hellem Licht blieb er stehen. Wie er an der Handschrift richtig erkannt hatte, war das lose Blatt von Flori, zweifellos. Aber was darauf geschrieben stand, richtete sich nicht an ihn, jedenfalls nicht unmittelbar.

Er war am Abend – gestern Abend! – niedergekämpft von dem drei Tage dauernden Rausch früh ins Bett gewankt und hatte am Morgen weder Floriane noch Priska gesehen. Im Stehen hatte er gefrühstückt, dann gepackt und ein Taxi zum Hauptbahnhof genommen. Bruno hatte auf dem Bahnsteig die Arme in die Höhe gerissen, so froh war er gewesen, nicht allein nach Stuttgart fahren zu müssen.

Er war in den Zug gestiegen, überzeugt, Flori habe auf den Zettel, der bei Ingers Brief steckte, eine Entschuldigung oder Erläuterung geschrieben – eine Notiz, die er vor Groll und Enttäuschung vergessen oder verdrängt hatte.

Aber das lose Blatt war keine Erläuterung, und es enthielt auch nichts, was nach einer Entschuldigung klang. Vielmehr stellte es eine offene Kriegserklärung dar, sogar eine doppelte, denn was er in der Hand hielt, war die Abschrift eines Briefes, mit dem Floriane schon am

10. März, vor über einem halben Jahr, Inger geantwortet hatte.

Zwölf Zeilen umfasste die Nachricht, Anrede und Unterschrift nicht eingerechnet, denn es gab weder das eine noch das andere. Aber das war auch nicht nötig.

»Erste und letzte Warnung: Wage es noch mal, Dich meinem Mann, unseren Kindern oder mir zu nähern, und Du kannst Dir sicher sein, dass ich im Dunkeln irgendwo auf Dich oder Deine Brut warte. Du hast Dein Kind bekommen. Sieh zu, wo Ihr unterkriechen könnt. Es ist mir ernst, Inger Rasmussen. Ich habe es Dir schon im Garten damals gesagt: Du wirst mich noch kennenlernen. Lüg Du Dir alles zurecht! Es kümmert mich nicht mehr als der Regen, wenn er in die Bäume rauscht.«

II

Facetten einer falschen Freundschaft

Solsort, Amsel, hatte das Segelboot ihrer Eltern geheißen, weil es einen schlanken schwarzen Rumpf und zwei schwarze Spinnaker gehabt hatte, die bei Wind Flügeln ähnelten. Eine Slup war die Solsort gewesen. In dem Feldmarkdorf östlich von Hamburg, in das man sie als Teenager verpflanzt hatte, war das Meer fern, und sie vermisste es monatelang keine Sekunde, froh, das Meer los zu sein, bis sie eines Morgens aus dem Haus ihrer Tante kam und einfach loslief Richtung Norden, quer über die Felder und Redder, immer weiter. Den ganzen Tag aß sie nur Obst von den Bäumen und Beeren von den Sträuchern und trank Wasser aus Teichen und aus Wasserhähnen auf Campingplätzen. Solange sie unterwegs war, sang sie. Und als auf der Landstraße der Peterwagen neben ihr hielt, in den sie einsteigen musste zu der netten Polizistin und ihrem stummen Kollegen am Steuer, war sie zwar enttäuscht, weil sie es nicht bis zum Meer geschafft hatte, aber auch stolz auf sich, dass sie nicht eingeknickt und umgekehrt war. Tante Jane lächelte. »Du bist groß«, sagte sie achselzuckend und wiederholte es auf Dänisch.

»Du er stor.«

Das Landleben war ihr seit der Zeit zwischen Ringkøbing und den Ringkøbinger Grasdünen nur allzu vertraut. Sie hatte Schafe satt und fand Kühe unerträglich. Sie verabscheute Milch. Jeden Grashalm hatte sie gezählt.

Wofür Zäune? Sie kannte die Gerüche und Blicke der Bauern, die immer brandneuen, immer größeren Traktoren, das ewige Nutzdenken. Von allem Ländlichen angeödet, sehnte sie in jedem Moment Weite herbei. Sie war sich wieder sicher, ihre Liebe galt der See. Vor allem bei Sturm hatte sie schon als Mädchen stundenlang in den Dünen gehockt, um über das silbern flimmernde Wasser bis nach Holland, bis nach England zu sehen! Sie musste aus allem einen Gewinn ziehen können, und so wischte sie alles vom Tisch, was nicht der Befriedigung ihrer Herzensbedürfnisse diente. Inger war sentimental, aber nicht gefühlig. Sie weinte nie, nicht mal, wenn sie an die Amsel dachte. Sie lachte, aber Freude empfand sie dabei keine. Sie war künstlerisch begabt, hatte viel gelernt von ihrem Vater und – seit er tot war – viel über Malerei mit ihm geredet. Und doch war sie ein Gefühlsmensch. Sie suchte nach einem Weg zurück, zurück zum Meer. Wonach suchten die anderen denn? Flori schien es um Bestätigung zu gehen – die Bestätigung des Lebensentwurfes ihrer Mutter –, Moritz wollte erfolgreich sein wie sein Vater, aber mit Leuten wie seinem Vater nichts zu tun haben. Und Raimund? Er dachte so in die Welt hinein, als gebe es in jeder Hecke etwas zu lesen, das bedeutsam, nur noch keinem aufgefallen war.

Sie dachte oft, eigentlich müsste sie mit Raimund zusammen sein und irgendwo am Meer leben, bloß er und sie. Er war so empfindsam, wie sie es gern gewesen wäre. Aber wenn sie Raimund sah, erinnerte sich Inger wieder daran, dass alles in ihr gestorben war.

Etliche Jahre, bevor Ende der Neunziger der Tanke-Rauch und seine Frau mit dem Jaguar bei Burg auf Fehmarn in den Tod rasten, war die Blechflunder schon einmal an der späteren Unglücksstelle gewesen.

Es war einer der letzten Sommer vor dem Mauerfall, ein nicht sehr heißer, fast durchgehend schöner Juli mit oftmals leuchtend blauem Himmel. Die Flunder glitt an Burg vorbei und in Puttgarden auf die Fähre nach Rødby. Moritz und Raimund wollten sich eine Woche lang durch Dänemark treiben lassen und dann sehen, wie es in Südschweden so war.

Sie überquerten Falster und folgten auf Seeland der Küste nach Norden. Sie hörten laut Musik, sangen die Liedzeilen mit, die ihnen etwas über ihr eigenes Leben mitteilten, sie rauchten die Zigaretten, die Raimund ihnen während der Fahrt drehte, bliesen den Qualm durchs offene Schiebedach hinaus, erzählten sich Geschichten von Patienten, um die sie sich im Zivildienst gekümmert hatten, und stoppten in Küstenstädtchen, um Bier und etwas zu essen einzukaufen, das sie am Abend in der Gemeinschaftsküche eines Wanderheims kochten, ehe sie an veralgten Öresundstränden Steine sammeln gingen, die dann im Kofferraum landeten und die sie nie wieder eines Blickes würdigten. Es gab nichts, was schöner war als der Tag, den sie erlebten; es gab nur eine verschwommene Vergangenheit, aus der sie angeblich kamen, und keine Zukunft, die sie kümmerte.

Raimund wollte im Herbst nach England gehen, um in Birmingham zu studieren, Biologie, ein halbherzig gefasster Plan, eher aus Pflichtgefühl seiner Mutter gegenüber. Moritz dagegen hatte vor, entweder die elterliche Firma zu übernehmen, was seit einiger Zeit hieß, sie vor der Pleite zu bewahren, oder aber er würde ebenfalls studieren, in Wien oder Berlin, und als Architekt mindestens so großartig und berühmt werden wie Rem Koolhaas oder sogar Frank Lloyd Wright. Sie machten Pläne, aus denen nichts werden konnte. Sie verherrlichten tagsüber das Licht und in der Nacht die Dunkelheit. Es gab die Ferne und es gab die Nähe, und es gab Orte und Augenblicke, da waren Nähe und Ferne dasselbe. Es gab Musik, die ihnen nicht aus dem Kopf ging. Und es gab Inger, die aus diesem so nahen und zugleich fremden Land kam, durch das sie fuhren. Es gab während ihrer Zeit in Dänemark keine Stunde, in der sie nicht an Inger dachten und einer etwas von ihr erzählte, das dem anderen neu war.

Noch nie hatte ihm eine Stadt so gefallen wie Kopenhagen. København! Für ihn nicht nur die dänische Hauptstadt, sondern das Herz des Landes, in dem die Frau aufgewachsen war, der sein Herz gehörte.

Es gab Tausende von jungen Leuten wie sie, die in Nyhavn in den Ufercafés saßen und durch das Gassenlabyrinth der Altstadt strömten. Ein paar Freiburger, die sie trafen, erzählten, erst vor wenigen Tagen habe Bruce Springsteen ein Konzert in Kopenhagen gegeben und zuvor auf Strøget inkognito Straßenmusik gemacht.

Sie stiegen auf den Runden Turm. Er hatte keine Stufen, nur eine Fahrbahn, auf der früher Pferde und Kutschen wie in einem riesigen Schneckenhaus aus Stein bis zur Aussichtsplattform gelangt waren. Moritz entschloss sich dort oben, so schnell wie möglich mit dem Studium zu beginnen; begeistert von der Bauweise des Turms, zeichnete er dutzende Skizzen, während sich Raimund den Lärm der Droschken, das Gekeuche und Getrappel der Pferde und das Geknall der Peitschen vorstellte. Als sie nach drei Tagen aus Kopenhagen hinausfuhren, legten sie einen Zwischenstopp in Amager ein, wo Moritz sich die Erlöserkirche Vor Frelsers mit ihrem spiralförmigen Kupferturm ansah. Oben angekommen, fragte sich Raimund lange, ob ihn die Liebe zur Freundin seines besten Freundes nicht genauso schneckenhausartig zu einer Spitze führte, wo er dann entweder würde unverrichteter Dinge umkehren oder hinunterspringen müssen.

Dann verließen sie Ingers Land und nahmen an einem frühen Abend die Fähre über den silbern leuchtenden Öresund nach Schweden. Alles in den Trelleborger und Malmöer Vororten erschien ihnen zweckdienlich, nur eine Jugendherberge gab es nirgends.

»Ich stelle mir vor, ich hätte ihn gesehen«, sagte Moritz. Im Kassettenradio lief Springsteens »New York City Serenade«. Moritz hatte einen Ausdruck im Gesicht, als hätte der Boss das Lied nur für ihn geschrieben.

»Stell dir vor, wir auf Strøget und er auf Strøget, wir hätten ihn gesehen und hätten ihn nicht erkannt«, sagte Raimund.

Langsam fuhren sie dahin durch das sommerlich verwaiste Südschweden.

»Nein«, sagte Moritz irgendwann, Stunden später, als es schon dunkel wurde. »Ich hätte ihn erkannt, garantiert.«

»Euer unerträgliches Bierkneipengitarrensologeschrammel!« Floriane verdrehte die Augen. »Hauptsache, keiner kann danach tanzen. Also ich will, dass was anderes läuft. Raimund, mach was anderes an, aber kein Gewieher mit Gitarren und Getrommel. Na los! Sonst fliegt dieser Turnschuh auf den Plattenspieler, das schwör ich dir!«

Flori mochte nichts so sehr wie tanzen. Die Musik war ihr dabei fast egal, Hauptsache, sie lief ihr durch den Körper, die Muskeln. Wenn sie tanzte, spürte sie, wie ihre Wut eine Kraft wurde, die ihr Beweglichkeit und Freiheit schenkte. Es gab Abende in Moritz' oder Raimunds Zimmer, da saßen sie zusammen, lachten, redeten über ihre Eltern und die Lehrer und hörten Musik; sie trank nicht. Und wenn Inger und die beiden Jungs schon auf dem Boden lagen und nur noch Quatsch von sich gaben, tanzte Floriane allein in einer dunkleren Zimmerecke, bis sie nicht mehr konnte.

Über den Feldern und in den Parks hing Nebeldunst, als sie noch immer durch die dunkle Gegend kurvten. Moritz war gereizt, aber nicht davon abzubringen, dass nur er fuhr.

»Wieso siehst du das Ganze nicht mal anders?«, fragte ihn Raimund ernst und auch ein wenig belustigt. »Wenn ich die Kiste versenke, seid ihr etwas los, was euch sowieso nur an Hajo Kossleck erinnert. Also?«

»Du fährst sie nicht, und wenn du hundert Argumente hast«, sagte Moritz und wirkte wie üblich munter, solange er etwas durchsetzen zu müssen meinte. »Die Blechflunder ist der Beweis, dass wir nicht aufgeben. Sie ist eine Kriegsbeute. Ein Geschenk zwar von diesem Wegelagerer, aber eigentlich ein trojanisches Pferd. Na, verstehst du sowieso nicht.«

»Sei dir da nicht so sicher.«

»Ich bin mir bei keiner Antwort sicher, noch nicht bemerkt?«

»Außer bei der, dass ich die Flunder nicht fahren darf.« Raimund starrte zum Seitenfenster hinaus in den Nebel.

Was für ein schöner Nebel, dachte er.

»Du fährst, wenn mich ein Schwede verprügelt und ich nicht mehr fahren kann. Dann fährst du.« Moritz lachte.

Was für ein mieser, elender Nebel, dachte er.

»Oder der Schwede«, sagte Raimund.

Sie lachten.

Moritz hatte fast schulterlanges dunkelbraunes Haar, und wenn er lachte, wippten die Strähnen, die ihm über die Ohren fielen, hin und her. In dem Sommer in Dänemark und Schweden sah Moritz aus wie der junge Jackson Browne. Lieber hätte er ausgesehen wie der junge Bruce Springsteen, doch dem sah Raimund viel ähnlicher.

Egal, wie sie aussahen, und gleichgültig, in was für einem Auto sie vorfuhren und wer den Jaguar fuhr, weder in Trelleborg noch in Malmö oder den grauen, vom Wind durchfegten Nestern dazwischen fanden sie eine Bleibe für die Nacht. Nördlich von Nord-Malmö sagte ihnen eine Schwedin, die erleuchtet wie eine Madonnenfigur im Kassenhäuschen einer Lkw-Tankstelle saß und nicht nur etwas Englisch konnte, sondern auch bereit war, Englisch zu sprechen, es gebe ein paar Kilometer weiter, auf halbem Weg zwischen Alnarp und Flackarps Mölla, ein kleines Hotel, zwar nicht billig, aber die Besitzer seien wenigstens keine Monster.

Das Hotel in diesem Hjärup fanden sie nicht. Sie fanden nicht mal den Ort, der so hieß, es war einfach viel zu neblig. Weitere anderthalb Stunden lang krochen sie stumm durch anscheinend unbesiedeltes Grasland, dann kehrten sie um und fuhren zurück nach Süden, an einer Küste entlang, die unmöglich der Öresund sein konnte. Auf dem Malmövägen, von dem sie annahmen, dass er der Weg nach Malmö war, beschlossen sie, bei der ersten Gelegenheit zu parken, sich die Beine zu vertreten und dann im Wagen etwas zu schlafen, zumindest solange die Nebelsuppe so dicht war.

Der Fleck, den sie schließlich auserkoren, erschien aus unerfindlichen Gründen einladend. Nahe Lilla Lomma – Kleine Lumme? – zweigte von der Landstraße ein Kiesweg ab, der bald zum Grasweg wurde und sie hinunter in eine graugrüne Mulde führte, aus der der Malmövägen nicht länger zu sehen war. Im Scheinwerferlicht tauchten vereinzelte Sträucher auf, hin und wieder auch eine Sandkuhle, wo sie es sich hätten bequem machen können, denn es war gar nicht kühl; aber es nieselte, und sie hatten weder Zelt noch Schlafsäcke.

Moritz parkte am Ufer eines kleinen Teichs, auf dem ein paar lichtscheue Enten schwammen. Als die vier Scheinwerfer der Flunder erloschen, stürzte lautlos das Dunkel des Universums über allem zusammen.

»Hat sie das wirklich gesagt: keine Monster?«, fragte Moritz. »Sondern? Menschen?«

»Hast du gesehen, wie hübsch sie war?«, fragte Raimund. »Sitzt da allein mitten in der Nacht unter lauter Fernfahrern auf einem Parkplatz. Wir sollten sie retten.«

»Mach doch«, sagte Moritz tonlos. »Ich will nach Hause«, und das klang so mutlos, dass Raimund endlich begriff, was ihnen bevorstand. Es würde alles im Nichts enden.

Moritz ging langsam davon zu ein paar Sträuchern und pinkelte hinein in die Schwärze, während sich Raimund die Böschung hinabtastete, um ans Wasser zu gelangen. Es war Süßwasser, schmeckte aber moosig oder algig und auch leicht nach Salz. Er drehte sich um und sah oben auf dem Scheitel der Grasböschung den flachen, pechschwarzen Umriss des Jaguar. Die Innenraumbeleuchtung ging an, und er sah Moritz am Steuer sitzen und reglos in die leere Finsternis starren, ein, zwei Minuten lang, in denen er überzeugt war, dass gleich der Motor ansprang und Moritz davonfuhr, ohne ihn und ohne noch mal anzuhalten.

Wie es war, mit Inger Rasmussen eine Nacht zu verbringen? Erschreckend normal. Manchmal träumte sie, dann wimmerte sie, manchmal schnarchte oder schmatzte sie. Und am Morgen roch sie leicht unappetitlich aus dem Mund und nach Schlafschweiß am ganzen Körper.

»Wenig sexy, wenn du's genau wissen willst«, sagte Moritz und hatte den bulligen Gesichtsausdruck seines Vaters, wenn der zu seinem Sohn sagte: »Los, Junior, Abmarsch.«

Wie es war, mit Inger eine Nacht zu verbringen? Als wäre man eine Nacht lang eingesperrt im Robbenbassin eines Zoos. Nur leises Gewimmer ab und zu, und dann wieder Glotzen und Glucksen.

»Inger, Schatz, könntest du bitte aufhören, so traurig zu sein? Oder warum schluchzt du so?«

Flori erinnerte sich an Nächte mit Inger auf Klassenreise an der Schlei, in diesem zum Sterben verregneten Wikingerdorf Haithabu. Einmal in ihrem Zweimädchenzelt, als sie vor Kälte nicht hatten einpennen können, fragte Inger: »Du und Raimund, ist da was? Ich dachte immer, du magst Moritz stärker.«

»Es heißt lieber«, sagte Flori. »Ich dachte immer, du magst Moritz lieber.« Von da an wusste Floriane, aus welcher Richtung der Wind wehte.

Wie es war, mit ihr eine Nacht zu verbringen? Inger lachte. Da musste man nur die da oben fragen! »Stjerner«, sagte sie, und ihr Zeigefinger zeigte hinauf, zu den Sternen.

Wie es war, mit Inger eine Nacht zu verbringen? Er wusste es nicht. Raimund stellte es sich jahrelang vor, drei, sieben, neun, zwölf Jahre lang, aber wusste es doch nie. Manchmal kam er sich vor wie der einzige Mensch auf der Welt, der sie noch nie hatte schlafen sehen.

Aber wie es sein musste, das glaubte er genau zu wissen.

In der Nacht am Teich von Lilla Lomma machten sie kaum ein Auge zu, und sie redeten bis zum Morgen auch kein Wort. Draußen schnatterten die Enten immer lauter, und unentwegt floss Wasser auf verborgenen Kanälen durch die Karosserie. Das peinliche Schweigen führte Raimund auf ihre Erschöpfung zurück und auf Moritz' Heimweh nach der Geborgenheit seines getäfelten Zimmers. Doch er selbst sagte ja auch nichts, sondern lag bloß da auf dem zurückgeklappten Beifahrersitz und fror trotz der Wildlederjacke, mit der er sich so gut wie möglich zudeckte. Bei jeder Bewegung quietschte der Lederbezug, dann stöhnte Moritz genervt auf und drehte sich auf dem Fahrersitz hin und her.

Aber das war es nicht, was ihn seit Stunden wach hielt. Der falsche Freund, dachte er hundertmal am Tag, das ist nicht er, das bin ich selber! Für nichts hasste er sich so wie dafür, verrückt nach Inger zu sein.

Wenn er diese Hände auf dem Lenkrad sah, malte er sich aus, wie Moritz Inger streichelte. Wenn Moritz einen Witz machte, hörte er Inger lachen, ihre Stimme, die er so liebte; das Kind, das sie einmal gewesen war, hörte man darin. Einmal hatte er ein langes blondes Haar auf Moritz' Pullover entdeckt. Alles Mögliche hatte er unternommen, um es für sich haben zu können, er hatte sie minutiös geplant, die Eroberung eines Haars, und erfolgreich ausgeführt! Ermuntert von seinem Erfolg, hatte er einmal einen Handschuh von Inger, den er im Schein eines Osterfeuers im nachtdunklen Gras liegen sah, an sich genommen und nicht mehr hergegeben, auch nicht, als sie jeden fragte, ob er den Handschuh gesehen habe. Nein, er hatte ihn nicht gesehen. Wie sah er denn aus, braun? Ein Fingerhandschuh. Fest umklammert hielt er ihn in seiner Jackentasche verborgen, seine Finger rochen nach der Wolle, nach dem Schweiß in der Wolle, und immer wieder roch er an seiner Faust. Ihr Handschuh! Er roch so sehr nach ihr, als wäre er aus ihrer Haut gemacht. Allein in seinem Zimmer, steckte er manchmal, so tief es ging, die Finger hinein.

Wenn sie irgendwo pünktlich zu sein hatte, guckte sie jede Minute auf die große dänische Männerarmbanduhr, die sie am rechten Handgelenk trug, wie ihr Vater sie getragen hatte, und dann sagte sie erschrocken: »Oh! Schon 38 nach zehn!« Und wenn Raimund, Moritz oder Flori sie dann lachend verbesserten, »38 nach zehn! Du meinst acht nach halb elf!«, dann schmollte sie, dann lachte sie, dann machte sie, dass sie wegkam, und sagte ungerührt: »In meiner Sprache sagt man 38 nach zehn. Braucht wer ein Wörterbuch?«

Wenn Moritz Ingers Namen aussprach, musste Raimund sich abwenden und zog eine Grimasse des Angeekeltseins. Erwähnte Moritz jedoch nur für eine Stunde Inger nicht, so war es Raimund, der ihn dazu brachte, indem er etwas von Inger erzählte oder erfand, das Moritz amüsierte oder empörte. Endlich fühlte er sich ihr dann wieder näher, näher als in der Endlosigkeit ohne sie, und konnte es von Neuem eine Weile aushalten, weiter bloß vor sich hin zu leben.

Wusste Moritz, wie es um Raimund stand? Keiner konnte es sagen. Und eigentlich war es auch egal. Was Moritz bewegte, kümmerte Raimund ja ebenso nur bis zu einem gewissen Grad. Moritz dachte oft, dass der Grund für diese Barriere gar kein mangelndes Interesse war, sondern bloß ihre Unfähigkeit, Worte zu finden für das, was in ihnen vorging.

Freunde? Natürlich waren sie Freunde. Was sonst!

»Einen Freund haben kannst du nur, wenn du selber einer bist«, sagte Inger traurig.

In den Sommern auf der Feldmark waren sie immer öfter allein, zu zweit oder als Viererbande in den Garten gezogen. An beinahe jedem Nachmittag zwischen Mai und September gingen sie schwimmen im alten Gammenmoorer Waldbad, schlugen sich am Imbiss den Bauch voll und geisterten dann durch das leere Dorf, ohne zu wissen, was tun und wohin.

Flori und Moritz waren schon lange ein Paar, und seit einiger Zeit schliefen sie miteinander, wodurch Floriane sich stark verändert hatte. Sie schien kein Mädchen mehr zu sein, sondern bewegte sich und redete wie eine junge Frau. Immer öfter trug sie Kontaktlinsen statt ihrer Brille, sie schminkte sich sorgfältig, und sie war leicht reizbar, vor allem Inger gegenüber. Raimund wunderte sich über sich selbst, denn er fand Floriane Lepsius, die er schon seit einer Ewigkeit kannte, mit einem Mal aufregend und anziehend.

Nie wäre es ihm eingefallen, Inger seine feste Freundin zu nennen. Flori und Moritz behaupteten, er habe sich in sie verguckt, als er sie zum ersten Mal sah, im Schulbus. Allein saß sie auf einer Sitzbank, hatte das Deutschwörterbuch auf den Knien und eine blonde Strähne im Mund, auf der sie herumkaute. Raimund wusste nicht, wo der Unterschied war zwischen Verliebtsein und Liebe, aber er hätte als der sechzehnjährige Junge, der er war, ohne zu zögern, behauptet, dass er Inger Rasmussen schon immer geliebt, sie eben nur nicht gekannt hatte.

Sie waren auf sehr vorsichtige Weise sehr zärtlich zueinander. Manchmal küsste sie ihn, manchmal nahm sie seine Hand und er manchmal ihre, immer aber war es dann dunkel oder niemand dabei. Meistens unangekündigt besuchte ihn Inger, auch weil ihre Adoptivtante Jane und seine Mutter einander mochten. Nicht viele im Dorf mochten einander.

Dann hörten sie Musik oder sahen sich Bildbände an. Ingers Vater war Maler gewesen, noch am Tag, als seine Frau und er ertrunken waren, hatte er gemalt. Inger lag gern ausgestreckt auf dem Bett und sah sich Bilder von französischen Landschaftsmalern an. Raimund bewunderte ihre langen Beine, langen Arme, langen Finger. Manchmal sollte er sich zu ihr legen. Manchmal nahm sie seine Hand und legte sie sich auf die Hüfte; wenn er sie streichelte, hielt sie die Hand fest. Dann sah sie ihn an mit Augen, die ihm wie zwei leere Buchten vorkamen, und küsste ihn, sehr zart und ganz flüchtig, sie nannte das einen dänischen Kuss.

Der Lieblingsmaler ihres Vaters war Camille Pissarro gewesen, wegen seines unbändigen Lichts! Und weil Pissarro ein absoluter Freigeist war und Anarchist und sich während der Dreyfus-Affäre nicht beirren ließ und fest zu Zola hielt. Ihr Vater war kein Nationalist, nicht mal Patriot, aber er liebte Dänemark, »Danmark«, und auch deshalb liebte er Pissarro! Denn kaum einer wusste, dass Camille Pissarro eigentlich Däne war. Er wurde in Dänisch-Westindien geboren, und es war ein dänischer Maler, Fritz Melbye, der den jungen Pissarro zum Malen brachte.

»Ja! Da staunst du!«, sagte Inger und freute sich.

Im Garten auf der Feldmark lagen sie im Gras unter den verwachsenen Obstbäumen, Jettes Hund Sleipner – so hat er geheißen! –, ein freundlicher Pfeffersalzriesenschnauzer, streckte sich aus im Schatten der Hecke und lauschte auf die Geräusche, die aus dem Wald herüberdrangen. Ab und zu ließ er ein merkwürdiges Geräusch hören, ein kurzes Heulen, das mit einem Schmatzer endete, dann lachten alle.

Inger hatte die Arme unter dem Kopf verschränkt. Sie

blinzelte ins Licht und war in Gedanken mit einem Problem beschäftigt, von dem sie nichts erzählte. Raimund lag in einigem Abstand neben ihr im Gras und ließ sie nicht aus den Augen, damit sie irgendwann seine Blicke spürte.

Sie spürte seine Blicke, wie sie die Sonnenstrahlen spürte.

Seit Wochen wartete er darauf, mit ihr allein sein zu können, doch Inger erschien das wenig erstrebenswert. Sie mied ihn, kam es ihm vor, und deshalb wuchs täglich seine Verunsicherung, ohne dass er hätte sagen können, worauf oder auf wen er eifersüchtig war. Unvermittelt setzte Flori sich auf. Alle außer Moritz sollten weggucken, sagte sie mit tiefer Stimme, und schon flog ihr T-Shirt hinüber zu dem Hund und blieb als dunkler Fleck auf Sleipners Fell liegen.

Was zwischen Flori und Moritz folgte, ging nur die beiden an. Raimund hielt lange die Augen geschlossen, lauschte auf die Insekten, unterschied sie anhand ihres Summens und stellte sich vor, Bienen, Wespen, Hummeln, tausende Fliegen setzten sich auf Florianes Haut und krabbelten über sie hin, bis keine nackte Stelle mehr zu sehen war.

Einmal sah er hinüber, nur aus den Augenwinkeln. Er sah, wie sich Flori von Moritz küssen und streicheln ließ, und er sah Inger lächeln, während sie Moritz zusah.

Er kam sich vor wie der Hund, der hechelnd im aufgeheizten Gras lag. Darum stand er auf und ging zu Sleipner hinüber. Er drehte den dreien den Rücken zu, kraulte dem Hund die Ohren und stellte sich Odins Hengst

Sleipner vor, der acht Beine hatte, vier, die vorwärts, vier, die rückwärts liefen. Er dachte an die zwei Raben, die Odin auf den Schultern saßen und ihm erzählten, was in der Welt vor sich ging.

Odins Raben, dachte Raimund in der Nacht in Südschweden, als er neben Moritz in der Blechflunder lag und frierend mit der Schlaflosigkeit kämpfte, sie hießen Hugin und Munin, das hieß Gedanke und Erinnerung, und auch im wilden Garten hatte er sich die Raben vorgestellt und Odins zwei andere Begleiter, die Wölfe Geri und Freki, Gierig und Gefräßig. Er hatte Sleipner in die Augen gesehen, als er so vor ihm hockte und ihn streichelte, große braune, fast goldene Augen hatte der Hund von Floris Schwester Jette, und diese Augen blickten ihn an aus einer solchen Tiefe, dass es Raimund vorkam, als würde der Riesenschnauzer zu ihm sagen: »Dreh dich jetzt um, und es wird nichts mehr sein wie vorher, möchtest du das? Besser, du drehst dich jetzt nicht um, Raimund, ich glaube, es ist besser, du bleibst noch ein bisschen so hocken und kraulst mir die Ohren«, schien ihm Jettes Hund sagen zu wollen, und da hatte er sich umgedreht.

Ausgestreckt, mit geschlossenen Augen, lag Flori im Gras, und Moritz streichelte und küsste sie, aber blickte dabei Inger an, die ihm zulächelte.

»Warum hast du das gemacht?«, fragte Raimund.

»Weiß nicht. Nur so«, gab Inger zurück.

Sie sah aus dem Fenster, auf das Wasser, sie schwieg, und dann drehte sie mit einer einzigen raschen Bewegung das Gesicht in seine Richtung und blickte ihn an.

»Da hat es angefangen mit euch«, sagte Raimund.

Und sie sagte: »Nein. Da habe ich aufgehört, mich dagegen zu wehren.«

Er hatte das T-Shirt aufgehoben, war zu ihnen gegangen und hatte es Moritz ins Gesicht geworfen.

»Ich hau ab«, sagte er, mehr nicht.

Und Flori rief ihm nach: »Wohin denn, gen Italien?« Und zumindest sie und Moritz lachten sich über das abgeschmackte Wortspiel kaputt.

Warum hatte sie das damals gemacht?

»Da habe ich aufgehört, mich dagegen zu wehren.«

Wogegen? Er verstand es nicht.

Langsam kam das Licht von Lilla Lomma zurück. Während der sechs Stunden in der Blechflunder hatten sie bestenfalls gedöst, aber keine Minute lang geschlafen. Eine dunstige Dämmerung zog vor den Scheiben auf. Das Nieseln hatte irgendwann aufgehört, und durch die Karosserie rieselte kein Wasser mehr.

In die Stille hinein fragte Raimund: »Haithabu, weißt du noch?« Er war sich sicher, dass Moritz nicht schlief. »Da war's genauso. Man hat morgens aus dem Zelt geguckt, und da war nichts als Nebel. Die Wikingerhäuser, die Schlei, das Schilf, alles versunken.«

Moritz antwortete nicht. Er ließ das Seitenfenster runter, und erstaunlich warme Luft drang herein.

Sie waren in einem Sommercamp gewesen. Inger lebte schon im Dorf und erzählte während der Busfahrt von dem früher dänischen, seit 900 Jahren unbewohnten Hedeby. Sie hatte das Gelände am Schleiufer einmal zusammen mit ihren Eltern besucht und erkannte kaum etwas wieder.

Florianes Schwester betreute die Gruppe und hatte ihren Hund mit, einen jungen Riesenschnauzer, dem im Tierheim ein Allerweltsname verpasst worden war. Im Museum von Haithabu sah Jette Darstellungen von dem Hengst mit den acht Beinen, auf dem Odin in die Unterwelt und über den Himmel ritt, und taufte ihren Hund in Sleipner um.

Moritz wollte wissen, wie Raimund auf Haithabu kam.

»Der Nebel«, gab er zurück. »Weil der so wegzieht, fast wie Qualm. Wie an dem Morgen, als er rauszog über die Schlei. Wir müssen ganz nah am Meer sein.«

Natürlich mochte sie Moritz. Er war hübsch, er roch gut, er zog sich an wie ein junger Mann. Inger hatte Lust, ihn anzufassen. Seine Traurigkeit war eine andere als Raimunds, sie erschien ihr gefährlicher. Sie waren alle vier verzweifelt, jeder auf eigene Weise, aber Moritz war rettungslos verloren, weil er wusste, er würde nie die nötige Kraft haben, um aus dem Schatten seines Vaters zu treten.

Und da war die körperliche Lust, die sie erregte, seit sie Floriane und Moritz im Garten zugesehen hatte. Sie liebte

Raimund, sie hätte für Raimund die ganze Ostsee hingegeben, nur damit es ihm gutginge; aber mit ihm zu schlafen konnte sie sich nicht vorstellen. Es wäre gewesen wie den eigenen Bruder in ihrem Innern zu spüren.

Sie wusste, wie groß der Schmerz sein würde, den sie Flori damit zufügte. Aber wenn sie sich dennoch Moritz zuwandte, so vor allem darum, weil seit dem Unfall der *Solsort* eigentlich nichts mehr Gültigkeit für sie besaß. Ihre Empfindungen gingen nicht tief genug, weder für Raimund noch für Moritz, und auch die Dankbarkeit und Freundschaft, die sie für Floriane empfand, weil sie ihr vertraut und Deutsch zu sprechen beigebracht hatte, waren nur flache, seichte Regungen, und die gähnenden Abgründe dahinter machten ihr fast jede Nacht Albträume.

Sie glaubte an nichts mehr.

Es gab keine Liebe. Es gab keine Hoffnung.

»Nichts mehr?«, fragte Raimund.

»Nichts.«

»Warum das, mein Liebling?«

Weil sie damals genauso ertrunken war.

»Aber du bist doch hier. Hier bei mir.«

Ja. Sie war hier und war nicht hier. Beides, beides zugleich.

»Du entscheidest dich nicht in drei Wochen und nicht in einer«, sagte Flori zu Moritz am Rand des Moränenwalds. »Ich gebe dir zehn Minuten.«

Sie zeigte über die Felder; im hellen Licht lag der Garten. Vögel kreisten darüber. Sie wusste, das lag an den

Obstbäumen; im Herbst verfaulten die Früchte im Gras, und die Insekten kamen. Und die Vögel jagten die Käfer, Fliegen, Wespen.

»Ich gehe jetzt mit Sleipy rüber zum Garten«, sagte sie zu Moritz, der gar nichts sagte, sondern stumpf vor sich hin starrte; niemand, wusste sie, würde je erfahren, was in einem solchen Moment wirklich in ihm vorging. »Wenn du nachkommst, sag mir, ob du dich für uns entscheidest oder für Inger. Zehn Minuten, Moritz, reicht das?«

Er sah sie an, durchdringend, aber unfähig, den Mund aufzumachen. Er kann mir nicht sagen, wer er ist und was er möchte, dachte sie. In diesem Moment wusste sie, dass sie ihn verloren hatte.

»Gut«, sagte Moritz.

Und Flori sagte: »Nein. Gut ist es nicht. Und ich gebe dir auch keine zehn Minuten für deine Entscheidung. Ich gebe dir zehn Sekunden.«

Moritz blickte über die Felder. Wusste er, dass sich sein Leben in diesem Augenblick für die eine oder andere Variante entschied, erkannte er die Tragweite? Was dachte er? Flori hatte das Gefühl, ihm nie irgendetwas bedeutet zu haben.

»Eins«, sagte sie.

Und als sie im Stillen bis zehn gezählt hatte, wandte sie sich ab und ging zurück in den Wald. Sie rief den Hund; und Sleipner kam gelaufen.

Moritz und er mussten dann doch noch eingeschlummert sein, so als hätten sie nur endlich ein paar Worte wechseln müssen, um schlafen zu können. Ein heftiger Hieb gegen den Jaguar, ein lautes Krachen, dem sofort wieder Stille folgte, ließ sie aufschrecken, und sofort waren sie hellwach.

Der Nebel war verschwunden. Es tagte, ein klarer Morgen begann; überall um sie her leuchtete das Gras.

Wieder traf ein stumpfer Schlag den Wagen, und ein kurzes Zittern lief durch die Karosserie.

Moritz schrie: »Was ist das?« Er konnte von einer zur anderen Sekunde die Fassung verlieren.

In den Spiegeln war nichts zu erkennen. Im Rückfenster, in den Seitenfenstern und der Windschutzscheibe, nirgends etwas zu sehen.

»Einer muss raus und nachsehen«, sagte Raimund.

Moritz' Antwort war dieselbe wie am Abend zuvor, als sie überlegt hatten, die Frau an der Lkw-Tanke aus ihrem Glaskasten zu befreien.

»Mach doch. Ich will nach Hause. In mein Bett. Oder in Ingers. Hauptsache, es ist warm. Was glotzt du so?«

»Moritz … Maurids … Mauerritze!«

Kaum dass er ausgestiegen war und sich möglichst unauffällig umsah, rauschte knapp an Raimunds Kopf etwas vorbei, das mit dumpfem Schlag die Windschutzscheibe traf, abprallte und zu Boden plumpste. Im feuchten Gras lag ein Golfball. Und ringsum verstreut lagen sechs, sieben weitere.

Er sah in einiger Entfernung die Umrisse dreier Gestalten, Männer wohl, die langsam über die Böschung näher kamen, sich mächtig amüsierten und jeder eine Schlägertasche hinter sich herzogen.

Raimund beugte sich zu Moritz in den Wagen. »Da sind drei Golfer, die ein Wettschießen veranstalten. Sieht so aus, als hätten wir auf einem bekackten Golfplatz geparkt.«

Er richtete sich auf und beschirmte die Augen. So weit man sehen konnte, war da gewelltes, nur von Sandkuhlen und Gebüschen unterbrochenes Grasgelände.

»Ja. Da hinten steckt eine Kloakenreinigerfahne.«

Der nächste Ball pfiff heran und krachte mit Wucht gegen die Beifahrertür. Eine tiefe Delle war in dem dunkelgrün lackierten Blech zu sehen. Von der Böschung kam Jubel.

»Hurrah!«, rief Raimund zu den Männern hinauf. »Give my regards to your asshole insurance, assholes! Learn to play football!«

Einer der Schweden pöbelte etwas zurück und lachte dann noch lauter als seine Begleiter.

Wieder kam ein Ball geflogen, verfehlte den Jaguar jedoch knapp und schlug in ein Gebüsch. Ein paar Stare, wenn es in Schweden Stare gab, schwirrten daraus hervor, um laut zeternd das Weite zu suchen.

»Steig ein«, sagte Moritz aus dem Auto. »Ich kann mir hier nicht den Wagen meiner Eltern zerdeppern lassen. Steig ein, oder ich fahre allein.«

»Du willst dich von denen vertreiben lassen?« Raimund sprang auf seinen Sitz. »Die hätten an die Scheibe klopfen und uns bitten können, dass wir abschwirren. Sie hätten uns in ihrem Kloakenreinigerklub zum Frühstück einladen können. Ich finde, die kriegen eine Abreibung!«

Moritz fuhr an. Hinter ihnen wirbelte Gras und Matsch in die Höhe. Sie mussten um den Teich herum, um auf der anderen Seite über einen seichten Hang zur Landstraße hinaufzugelangen. Von hinten kam der nächste Ball geflogen, touchierte das Dach und schlitterte über Windschutzscheibe und Motorhaube.

»Komm, halt noch mal an«, sagte Raimund. »Man muss den Speichelleckern der Tyrannen entgegentreten, wo kommen wir denn sonst hin!« Er war wütend, er war euphorisch vor lauter Wut.

»Für die sind doch wir das Pack«, sagte Moritz. »Und ich bin mir nicht sicher, ob die nicht recht haben.«

Aber er hielt an, mitten auf dem Grün nahe einer Fahne; zwischen ihnen und den Golfern lag der Teich. Sie sahen, wie die Männer synchron ihre Schläger schwangen. Es waren in der Morgensonne blitzende Eisenstangen. Drei Bälle kamen geflogen, alle tauchten zischend ins Wasser.

Raimund stieg aus. Er machte die Hose auf und stellte einen herrlich hellgelb leuchtenden Strahl ins Gras. Und Moritz stand auf einmal neben ihm und machte es ihm nach. Sie pissten. So lange es ging – und es ging nach dieser Nacht sehr lange –, pissten sie in hohem Bogen genau in Richtung der drei fluchend auf sie zu stürmenden Malmöer, die niemals rechtzeitig um den Teich herumkommen würden. Ah, wie grün das Gras war! Und wie wundervoll die Erleichterung. Am schönsten aber war, dass sie zu zweit waren und schweigend bloß pinkelten, nichts sagten, nichts riefen, nichts hinüberschrien, nicht mal lachten.

Ohne noch einmal anzuhalten, waren sie durch Malmö gefahren, weiter nach Süden und in Trelleborg auf die Autofähre, die sie über die Ostsee brachte.

Raimund träumte noch jahrelang von dem mit Teichen und Büschen durchsetzten Golfplatz und dem sacht gewellten Gras in Lilla Lomma.

Kleine Lumme?

Kleines Schlurfen?

Kleines Lehmland!

Moritz fluchte noch jahrelang auf die schwedischen Golfer, die den Wagen seiner Eltern ramponiert hatten.

Raimund sah dann jedes Mal den Nebel wieder vor sich und wie er sich lichtete und schließlich auflöste und verschwand.

Das Gammenmoorer Waldbad wurde eines Tages geschlossen und nicht wieder geöffnet. Die alten Holzstege, über die schon ihre Großeltern barfuß gelaufen waren, die hölzernen Umkleidekabinen und die Tribüne, auf die man sich zum Trocknen legte und dabei durch die Ritzen zwischen den Planken das grüngoldene Wasser blinken sah, wurden abgerissen, von einem kleinen gelben Schwimmkran aus dem Morast gezogen und auf zwei Lastwagen verfrachtet, die das schlammverkrustete Holz im Wechsel davonfuhren.

Raimund sah im Abriss des Bades ein Bild für das Ende

ihrer Jugend. So wie ihre Sommernachmittage am Ufer des Waldsees von da an nur noch Erinnerung waren, war ihre ganze gemeinsam erlebte Kindheit und Teenagerzeit mit einem Mal unwiederbringlich vergangen. Er empfand darüber aber nicht nur Wehmut. Schließlich mussten die Dinge sich ändern, nichts konnte bleiben, wie es einmal war, alles, so schien ihm, existierte eine Zeit lang und wurde dann Erinnerung, das war der Lauf der Dinge. Kaum erträglich erschien ihm dagegen jede sinnlose Ausmerzung. Viel zu vieles wurde so gründlich ausradiert, dass sich keiner mehr daran zu erinnern vermochte. So war das Waldbad schon im ersten Sommer, als er in den Semesterferien aus England nach Hause flog, nicht nur wie vom Erdboden verschluckt, es schien, als habe es das Gammenmoorer Bad nie gegeben.

Inger veränderte sich. Sie war nie wieder so wie zu der Zeit, bevor sie sich für Moritz entschieden haben musste.

Solange sie noch alle im Dorf wohnten, traf sie sich mit Raimund nicht mehr allein. Ab und zu begegneten sie einander zufällig, dann liefen sie ein Stück zu zweit zum Garten oder dorthin, wo die anderen warteten; aber nie sprachen sie unter vier Augen über das, was mit ihnen beiden, ihrer früheren Innigkeit und Freundschaft irgendwann, irgendwie passiert war. Raimund war überzeugt, dass Inger nichts davon vergessen hatte, doch er glaubte zu spüren, dass sie nicht darüber reden wollte. Sie wich seinen Blicken aus, ignorierte alle Gesten, ging auf keine Bemerkung ein, deren heimliche Tiefe und Sehnsucht nur ihr galten und die allein sie zu verstehen in der Lage war. Sie sah zu Boden, oder sie blickte in eine Ferne, die es zumindest für ihn gar nicht gab.

Camille Pissarro. Die Dreyfus-Affäre. Zola. Dänisch-Westindien. Fritz Melbye. Wenn er aufrichtig war, hatte Raimund noch nie ein Wort von dem verstanden, was Inger sagte, sobald sie über Malerei sprachen.

Woher wusste sie das alles?

Na, von Mads! Und aus Büchern.

Sie wollte malen, so wie ihr Vater Mads. In dem Maße, in dem Flori eine junge Frau geworden war und mit einem Mal sehr genau wusste, dass sie in die Fußstapfen ihrer Mutter treten und Zahnärztin oder Kieferchirurgin werden würde, wollte Inger immer dringlicher nichts anderes sein als eine junge dänische Malerin, die in Deutschland lebte. Sie fing an, ihnen Bilder zu zeigen, und alle drei waren sie wie vom Blitz getroffen. Ingers Malerei war kraftvoll und fantastisch. Sich auflösende Rösser, Pferde aus Licht. Knospende Boote. Abstrakte Strukturen, impulsiv, kindlich, Raimund war erschüttert. Vieles verstand er nicht. Er war gekränkt. Er hatte sich für den Einzigen gehalten, der wissen konnte, wie besonders sie war. Aber das half ihm nicht weiter, abgesehen davon, dass es nicht stimmte.

Moritz prahlte wie später so oft mit rasch angelesenem Wissen: »Erinnert mich ein bischen zu sehr an Cy Twombly ...« – »bischen« sagte er, nicht »bisschen«.

Und Inger: »Ja, hast recht. Es soll eine Auseinandersetzung mit Twomblys Nini-Bildern sein, aber ich hab mich hinreißen lassen. Hab ihn wahrscheinlich vor mir gesehen.«

»Vor dir gesehen«, sagte Flori. »Wie meinste das?«

»Er war ein Freund meines … na ja, mein Vater und er kannten sich ganz gut. Sie hatten Anfang der Siebziger in Rom ein Atelier zusammen. Er war echt nett! Mehr als das.«

»Cy Twombly«, sagte Moritz. »Du kennst ihn.«

»Ich war noch nicht mal in der Schule. Aber wir sind in Kontakt geblieben. Ab und zu schreiben wir einander, einmal in zwei Jahren. Er mochte meine Mama sehr.«

»Er ist nicht mal ein Maler! Er krakelt bloß.«

Moritz hatte Vorurteile gegenüber jedem, der bekannter war als er, und weil nur seine Eltern, seine drei Freunde und ein, zwei andere Leute Moritz kannten, hatte er ein ausgewachsenes Missgunstproblem.

»Kann er nicht was für dich tun?«, fragte Raimund.

Inger zuckte mit den Achseln. »Er ist schon alt jetzt.«

Sie sah Raimund an, es war ein warmer Blick, fast ein Kuss, ein Dank ihrer Augen.

Sogar seine Mutter wusste, dass die kleine Rasmussen, die plötzlich erwachsen wurde, für Raimund die Richtige gewesen war, doch dass Inger und er einander verpasst hatten. Ab und zu besuchte Frau Rasmussen seine Mutter, dann blickten die beiden Frauen ihn mitleidsvoll an. Seine Aufgabe war jetzt, ein anderes Mädchen zu finden, aber bitte eins, sagte seine Mutter, das nicht gleich wegrannte bis nach Neumünster. Zum Beispiel die Jüngste von Frau

Doktor Lepsius. Flori war etwas Besonderes. Und sie war nicht mit dem Kopf in den Wolken unterwegs!

Moritz wurde durch den Zusammenbruch der elterlichen Firma die Entscheidung über seine berufliche Zukunft abgenommen. Binnen dreier Wochen zog er nach Berlin, wo seine Eltern eine kleine Wohnung kauften, damit ihr Sohn für die Dauer seines Architekturstudiums eine Bleibe hatte und der Tanke-Rauch ein Abschreibungsobjekt.

Inger ging mit. Sie schrieb Floriane, sie habe sich entschlossen, in Steglitz zu Moritz zu ziehen.

»Stell Dir vor: Die Wohnung ist in derselben Straße, in der früher Ernst Ludwig Kirchner sein Atelier hatte!«

Körnerstraße.

Von Floriane kam keine Antwort.

»In derselben Straße? Das ist hübsch«, sagte Moritz. Immer öfter fand er etwas hübsch, das eigentlich schön war, poetisch, bedeutsam, überraschend, erstaunlich, wenigstens seltsam.

»Hübscher Zufall.«

Die Wohnung lag sogar im selben Haus, in dem Kirchner gewohnt und gemalt hatte.

Flori wollte es nicht wahrhaben, deshalb reagierte sie nicht. Ausgeschlossen; sie werden nicht nach Berlin gehen. Warum auch? Wir sind doch hier, und hier gehören wir hin.

»Hübsche Sinnsucherei!«, sagte Moritz.

»Moritz … Maurids … Mauerritze …!«

Körnerstraße 45.

Als der Tag ihrer Abreise kam, ein Sonnabend im Januar, an dem es schneite, als sollte alles Alte verschwinden, verabschiedete sich Inger weder von Flori, die ihr jahrelang deutsche Vokabeln und Grammatik beigebracht und der sie den Freund ausgespannt hatte, noch von deren Schwestern oder dem Hund. Inger war gekränkt von Floris Schweigen.

Raimund half, die letzten Sachen in den Konkursmasse-Saab zu laden, Moritz umarmte Raimund, trommelte ihm auf dem Mantelrücken herum, und Inger gab ihm einen Kuss auf die Wange. Sie zog die Hand aus dem Handschuh und umfasste seinen kleinen Finger; Raimund war glücklich, für die Dauer eines Moments noch einmal die Haut zu spüren, nach der er sich seit Jahren sehnte.

Fuhr denn da etwa nicht Floris Leben die Straße runter, bog ab und war dann verschwunden? Inger saß auf dem Beifahrersitz, die blonde Unschuld. Viel Glück in Berlin, viel Glück in meinem Leben, das du mir gestohlen und ihr nachgeworfen hast, Moritz Rauch. Erstickt an eurem Glück.

Sie weinte. Es war das letzte Mal.

»Du wirst deine Chance kriegen, Flori, wart's ab«, hatte ihre Mutter gesagt. »Man sieht sich im Leben immer zweimal. Dann heißt es, den richtigen Bohrer parathaben.«

Es schneite vor den Fenstern und schneite und schneite. Schnee war das, was keiner anhalten konnte. Es schneite. Es schneite.

»Hör auf zu schneien!«, brüllte sie. »Hör endlich auf!«

In ihren Berliner Jahren malte Inger und studierte Kunst, während Moritz, so gut es aus der Ferne ging, seinen Eltern in den Streitigkeiten mit dem Auto-Kossleck beistand und, so dachten alle, während er seinerseits Architektur studierte. Als seine Eltern verunglückten, musste er nach Fehmarn, um auf der Insel ihre letzten Dinge entgegenzunehmen und das Unfallwrack freizugeben, und Inger begleitete ihn. Sie fuhren an die Unfallstelle, aber Moritz brachte es nicht über sich, auszusteigen. Er saß am Steuer, der Motor lief, und erklärte ihr, wie es passiert war, mit genauen Gesten, genauen Zahlen, wie ein sachverständiger Sohn. Sie fuhren zu der Polizeistation in Burg, auf deren Gelände das Wrack stand. Der Jaguar glich kaum noch einem Auto, eher sah er wie ein dunkelgrünes Blechknäuel aus, in das durch eine ungeheure Detonation eine Felge, ein Stück einer verchromten Stoßstange und andere Autoteile hineingesprengt worden sein mussten.

Moritz konnte nicht näher an die Überreste der Flunder herangehen. Er bekam Panik. Beim Anblick des Autos seiner Eltern wurde ihm schlagartig bewusst, dass er allein auf der Welt war, von nun an für immer. Es regnete. Fassungslos stand er neben der Polizistin.

Inger machte im Kopf eine Skizze.

Sie fuhren nicht sofort zurück nach Berlin, sondern Richtung Norden über die Dörfer, um auf andere Gedanken zu kommen und vielleicht irgendwo einzukehren. Endlose Alleen, die sich durch graue Stoppelfelder hinzogen, verlassene Weiler, Ferienbauernhöfe, Waldinseln, Zeltplätze.

Auf einmal sah sie das Meer, die Ostsee zum ersten Mal, seit sie ein Mädchen gewesen war und fortgehen musste. Die Straße folgte der Küstenlinie, Moritz fuhr langsam, er schien in Gedanken zu sein, und Inger blickte aus dem Seitenfenster auf die Weite des Fehmarnbelts mit dem milchigen Himmel. Jeder war süchtig nach Hoffnung und war zugleich vor Hoffnung blind. Immer hatte sie das Gefühl, vorhanden, aber nicht anwesend zu sein. Eine Verbindung fehlte, ein Weg zur Welt, oder ein Weg zu ihr selber? Keiner wollte etwas von Unwirklichkeit wissen, niemand sie wahrhaben. Lieber wollte man weiter hoffen, worauf auch immer.

»Ich werde sehr traurig«, sagte sie.

Und Moritz: »Frag mich mal.«

Sie konnte nicht mehr mit ihm reden.

Flori und er waren anfangs nur eine Notgemeinschaft. Beide betrachteten sie sich als verlassen, und beide von denselben zwei Menschen.

Monate, in denen sie nichts von Moritz oder Inger hörten. Sie trafen sich, im wilden Garten zuerst, dann bei ihr, bei ihm, um sich bestätigt fühlen zu können: Nichts gehört.

Ihr erster Kuss wusste nichts von Zärtlichkeit.

Flori offenbarte ihm ihre Lust, und Raimund versuchte

zu verstehen, verstand aber nur, wie einsam sie war. Wenn er mit Flori schlief, dachte er an Inger. Dann stellte er sich vor, wie sie mit Moritz schlief.

Er war froh, Floriane zu haben, denn sie erinnerte ihn an die Zeit, als er glücklich gewesen war.

Floriane war froh, Raimund zu haben, denn seine Liebe ließ sie vergessen und nach vorn blicken. Sie konnte nicht weinen; aber sie sah, dass das Leben weiterging.

Ein paar Jahre lang verstanden sie sich gut, noch in Birmingham. Flori trieb dort ihr Studium voran, Raimund wurde seins monatlich gleichgültiger. Das verschaffte ihm Freizeit, in der er einkaufen, kochen, den Haushalt besorgen, Flori beruhigen, Flori die Furcht nehmen, Flori abhören und neben Flori einschlafen konnte, damit sie sich nachts nicht allein fühlte. Ihn verstörte das Tempo, mit dem sich die Laufbahn seiner Freundin abzeichnete, eine Rasanz, die ihm vollkommen Birmingham-like erschien, wo man Altes ohne Skrupel wegriss und die Suburbs sich ins Umland fraßen, als lägen dort bloß zwecklose, baumlose, menschenleere Halden. Sie gingen zwei Sommer lang wandern. Floris Mutter war das ein Dorn im Auge. Wieso vergeudete sie wertvolle Zeit? Ab nächstem Semester lernte Flori deshalb entweder von früh bis spät oder paukte auch die Nächte durch, immer zwei, drei Wochen am Stück.

Schlafen? Schlaf war was für Träumer.

Er hatte nicht das Gefühl, sich aufzuopfern; er hatte das Gefühl, gebraucht zu werden, ohne dass Flori etwas anderes von ihm verlangte, als einfach bloß da zu sein.

In ihrer Souterrainbutze in Selly Oak kam fast allabendlich ein laut schnatternder Pulk Kommilitoninnen und Kommilitonen zusammen, Jill, Bruce, Harry, Paula, die Taiwanesin Sung, die nie ihren Gary-Cooper-Hut absetzte, Richard das Faultier, Rose, die sich eines Abends vor versammelter Mannschaft eigenhändig einen Backenzahn zog, und Merpati und Perdana – Merp und Perd –, indonesische Zwillingsschwestern, die sich gegenseitig die Füße massierten. Raimund – Ray – war umzingelt von angehenden Dentisten. Es war nur eine Frage der Zeit, bis sie auf die Idee kamen, ihre Bohrer an ihm auszuprobieren. Er kochte für alle Arrabiata, trank dabei Weißwein, bis die Flasche leer war, deckte den Tisch, räumte ab und spülte Besteck und Geschirr, während leise eine Cure-CD lief.

»Disinteglation!«, quiekte Merp begeistert und wedelte mit den Handtellern, als würde sie sich als Pantomimin an einer Glaswand entlangtasten. »Pigshells of you!«

Und gab es diese Glaswand denn nicht wirklich?

»Na, wie war's in deinem Spülhäuschen?«, fragte Flori, wenn alle weg waren. Dann drängte sie sich an ihn, küsste ihn mit ihrer Rotweinzunge und sagte: »Komm schon, Baby, du willst es doch auch.« Sie lachte. Sie lallte. In ihrer Clique schluckten alle Tabletten.

Er hatte das täglich deutlichere Gefühl, nicht das eigene Leben zu führen, sondern probehalber das des von der allumfassenden Vergeblichkeit angeödeten Bio-Studenten Raymond Merce, der alles tat, um nichts zu tun, und sich einmal am Tag, meistens am späten Nachmittag, von seiner Freundin aufs Bett drücken und verschlingen ließ, weil sie offenbar nur so das In-sich-hinein-Gelesene runterzuwürgen vermochte. Ray gefiel es, zumindest eine Zeit lang, und Raimund fühlte sich ja immerhin lebendig, jedenfalls nicht tot wie zu der Zeit, als Inger fortgegangen war.

Hatte sie ihm denn überhaupt je irgendetwas von sich erzählen können? Immer öfter beschlich Inger dieses ungute Gefühl, gerade deshalb mit Moritz zusammenzuleben, weil ihn noch nie gekümmert hatte, wie es auf dem Meeresgrund ihrer Seele aussah. Ihm waren nur drei Menschen nie gleichgültig gewesen, seine Eltern und er selber, der einzige Überlebende auf dem traurig durchs All trudelnden Planeten der Spezies Rauch.

Zwei oder drei Mal im Jahr besuchte Floriane in der Birminghamer Zeit ihre Eltern und Schwestern und Raimund seine Mutter. Für ein paar Tage blieben sie dann im Dorf und verwandelten sich zurück in Stormarner. Meistens kamen sie bei Jette und Daniela unter, die im Anbau von Floris Elternhaus wohnten, gingen lange mit Sleipner spazieren, der völlig aus dem Häuschen war, und wurden über jede Veränderung auf der Feldmark und im Moränenwald ins Bild gesetzt. Sie hatten Zeit, Semesterferien; Flori erholte sich oder tat wenigstens so, und Raimund staunte, wie gut seiner Mutter das Leben allein in dem Haus im Unterdorf tat: Sie war voller Elan. Vor dem Rückflug nach England fuhren sie hin und wieder noch für zwei Tage nach Berlin, wo Floriane mit der Birminghamer Approbation in der Tasche so schnell wie möglich ihren Facharzt machen und promovieren wollte. Raimund und sie kostete es mehrere Jahre, um mit Moritz und Inger einen wieder regelmäßigeren Kontakt aufzubauen; die alten Wunden schienen allmählich zu verheilen. Die Freunde waren in Berlin mehrfach umgezogen, zuletzt nach Weißensee.

Als Moritz' Eltern starben, sah Inger zum ersten Mal einen Sinn darin, den Schmerz, den er durchmachte, selbst erlebt zu haben. Wie eng die beiden ihr ähnliches Schicksal zusammenschweißte, merkte Raimund daran, dass sich Inger wieder eingehender mit ihm austauschte.

Sie erzählte, dass Moritz sie gefragt hatte. Wonach? Ehe und so. Sie erzählte, dass er das Wrack der Blechflunder verschrotten lassen und sein Elternhaus verkauft hatte. An wen? Irgendwen. So viel Geld! Von dem Erlös hatten sie die Wohnung in Weißensee sogar kaufen können. Inger erzählte, sie überlegten, Tante Jane nach Berlin nachzuholen.

Mitte der Neunziger zogen Raimund und Floriane von Birmingham nach Berlin und wohnten erst in Pankow, später in Schöneberg, wo aus Flori Frau Dr. Floriane Lepsius wurde. Ihr nächstes Ziel: Gemeinschaftspraxis. Dann die eigene! Dann eine in einer zahlungskräftigen Gegend, Dahlem, Grunewald, vielleicht sogar am Wannsee.

»Und dann eine eigene kleine Kinik mit Labor«, sagte ihre Mutter.

Die Jahrtausendwende war so wenig aufzuhalten wie alles andere. Moritz entwickelte sich zum Langzeitstudenten und litt mit jedem Semester, das er nicht vorankam, mehr an seiner Untätigkeit. Er wusste alles besser, weshalb es niemanden gab, der ihm etwas beizubringen vermochte. Alles Cretins! Alles Hanswurste! Inger schloss ihr mehrfach unterbrochenes Kunststudium ab. Sie ließ sich die Haare kurzschneiden: Endlich Jean Seberg! Einmal, auf der Blissestraße, lief Raimund an ihr vorbei und hätte sie fast nicht erkannt. Im Regenmantel sah sie wie ein junger Kerl aus.

Stets von Neuem malte sie in ihrem Wilmersdorfer Atelier das Meer, Wellen, Wogen, Strände, Dünen, schmale, immer schmalere Küsten, eine schier endlose Reihe von Seestücken in jedem Licht und in jeder Größe, bis sie von einem zum anderen Tag damit aufhörte.

»Aldrig mere.«

Nie wieder.

Sie schrieb sich wieder öfter mit Cy Twombly. Endlich hatte sie den Mut aufgebracht, ihm von ihren eigenen Bildern zu erzählen.

»Er ist so freundlich!«

»Ich kenne ihn ja nicht«, sagte Raimund.

Und Inger: »Es ist schön, wenn so ein berühmter alter Mann kein Arsch ist. Wenn wir beide mal nach Rom fahren, du und ich, können wir ihn besuchen, er möchte, dass ich ihn besuche! Ich glaube, er hat meine Mama geliebt.«

Nach Rom fahren, dachte er, mit Inger. Wie weit war das weg. Wie ein anderes Leben.

In den sieben Jahren, als auch Flori und Raimund in Berlin wohnten, entstanden Ingers Wespenbilder. So nannte sie eine Serie großformatiger Gemälde, die aus der Vogelperspektive Felder, Knicks und Bäume, die ländliche Weite und immer einen von Wolken durchfluteten Himmel darstellten. Eine erfundene Feldmark, auf der kein Mensch zu sehen war.

»Und, habt ihr's schon gehört?«

Floriane fragte in den Raum, doch konnte kein Zweifel daran bestehen, dass sie sich an Inger und Moritz richtete. Mit dem Rücken zu ihnen stand Flori vor dem jüngsten von Ingers Riesengemälden, die Raimund vorkamen, als wären sie aus der Sicht einer fliegenden Wespe oder Hornisse gemalt; in sich waren die Bilder wie zersplittert, jede einzelne Scherbe stellte eine Facette der betrachteten Landschaft dar. Floriane legte den Kopf schief, sie erinnerte sich an Darstellungen von Hautflügler-Komplexaugen, die sie in der Oberstufe behandelt hatten, hunderte Augen setzten sich zusammen zum Facettenauge der Wespe.

Von oben bis unten besah sie sich das kolossale Bild, das mit Berlin so wenig zu tun hatte wie ein Meer auf der anderen Seite der Welt, und sagte irgendwann mit ihrer erstaunten Unschuldsmiene: »Dein besonderer Freund, Moritz, der liebe Hajo Kossleck, kauft die halbe Feldmark auf und lässt einen Golfplatz bauen, wo wir früher im

Gras rumlagen. Oh, Entschuldigung. Ihr wusstet das nicht?«

Sie drehte sich um; sie lächelte. Wie lange hatte sie auf diesen Augenblick der Vergeltung gewartet! Floris Rachlust war unbezwingbar gewesen, ihr triumphales Gesicht verriet es, aber nur Raimund, der sie nach den Birminghamer Jahren am besten kannte, sah zugleich die Traurigkeit in der Miene seiner Freundin, den Kummer darüber, dass die Rache jetzt geübt und verrauscht und alles doch noch immer genauso war.

Moritz und Raimund lehnten an den Tischen des Gemeinschaftsateliers, in dem Inger malte und die meisten ihrer Bilder verwahrte. Sie war dabei, Kaffee zu kochen. Sie hatte das alte Nebraska-T-Shirt an. Raimund glaubte zu erkennen, dass sie in Gedanken war und nicht zugehört hatte.

Aber natürlich hatten sie es alle gehört.

»Die Pottsau«, sagte Moritz. »Er war doch im Knast, oder? Und als er rauskam, soll er abgeschwirrt sein auf irgendeine abgeschmackte Mittelmeerinsel.«

»Fuerte«, sagte Flori.

»Fuerte!«, äffte Moritz sie nach. »Meinetwegen.«

Raimund erzählte, dass Jette sie angerufen hatte, aber dass nicht mal sie wusste, woher Kossleck das ganze Geld hatte, wahrscheinlich zusammengeliehen, bei wem immer er welches hatte bekommen können.

»Er kauft ein Stück Land nach dem anderen. Es gibt einen Bebauungsplan für eine neue Pendlersiedlung«, sagte Raimund. »Und auf der anderen Seite des Golfplatzes, Richtung Wald, sollen ein Supermarkt, ein Getränke-markt und ein Möbel-Discounter hin.«

»Fuerte!«, keifte Moritz noch mal. »Ihr Bescheuer-ten.«

»Und der Garten?«, fragte Inger. Das Entsetzen stand ihr im Gesicht. Sie war bleich, und ihre schönen Ohren waren dunkelrot. »Was ist mit dem Garten?«

»Den gibt es noch«, sagte Flori tonlos. »Auf deinen Bildern! Den echten, den duftenden, den mit den Spinnen und Wespen, den haben sie an zwei Nachmittagen platt-gemacht, die Bagger, die Planierraupen, die Bauarbeiter. Der Waldrand hier ...« – sie zeigte auf Ingers Gemälde – »... ist jetzt Parkplatz. Nix mehr da, Mäuschen.«

»Oh! Schon 38 nach zehn!«

Alle lachten. Und auch Inger lachte. Raimund konnte ihr Lachen aus einem Pulk von dutzenden Leuten heraus-hören.

So wie sie wussten, wie oft die Uhr schlug, auch wenn von den ersten, nicht mitgezählten Schlägen am Turm von St. Josef in Köpenick kein Ton, nur der gefühlte Rhythmus nachhallte, genauso wussten sie alle seit zwei, drei bestimmten Momenten, in denen sie es zu weit ge-trieben hatten, dass ihre Freundschaft nicht mal mehr Fassade, sondern in Wirklichkeit längst Ruine war. Das Treffen in Ingers Atelier war ein zerstörerischer Moment, aber beileibe nicht der einzige; es gab andere, in denen waren die Rollen anders verteilt.

Jeder von ihnen, das war vielleicht noch das einzig sie Verbindende, hatte ein kaltes Funkeln in den Augen, wenn sie voneinander redeten, als fachsimpelten sie über eine besonders lächerliche oder absurde oder verächtliche Sorte Mitmensch. Raimunds neiderfüllte Blicke hafteten auf Ingers Gesicht, ihrem Profil, ihrem Umriss. Floriane hatte ein Gespür dafür entwickelt, wann sein Liebeskummer ihm die Luft abschnürte, und zog ihn damit auf, ohne den Namen der Angehimmelten zu erwähnen. Und Moritz war mit seinen Gedanken so entschlossen woanders, dass wohl nur seine Mutter bemerkt hätte, wie nervös und fahrig er war, wenn er Reden schwang darüber, welche Vielfalt an Architekturen im Nach-Wende-Berlin möglich gewesen wäre. Köpenick. Was sollte er hier? Urlaub machen mit den drei Menschen, die ihn daran erinnerten, dass er ein Niemand war? Urlaub vom Versagen?

»Ich weigere mich«, sagte er, als sie das x-te Ferienhaus besichtigt hatten. »Fahrt allein weiter.«

»Ach jetzt komm schon!«, sagte Flori. »Meine Güte!«

Als dunkles Herz lagen anderthalb Jahre mitten in ihrer Berliner Zeit, in denen bildete Floriane sich weder weiter noch lernte sie in der Gemeinschaftspraxis etwas dazu. Vergeudet! Mit einem Mal erschien ihr alles schal, nicht mal ihren Schwestern konnte sie davon erzählen, und sie war heilfroh, dass ihr Vater in dieser Zeit in eine Reha-Klinik kam und ihre Mutter ausgelastet war mit seiner Pflege und später seiner schleppenden Rekonvaleszenz –

eine Zeit, abgesehen von der, als sie Moritz zu vergessen versucht hatte, die schlimmste ihres Lebens.

Sie taumelte durch den Tag. Sie war nur froh, wenn Raimund aus dem Haus war, der weiß Gott was studierte und studierte und studierte, ohne dass etwas dabei herauskam. Was vermisste sie? Was fehlte ihr? Keiner konnte es ihr sagen. Sie war doch so erfolgreich, so angesehen, auf sie wartete doch eine so glänzende Laufbahn. Pustekuchen.

Ihre Freundinnen – eigentlich Kolleginnen – begannen, Kinder zu bekommen, und sie selber war ja auch Anfang dreißig. Aber Raimund als Vater, und sie zu Hause mit der kleinen Kröte, und die Zeit, die verloren ging, war das eine Perspektive? Monatelang traute sie sich nicht, Inger anzurufen und sie um Rat zu fragen; und als sie sich schließlich dazu durchgerungen hatte, erreichte sie sie eine Woche lang nicht, hatte aber mehrmals Moritz am Telefon, und er schien ihr plötzlich zuzuhören, und das war schön und machte sie glücklich, und es gab ihr Auftrieb. Sie trafen sich. Das Leben ging weiter.

An einem kühlen Sonntagnachmittag Mitte März gingen die beiden Freunde an den Weißen See, damit die Frauen Zeit hatten, etwas unter vier Augen zu besprechen. Raimund hatte keine Ahnung, was das sein konnte, und je länger er darüber nachdachte, umso abenteuerlicher erschien ihm die Vorstellung, dass Inger mit Flori überhaupt etwas besprechen konnte. Seit Selly Oak gab es kaum ein Gespräch mit Floriane, in dem es nicht irgendwann um Dämmerschlafnarkose, Wurzelkanalreinigung oder knochenbedeckte Implantat-Einheilung ging.

Auch Moritz wusste von nichts, zumindest tat er so.

»Kann so wichtig nicht sein.«

Raimund überlegte, ob Inger vielleicht ein Zahnproblem hatte, doch aus Angst, etwas Verfängliches zu sagen, schwieg er lieber.

Seit Jahren konnte er nichts mehr wirklich besprechen mit Flori. Im Dorf, auf ihren Spaziergängen oder wenn sie an die See oder zum Wandern in den Harz oder nach Devon gefahren waren, hatten sie geredet und geschwiegen, sie hatten einander angesehen und hatten gemeinsam in die Weite gesehen, und immer oder meistens waren sie beide zufrieden gewesen. Wie hatte sich das geändert? Unmerklich, schleichend. Vielleicht redeten sie noch, nur nicht mehr wirklich miteinander, sie schwiegen lieber, aber auch im Schweigen war keine Übereinkunft mehr zu finden. Florianes Übellaunigkeit und ihre Eifersuchtsanfälle wurden häufiger und heftiger, und Raimunds Geduld nahm immer weiter ab, sie schmolz dahin, er konnte es mitverfolgen, wenn sie sich stritten über sein Fehlverhalten und sein Unverständnis für ihre Karrierepläne und den absoluten Gehorsam gegenüber ihrer Mutter. Und irgendwann war seine Geduld zu Ende gewesen.

Ganz ähnlich verhielt es sich mit seinem Begehren und seinen zärtlichen Empfindungen. Eine Zeit lang hörte er Flori zu, wenn sie ihm Richards faultierartige Anschleichversuche schilderte, dann aber dämmerte seine Aufmerksamkeit allmählich weg. In Birmingham vermisste er Inger immer seltener, aber vermisste immer öfter die Zugewandtheit, die er nur von ihr kannte, und er begriff nie, weshalb er diese so simple Innigkeit zusammen mit Flori nicht empfand.

Stundenlang hörte er sie vor Prüfungen ab, und stets meinte er dann in einer Welt zu leben, in der Zahnmedizin eines der wichtigsten gesellschaftlichen Prinzipien darstellte. Es konnte bloß ein Witz sein, dass noch immer kein Nobelpreis für Kieferchirurgie verliehen wurde.

Einmal täglich stellte Flori die gefürchtete Frage: »Und du?« Dann erzählte er einsilbig ein paar Anekdoten von seiner Entomologie-Professorin Sue oder seinen Studienkollegen Walt und Peter, die es alle drei nicht gab. So wie er kaum noch etwas empfand, nur verzweifelt so tat, wenn Flori mit ihm schlief, hatte er längst aufgehört, an der School of Biosciences in Edgbaston zu Vorlesungen zu gehen. An der Birminghamer Uni exmatrikuliert hatte er sich 1994, kurz bevor sie nach Deutschland zurückkehrten. Einen Kurs in Berlin hatte er nie besucht, aber Flori war das nicht aufgefallen, und es ihr zu beichten war ihm nicht wirklich nötig erschienen. Er hatte stattdessen als Hilfsarchivar in einem Schulbuchverlag zu jobben begonnen. In einem Charlottenburger Keller saß er reglos an einem Pult und überlegte, wie er sich am besten aus dem eigenen Leben hinausschlich. Manchmal traf er Inger, heimlich, damit Floriane nicht die Wände hochging. Sie redeten, tranken Kaffee, gingen spazieren, gaben einander Ratschläge in den unerquicklichen Fragen, auf die noch unerquicklichere Antworten ausstanden. Wann heiraten. Wann Kinder. Wann rausziehen. Wann resignieren.

Vergeudete Lebenszeit. In Birmingham war ihm an einem parkplatzgrauen Tag mit Dauernieselregen aufgegangen, wie dumm es war, Wissen anzuhäufen, mit dem man weiteres Wissen anhäufte, um noch mehr Wissen anzuhäufen. Raymond Merce sah sich wie unter einem Rasterelektronenmikroskop selber beim Verschwinden zu. Er liebte nichts mehr, nicht mal mehr das Licht, aber wollte das Absterben seiner Zuneigung zu Floriane jahrelang nicht wahrhaben. Was empfand er für sie? Es gab keinen Ausdruck dafür. Sie hatte ihn gerettet und sich genauso von ihm retten lassen. Vielleicht kehrte wenigstens ihre Freundschaft zurück. Er wusste, wie ausgeschlossen das war.

Den Weißen See hatte er noch nie gesehen, er war erstaunt, wie schnell sie zum Ufer kamen und wie winzig der See war. Kahle Bäume, überall Dohlen, dick eingemummte Kinder und Kindergärtnerinnen, die sich in der Nähe einer Kita die Zeit vertrieben. Was soll ich in Berlin, fragte er sich fast jeden Tag in den Berliner Jahren. Langsam schritten Moritz und er nebeneinander her. Es wäre viel zu erzählen gewesen, sie waren seit Monaten nicht unter sich gewesen, jetzt hatten sie mal Zeit, aber tauschten bloß Floskeln. Mit Mitte dreißig waren sie spießiger, als ihre verstockten Eltern je gewesen waren.

Die Haare des Freundes erschienen ihm plötzlich sehr schütter. Moritz' Gesicht war aufgedunsen, ein Mondgesicht mit geröteten Äugleinkratern. Müde und traurig sah er aus. Er schien unzufrieden, aufgebracht, etwas Bedrohliches hatte er an sich. Mit keinem Wort fragte er danach, wie es war, plötzlich in Charlottenburg zu leben. Kein einziges Mal in den ganzen vertanen Jahren hatte er Raimund in Birmingham besucht. Wer Merp und Perd waren, wusste er nicht. Dass Raimund sein Studium geschmissen hatte, wusste er nicht. Wie sehr Raimund litt an der Lieblosigkeit seiner Existenz, wusste niemand, auch sein bester, einziger wirklicher Freund nicht.

»Alles neu machen müsste man hier, nichts stehen lassen, den ganzen alten Plunder weghauen und sich dann erst mal ein paar Wochen lang totlachen«, trompetete Moritz mit der alten, aus uralten Dünkeln hervorgekehrten Großspurigkeit seines Vaters und zeigte hinüber zu den Häusern, in denen irgendwo im fünften Stock auch die neue Wohnung lag, mit zwei Balkonen, mit Wohnküche, mit Gästebad, mit zwei Kinderzimmern für unsichtbare Kinder und einer Dienstbotenmansarde, die umgebaut werden sollte zur Bibliothek.

Irgendwo dort im fünften Stock unterhielt sich Floriane mit Inger über irgendetwas anscheinend sehr Wichtiges.

Warum richtete er sich in dieser riesigen Bude statt einer Bibliothek nicht ein Studio für sich ein, und wieso musste Inger täglich in den Westen fahren zu ihrem Atelier, wo ihr zu malen immer schwerer fiel?

Habt ihr nicht beide dasselbe gemacht in den letzten Jahren, dachte Raimund, nämlich nichts, nur er in Berlin und du erst in England und jetzt ebenso hier? Moritz tat, als würde er Architektur studieren, und du, dass es dir nichts ausmachte, keinen Bock auf Forschung, Wissenschaft, den ganzen akademischen Zirkus zu haben. Es lebe die Leere! Alles war besser als ein elendes Lehramt. Warum sprecht ihr darüber nicht, wieso lacht ihr euch nicht schlapp zusammen über die allseits für vollkommen normal gehaltene Leistungssucht? Erzähl ihm von den beiden exakt gleichen blauen Flecken auf deinen Oberarmen, dort wo Flori dir die Daumenkuppen ins Fleisch presst, wenn sie dich festhält, damit du ihr zuhörst und mit ihr ihren Schmerzschrott beweinst. Erzähl ihm, welche Tabletten sie morgens beim Zähneputzen schluckt und welche abends vor dem Zubettgehen, um weiter die starke kluge Kleinste ihrer Mami spielen zu können. Es liegt an Inger, du weißt es. Er hat dir Inger weggenommen. Du wärst mit ihr vielleicht nicht glücklich heute, aber hättest zumindest dein Glück versuchen können. Besser, du schiebst das beiseite, so wie du es seit Jahren und Jahren machst, sagte er sich; und dann schob er die Gedanken beiseite so wie seit Jahren, seit Jahren.

Raimund fiel auf, dass Moritz den alten Wildledermantel seines Vaters anhatte. Während sie um den kleinen See gingen, und dann noch einmal herum, tat ihm der Freund mit einem Mal leid.

»Denkst du oft an ihn?«

Moritz äugte kurz herüber, ein überraschtes, sofort wieder abfälliges Blinzeln.

»Immer.«

Raimund nahm den Mut zusammen: »Erzähl doch mal … wie geht es dir?«

»Wie soll's mir gehen? Meine Eltern sind gestorben. Ich habe monatelang alles abgewickelt, alle Schulden beglichen, alles geregelt, alles sortiert.«

Moritz blieb stehen, blickte über den See, blickte in die kahlen Bäume, blickte hinüber zu den Holzstegen und der Veranda des Cafés, wo erste Vorfrühlingsgäste eingemummt in Wolldecken saßen, hatte alles im Blick, blickte überallhin, nur Raimund nicht in die Augen.

»Jetzt hab ich diese Wohnung. Die ist eine Art Festung, bemerkt? Alles, was mir geblieben ist, bewahre ich darin auf. Nein, haste nicht bemerkt. Ich werd sie nicht hergeben, nichts darin, niemanden.«

Wer konnte und wer wollte sie ihm schon wegnehmen, die Wohnung, die Moritz Rauch sich gekauft hatte von dem Geld für sein Elternhaus. Nichts und niemanden darin … wovon redete er?

»Wieso kommt ihr beide hierher, deine manisch karriereversessene Freundin und du?«

Moritz lachte böse und ging weiter. Nach einigen Metern drehte er sich auf dem Absatz um und kam mit schnellen Schritten auf Raimund zu.

»Um Inger und mir unter die Nase zu reiben, was dieser Mensch treibt, der meinen Vater kaputtgemacht und in den Tod getrieben hat, ja? Was empfindest du, wenn Floriane sich einen Spaß daraus macht, von Hajo Arschloch-Kosslecks Wiederauferstehung zu quatschen? Genugtuung?«

»Sie quatscht nicht. Sie ist total mit den Nerven runter, Mann«, sagte Raimund. »Alter, du weißt, wie sie ist.«

»Darauf kannst du mal Gift nehmen, Herr Merz. Aber du, weißt du denn, wie sie ist, unsere kleine Flori?«

Er beschloss, dass es besser war, nicht weiter über Floriane zu reden. Im Grunde war er wie Moritz der Ansicht, dass sie sich egoistisch verhielt, aber tat das nicht jeder von ihnen? Und Flori war nun mal resistent gegen jedes karrieregefährdende Argument, dafür sorgte schon ihre Mutter, die bis zu fünf Mal täglich anrief.

Am liebsten hätte er etwas Versöhnliches zu Moritz gesagt, einen Springsteen-Song zitiert etwa. Oder er hätte ihn nach der alten Radrennbahn fragen können. Im Jahr vor der Wende hatte Springsteen in Weißensee das meistbesuchte Konzert seiner Karriere gegeben, keiner wusste, wie viele, aber man schätzte, dass dreihunderttausend Leute zur Radrennbahn kamen, um ihn und die E Street Band zu hören.

Doch weil es Raimund wurmte, von Moritz verdächtigt zu werden, ließ er es bleiben.

»Wieso sollte ich dabei Genugtuung empfinden?«, fragte er stattdessen.

Nebraska, dachte er. Und die Zeile aus Springsteens Song über Atlantic City ging ihm durch den Kopf. Raimund beschloss, nur noch einen Augenblick lang zu warten und das dann zu Moritz zu sagen: Alles geht vorbei, Baby, so ist es nun mal, aber vielleicht kommt ja alles irgendwann mal zurück.

Aber dazu sollte es nicht kommen.

Moritz stand dicht vor ihm. Sein Mondgesicht verdeckte den ganzen See.

Raimund dachte an Springsteens berühmten Satz, den er hier in Weißensee gesagt hatte, vor hunderttausenden Leuten, ein Satz, mit dem er den Mauerfall in den Bereich des Möglichen rückte: »Ich stehe hier nicht für oder gegen eine Regierung. Ich bin hergekommen, um Rock 'n' Roll zu spielen, in der Hoffnung, dass eines Tages alle Barrieren umgerissen werden.«

Hatte das nicht auch jede Menge mit ihnen zu tun?

»Du brauchst mich nicht für blöd zu halten«, sagte Moritz. »Du weißt genau, wie es ist! Floriane weiß es, und ich weiß es auch, schon länger als ihr alle, schon länger als Inger selber! Sie hat immer nur dich gewollt. Immer hat sie nur an dich gedacht, immer von dir geredet, sogar wenn sie nichts sagt, redet meine Freundin von meinem Freund. Da glotzt er mich an! Der ahnungslose Raimund, mir kommen die Tränen! Mensch Merz, du falscher Hund, sieh zu, dass du mir aus den Augen gehst, bevor ich mich vergesse und dir eine reinhaue. Rede ich Dänisch? Kan du ikke forstå?«

»Moritz … Maurids … Mauerritze …!«

Einen fürchterlich stickigen Sommer lang musste sich Raimund im Kellerarchiv des Charlottenburger Schulbuchverlages gegen ein außer Rand und Band geratenes Wespenvolk zur Wehr setzen. Während draußen die Sonne auf den Bahnhof Zoo niederbrannte, war er allein in dem grauen Raum im Souterrain, umgeben von Staub und aufgetürmten Büchern. Mathe, Chemie, Religion, Politik: die schlimmsten Fächer. Täglich peinigten ihn Bilder aus der Schulzeit, ein Trauma, das sich nie verlor, weil es die unwiederbringlich verstreichende Zeit mit jeder Erinnerung auffrischte. Von den Passanten, die auf dem Bürgersteig vorbeihasteten, waren nur Beine zu sehen. Kinder, die stehen blieben, um das Gesicht zu einer Grimasse zu verziehen und an die verdreckte Scheibe zu pressen, wurden von Eltern oder Lehrern weitergezerrt. Es setzte Ohrfeigen. Es gab Gebrüll und Tränen. Halbverdurstete Ratten huschten vorüber. Es lebe Berlin, dachte er. Hunde hoben somnambul ein Bein und strullten traumversunken gegen das Glas. Der Tisch voller Bücher, sein Schmerzensstuhl und eine Stehlampe aus der Zeit des Naziterrors verloren sich im Mörtelgrau des Raumes wie in einer nebeltrüben See. Raimund wunderte sich über die Ruhe dieser Gegenstände, wo in ihm doch so ein Aufruhr tobte. Ein Knistern erst, dann ein Scharren in der Wand unterhalb des Fensters kündigten an, was ihn von da an in Angst und Schrecken versetzte. Auf die erste Wespe, der er belustigt noch einen Namen gab und einen Charakter verlieh, folgten binnen Minuten etliche, die durch eine Ritze in der Mauer krochen und dann bedrohlich brummend hineinsausten in das Archivzimmer, wo sie wild hin und her durch die Luft kreuzend auf Beuteflug gingen. Wie viele tötete er, neunzig, hundertzwanzig jeden Tag? Für jede totgeschlagene Wespe kamen zehn lebende durch den Spalt gekrabbelt und flogen einzeln oder im Geschwader so lange Angriffe gegen ihn, bis er schließlich Reißaus nahm. Zerstochen und verängstigt stürmte er ins Freie und weigerte sich, den Wespenkeller noch einmal zu betreten. Eine pfeifende Kammerjägerin räucherte das Zimmer aus. Maurer verspachtelten die Wand, und die Wespen – Sächsische, las er nach – kamen nicht wieder. Ihn aber vergaß man. Die Wochen, in denen er Stunde um Stunde Wespen tötete, hörten für ihn nicht auf. Nachts träumte er von im Staub verreckenden Insekten. Was hatten die Wespen ihm mitteilen wollen? Nur, dass er unerwünscht war in dem Archiv? Beschämt von seiner Hasenfüßigkeit und seiner maßlosen Vergeltung, fing er an, alles über Hornissen und Wespen zu lesen, was an Artikeln und Büchern aufzutreiben war. Floriane erstaunte seine plötzliche Wissbegier, aber sie hatte ja immer gewusst, wenigstens ein halbwegs akzeptabel verdienender Bio-Prof würde noch aus ihm werden. Die unfassbarsten Beschreibungen der Knotenwespen las er bei dem französischen Insektenforscher Fabre, etwa wenn der beschrieb, wie eine Cerceris einen doppelt so großen Rüsselkäfer mit einem gezielten Stich lähmte, um ihn als lebendigen Futtervorrat für ihre Larven in den vorbereiteten Grabgang zu verschleppen: »Alles ging blitzschnell. Ohne krampfhafte Bewegung und ohne Gliederzucken, das sonst die Agonie der Tiere begleitet, wurde die Beute für immer regungslos, wie ausgelöscht. In seiner Geschwindigkeit war es zugleich wundervoll und furchtbar.« So begann Raimunds entomologische Zukunft, und die empfand er wirklich als wundervoll und zugleich furchtbar. Die Wespen erstaunten ihn über alle Maßen. Je mehr er über Hautflügler las, umso überzeugter war er, dass sie wie er Angst hatten, Erbarmen kannten und eine seltsame Zuneigung unter ihresgleichen pflegten; eine unmissverständliche Art Innigkeit musste es sein, eine Zärtlichkeit wie mit Zangen.

Bevor die Lügen überhand nahmen, erlebten Inger und Raimund eine glückliche Zeit, vielleicht war es sogar die glücklichste, die sie überhaupt miteinander verbrachten.

Während die Männer immer wieder um den Weißen See liefen und endlich alles aus Moritz herausbrach, was er Raimund schon immer an den Kopf hatte werfen wollen, waren die Frauen in Tränen ausgebrochen, hatten sich ausgeweint und ausgesprochen und, so schien es, schließlich versöhnt. Floris Rachlust war gestillt. Sie versprach, Inger nichts nachzutragen, und Inger gab zwar zu, für Raimund immer mehr empfunden zu haben, als es den Anschein gehabt hatte, doch war er ja Floris Mann des Lebens, und sie selber war mit Moritz vielleicht nicht nur glücklich, aber wer war das schon. Nein, sie beide waren doch Freundinnen, sie vier waren doch Freunde, und das wollten sie bleiben, und das würden sie auch.

Der Stich einer Wespe? Moritz erinnerte sich nur an einen einzigen, aber der zählte zu seinen allerschlimmsten Erlebnissen. Jahrelang mochte er als kleiner Junge nicht auf dem Rasen sitzen. Gras. Noch immer brauchte er Gras nur zu sehen und bekam sofort praktisch überall Schmerzen.

Wespenstiche, Wespenstiche! Nie gehabt. Florianes Mutter machte das, womit schon ihre eigene Mutter die gierigen Plagegeister fernhielt. Auf dem Terrassentisch stand eine große gusseiserne Schale, in der wurde Kaffeepulver verbrannt. Nein, Flori hasste Wespen nicht. Aber sie wusste, was Wespen hassten.

In den Ringkøbinger Grasdünen gab es fast jeden Sommer eine Marienkäferplage. Und je mehr Käfer es gab, umso mehr Wespen kamen. Aber die stachen nicht die Menschen, nur im Wasser musste man aufpassen! Manchmal war eine Badebucht ganz gelb und schwarz vor lauter im Meer treibenden Wespen. Die lebten noch lange, bevor sie ertranken, aber retten konnte man sie nicht.

»Beweglichkeit, Flexibilität, Gelenkigkeit – das sind die Dreh- und Angelpunkte der Wespenexistenz, in der es in jeder Sekunde um unbedingte Lebendigkeit geht«, schrieb Raimund in seinem ersten größeren Artikel, dem irgendwer in den labyrinthischen Glaskubuskorridoren des *Tag* – man munkelte, Mareike Kennedy persönlich sei es gewesen – den ob seiner Zweideutigkeit verblüffenden Titel »Wie die Wespen miteinander leben« gab.

Das Erstaunen über ihre so unvermutet eingestandene gegenseitige Zuneigung war für Raimund und Inger grenzenlos. Sie hatten kein Verhältnis, keine Liaison, und eine Affäre schon gar nicht. Sie lebten jeder für sich in einer Ehe oder Art Ehe, endlich aber konnten sie beide wenigstens heimlich den einzigen Menschen lieben, von dem sie sich erkannt fühlten.

Wenn sie sich trafen und unbeobachtet glaubten, zumeist an Vormittagen, an denen Floriane in der Friedenauer Praxis und Moritz entweder angeblich an der TU beschäftigt war oder auf dem Sofa lag und nichts, nichts, nichts tat, verlor Inger alle Scheu. Sie nahm seine Hand, sie küsste ihn auf den Mund, sie sah ihm in die Augen, und sie sagte ihm, als wäre es das Natürlichste von der Welt: »Bitte schlaf mit mir, jetzt gleich.«

Raimund wusste nicht, wie ihm geschah. Oft kam er sich vor wie in einem zeitversetzten Traum, in dem er als Sechzehnjähriger durch sein jetziges Erwachsenenleben ging und sich wunderte. Jede Stunde, die er mit Inger erlebte, brachte Überraschungen mit sich, wie er sie nie für möglich gehalten hätte. Sie sahen sich eine Ernst Ludwig Kirchner-Ausstellung im Brücke-Museum in Dahlem an, und Inger erklärte ihm die Farben und übersetzte sie ihm, sodass sich Kirchners Bilder plötzlich wundersam vor ihm öffneten, als könne man in sie hineingehen. Sie gingen im Grunewald schwimmen. Wie früher im Gammenmoorer Waldbad lagen sie auf Holzpaneelen am Ufer der Krummen Lanke. Unter strengsten Sicherheitsvorkehrungen verbrachten sie ein erstes Wochenende zu zweit in der Uckermark. Inger lag nackt auf einem Hotelzimmerbett, sie lachte, wartete auf ihn, sah ihm zu, wie er sich auszog, sie sang unter der Dusche dänische Schlager. Sie fragte ihn, ob er es mochte, wie ihr Haar roch. »Ich liebe jede Pore an dir«, sagte sie. Sie nahm seine Hand, spreizte die Finger, legte sie sich aufs Gesicht, und sie antwortete, als er sie fragte, wann er ihr aufgefallen war: »Als wir uns zum ersten Mal unterhielten, es ging um deine Mutter und meine Tante Jane, da wusste ich, du bist es, du wirst mein Liebling, min yndling.«

Warum hatte sie das damals dann gemacht?

»Nur so.«

Was hieß das?

Sie hatte sich Moritz zugewandt, weil seit dem Tod ihrer Eltern nichts mehr Gültigkeit für sie hatte.

»Nichts mehr? Auch deine Empfindungen nicht?«

»Hm. Doch, die schon. Aber ich hab ihnen nicht mehr vertraut. Und Liebe allein ist ja zu wenig. Die füllt kein Leben aus.«

Und dahinein hatte sie sich ergeben.

In die Leere?

Ja! Es war gut, mit Moritz die Zeit totzuschlagen. Mit ihm zu schlafen ohne große Leidenschaft, auf nichts zu warten oder zu hoffen.

»Warum das, mein Liebling? Ich versteh's nicht.«

Weil sie damals genauso ertrunken war.

»Aber du bist doch hier. Hier bei mir.«

Ja. Sie war hier und war nicht hier. Beides zugleich …

Inger lachte. Er sah, wie traurig sie war.

Sie sagte: »Es gibt etwas, das hab ich nie erzählt. Noch keinem. Es hat mit der Abwesenheit und dem Verschwinden zu tun.«

Sie wollte es ihm erzählen, aber nicht an ihrem Wochenende in der Uckermark. Es ging um die Amsel, um die *Solsort*. Es ging um den tödlichen Unfall ihrer Eltern.

»Gib mir noch etwas Zeit«, sagte sie. »Lass uns in ein

paar Wochen irgendwo ans Wasser fahren, dann fällt es mir leichter.«

Mit Abwesenheit hatte es zu tun, weil an dem Tag auf Sejerø sie selbst gefehlt hatte, und um Verschwinden ging es, weil ihre Eltern nie wiedergekommen waren.

Gefehlt? Wobei hatte sie gefehlt?

Raimund hörte aufmerksam zu. Er beobachtete sie, ihr Gesicht, ihre Hände, ihre Augen, während sie erzählte. Inger lag auf dem Bett, und er konnte mitverfolgen, wie sie sich in das Mädchen zurückverwandelte, das damals ins Dorf gezogen war, das hübsche dänische Mädchen, das bei seiner Tante ein neues Zuhause fand.

Er streichelte sie, und manchmal fragte er nach: »Wo genau?«, »Lynn?«, »Und das hat sie gesagt?«

Sobald sie das Gesicht zur Balkontür drehte, sah er in ihren Augen das dunkle Blau des Sees funkeln. Sie hatten sich in Rahnsdorf am Müggelsee übers Wochenende in ein kleines Hotel eingemietet. Unten hörte man Kinder johlen, die zum Strandbad hinunterspurteten. Wenn Inger weinte, küsste er sie auf die Wange.

Gefehlt, wobei? Der Bergung ihrer Eltern?

»Bjærgning, nej.«

Sie schüttelte lange den Kopf.

Der Tag war knapp zwanzig Jahre her. Aber ihr kam es so vor, als wäre alles erst vorgestern passiert, weswegen sie immer glaubte, es war vielleicht ganz anders. Der kleine Hafen von Sejerby, der Kattegat, die Mole und die Fähre. Sie sah die schwarze Slup ihrer Eltern vor sich, wie sie an der Pier festgemacht auf den Wellen tanzte, die *Solsort*, die sie alle so gern hatten, als wäre sie kein Boot, sondern ein Haustier. Es war unmöglich, dass ihre Eltern darin umgekommen sein sollten, es war ausgeschlossen, weil nichts, das man liebte, einen umbrachte.

Mit dem Boot waren sie aus Korsør über den Großen Belt gesegelt und hatten die erste von zwei geplanten Nächten im Vandrerhjem auf Sejerø verbracht, einem Eiland zwischen Seeland und Jütland; Sejerø war die Nachbarinsel von Samsø.

»Vandrerhjem, ist das nicht eine Jugendherberge?«

Inger schüttelte den Kopf. Sie kam hoch, stützte sich auf die Ellbogen und hielt ihm mit geschlossenen Augen die Lippen hin. Er küsste sie.

»Eine Jugendherberge, in der auch Erwachsene übernachten können. Wir hatten ein Familienzimmer, mit sechs Doppelstockbetten. Hey, meine Eltern hätten noch neun andere Kinder haben können!«

Im Nebenzimmer, das so aussah wie ihres, war eine andere Familie untergebracht, Schweden aus Stockholm, ansonsten aber genauso wie sie, Vater und Mutter mit einer Tochter, die so alt war wie Inger und genauso lange blonde Haare hatte. Das Mädchen hieß Lynn. Es beachtete sie nicht.

Am nächsten Tag begleitete Inger ihren Vater an das Steilufer von Sejerby, wo er Skizzen machte von der Dünung, Wolken zeichnete, die Küste von Samsø, die Fähre, Segelboote als kleine Gespenster, ganz wie die Möwen, nur die einen auf dem Wasser, die anderen in der Luft.

»Vieles ist noch nie gemalt worden«, sagte Mads zu Inger, ohne sie anzusehen, »vielleicht sogar alles.« Er lachte.

Im Wanderheim hatte ihre Mutter ihren Proviant für den Segelausflug am Nachmittag vorbereitet. Mads und Birga Rasmussen wollten mit der Slup einmal um die Insel segeln und bei günstigem Wind über den Belt hinüber nach Samsø, und natürlich sollte Inger mit.

»Wie alt warst du?«

Sie war ein Kind, ein Teenager.

Aber sie hatte keine Lust gehabt. Es war ihr zu kalt auf dem Meer, und sie mochte die Stille von Sejerø, stellte sich vor, wie sie die kleine Insel erkundete, wusste jedoch, vielleicht gab Mads sein Okay, aber niemals würde Birga sie den ganzen Nachmittag lang sich selbst überlassen.

Sie hatte ihre Eltern kurzerhand angelogen.

Sie war schockiert von sich, wie leicht es ihr fiel, eine Geschichte zu erfinden.

Inger hatte ihnen erzählt, Lynn und sie hätten sich angefreundet, sie würden sich zwei Räder leihen und quer über die Insel zum Leuchtturm fahren, zum Gniben Fyr! In Wirklichkeit hatte das schwedische Mädchen kein Wort mit ihr geredet, sie bloß ignoriert, nur das Gesicht verzogen.

Ihre Mutter hatte Verdacht geschöpft, etwas stimmte nicht, da war doch was; aber Mads sah das anders, er war guter Dinge, hatte gelungene Skizzen gemacht, er überzeugte Birga, das Mädchen sei alt genug, und sie könnten auch mal zu zweit aufs Boot gehen. »Ah!«, machte er. »Ich werde dich auf offener See vernaschen.«

»Blödian!«, sagte Birga. »Hau ab. Pass auf, du fährst gleich ganz allein.«

In ihren grellbunten Schlechtwetteranzügen schlenderten sie zum Hafen hinunter, sie winkten. Inger hatte sie nie wiedergesehen.

Und was hatte sie an diesem Nachmittag gemacht?

»Nichts. Die längste Zeit saß ich auf einer Bank in der Sonne. Nichts passierte. Ich saß da und blickte übers Meer, als würde ich warten. In diesen drei Stunden ist die *Solsort* leck geschlagen, wahrscheinlich auf ein Wrack gelaufen, gekentert, meine Eltern ertranken, und ich bin mit ihnen ertrunken, obwohl ich auf einer Insel in der Sonne saß.«

»Du gibst dir die Schuld an dem Unfall, aber das ist nicht richtig. Du bist an Land geblieben, ja, gut, durch eine Lüge, aber das ist ganz egal«, sagte Raimund hilflos. Er war konsterniert von der tragischen Banalität des Unglücks.

Inger schüttelte den Kopf.

»Es ist gut, dass ich es dir erzählen konnte«, sagte sie. »Endlich bin ich nicht mehr allein damit.«

Als die Eglunds sie fanden, saß Inger noch immer auf der Bank und blickte über den Kattegat. Lynns Mutter nahm sie in den Arm. Mit der Fähre kamen ein Polizeiauto, ein Kranwagen, am nächsten Tag zwei Leichenwagen.

Ein Schwimmkran fuhr hinaus aufs Meer, um das Boot zu bergen. Das Licht war ganz silbern.

»Du hast sie auf dem Gewissen«, sagte das schwedische

Mädchen zu ihr, einmal, als sie allein waren. »Die eigenen Eltern! Wieso bist du nicht mitgefahren, hm? Lilla slampa danska«, sagte Lynn.

Das war sie für Lynn und das blieb sie, eine kleine dänische Schlampe. Dass Ingers Eltern gestorben waren, kümmerte Lynn Eglund nicht, und irgendwie half Inger diese grausame Ignoranz sogar, die ersten Tage zu überstehen. Vier Tage verbrachte sie mit den Eglunds auf Sejerø, bis ihre Tante Jane sie abholen kam. Jeden Morgen im Waschraum des Vandrerhjems hatte Lynn sie gekniffen, geboxt und »sköka« zu ihr gesagt, »hora!«, »slampa!« Wie war es möglich, fragte sich Inger, dass ein Mädchen, das aussah wie sie selbst, so böse und gemein war. War sie selber etwa genauso?

Manchmal wachte sie nachts auf, da saß Lynn bei ihr am Bett und starrte sie wutentbrannt an.

»Så stick«, zischte sie. »Zisch ab! Ut med dig!«

An ihrem Rahnsdorfer Wochenende hörte Raimund nur zu; obwohl Flori und er immer heftiger über seine Abwesenheit und sein Verstummen stritten, erzählte er so gut wie nichts von sich. Nicht über einen wie ihn nachgrübeln zu müssen tat ihm gut. Er gab sich große Mühe, Inger zu verstehen, und wusste, er machte das nicht aus Selbstlosigkeit, sondern schloss auf diese Weise für sich eine Lücke in seinem Denken. Warum hatte er sich damals ausgerechnet in Inger so verliebt, weshalb hatte er sie nicht vergessen und nie verwinden können, dass sie Moritz ihm vorzog? Inger weinte viele Stunden lang. Er ließ nichts unversucht, sie zu bewegen, endlich alles zu erzählen. Als sie sich verabschiedeten, war sie erleichtert und heiter. Lange küssten sie einander am Bahnhof Köpenick, während der Regen aufs Dach prasselte.

Drei Tage später fuhr sie mit Moritz über die dänische Grenze nach Tondern, heiratete ihn und wurde Inger Rauch.

Zog sie ihm Moritz denn vor? Lebte er nicht ebenso ein Leben ohne sie? Was wusste sie denn von seinem Alltag im Wespenarchiv? Und er schlief doch wohl noch immer mit Flori, einmal die Woche, damit sie nicht Verdacht schöpfte, oder machte er sich da was vor, war es vielleicht auch für ihn fester Bestandteil des Alltags? Was verband ihn mit Floriane außer Trott, Routine, Abscheu, Gewohnheit, Gleichmaß, Lauern, Dampfablassen? Hatte die Liebe nicht auch eine hässliche Seite? Musste denn nicht jeder, der liebte, in sich auch seiner Zerstörungswut Tribut zollen? Wie die Vorstellung ertragen, dass Inger mit Moritz schlief, wie, wenn nicht dadurch, dass er sich Floris Lust aussetzte? War nicht viel furchtbarer die Vorstellung, dass Inger und er zusammenleben, alles sich wiederholen, auch bei ihnen Trott, Routine, Abscheu, Gewohnheit, Gleichmaß, Lauern, Dampfablassen Einzug halten würden? Wie ließ die Innigkeit sich erhalten? Ließ sie sich überhaupt erhalten? Kannte er irgendwen, dem das gelungen war?

Nein.

»Nej.«

Bergung? Nein.

»Bjærgning, nej.«

Was sie seit Jahren, Jahrzehnten, Jahrhunderten im Bett mit Moritz erlebte, war nie das gewesen, was ihr seinerzeit im Garten auf der Feldmark so große Lust auf ihn bereitet hatte. Was zwischen ihnen beiden im Dunkeln ablief, war den Schmerz nicht wert, den sie Flori hatte zufügen müssen.

Es lag nicht nur an Moritz, genauso lag es an ihr. Denn an seiner Seite, war sie da nicht von Beginn an so gut wie niemand gewesen und täglich schmaler und weniger geworden, bis sie nichts mehr von sich spürte, ganz so, als hätte sie sich in Luft aufgelöst? Viel früher hätte sie es sich eingestehen müssen. Aber schuld war vor allem die Welt, in der sie gelebt hatte, ohne dass sie eine Welt mit Raimund gewesen wäre. Bäume waren Holzvorrat, Wasserspeicher, Sauerstofferzeuger? Sie kannte jede Pappel am Weißen See, sie beobachtete sie, sie ging stundenlang am Ufer auf und ab und überlegte, wie sie zu malen wären. Die Pappeln waren klüger als sie.

Endlich hatte sie Raimunds Liebe zugelassen, und seither, fast über Nacht, empfand sie wieder wie zuletzt an dem Tag vor dem Unglück ihrer Eltern. In ihrem Innern entdeckte sie eine vergessene Sprache, die außer ihr nur Raimund verstand. In einem Saal voller Leute, aus dem alle verzweifelt einen Ausgang suchten, um draußen doch nicht zu wissen, wie weiter, und wo jeder gelangweilt, wie unbemerkt gestorben, immerzu bloß »nein« raunte, »nein«, »nein«, da verlangte es sie beide nach einem Eingang. Und so laut und hell sie konnten, riefen sie: »Ja!«

An jedem Wochenende, seit er aus dem Dorf weggegangen war, telefonierte er mit seiner Mutter und erzählte, wie es ihm erging mit seinem Studium. Ob in Birmingham oder Berlin, er tat alles, um sie nicht anlügen zu müssen, immerhin studierte er ja wirklich, wenn auch nicht an der Uni – aber die Uni erwähnte er gar nicht –, und immer wollte seine Mutter wissen, wie es Flori erging, in Edgbaston, in Selly Oak, in Schöneberg, als Assistenzärztin in Friedenau. Bestimmt hatte sie schon bald eine eigene Praxis; darauf konnte seine Mutter Gift nehmen.

Er studierte, was er sah.

Er studierte Gesichter, Häuser, Bäume und Hunde.

Seine Mutter wiederholte: »Du studierst Häuser, Bäume und Hunde.«

»Und Gesichter.«

Er studierte, was er las über Insekten.

»Nur schade«, sagte seine Mutter, »dass du als angehender Akademiker und Flori als niedergelassene Ärztin, dass ihr beide keine Zeit haben werdet für was Kleines. Ich hoffe nur, mein lieber Herr Sohn, du weißt, für einen Enkel ziehe ich sogar nach Berlin.«

Für Raimund eine albtraumhafte Vorstellung, die er tagtäglich neu verdrängte: Seine Mutter lebte in Berlin, womöglich im selben Haus, sie kümmerte sich um ein Kind, das ihn für immer an Floriane band, und kam ihm allmählich auf die Schliche. Vor seiner Frau, oder Fastfrau, log er ohne Umstände seit Jahren das Blaue vom Himmel herunter. Seine Mutter aber baute sich vor ihm auf, auch wenn sie ihm kaum bis zur Brust reichte, und sagte lächelnd in sein unschuldsvoll auf sie hinunterglotzendes Gesicht: »Lügst du mich an?«

Wie sollte er da weiterhin ein Parallelleben führen? Alles Elend der Welt ließ sich ertragen, nicht aber, verzichten zu müssen auf die Nachmittage mit Inger.

»Und Moritz und der süßen Inger, geht es den beiden gut?«

»Ich denke. Ja, es geht ihnen gut. Sehr gut. Doch.«

»Na, Moritz wird nicht traurig sein, wenn er von Kosslecks Tod hört.« Einen Augenblick lang genoss Traute Merz den Informationsvorsprung, ihr Sohn hörte den kleinen Triumph in ihrer Stimme beben.

»Hm? Hajo Kossleck ist gestorben?« Er schluckte.

»Er hat sich aufgehängt. Ein paar Kinder haben ihn gefunden, im Wald. Schlimm.«

»Aber warum?«

»Na, weil er da hing, nehme ich an.«

»Warum hat er sich das Leben genommen?«

Hatte sie sich das noch gar nicht gefragt? Seine Mutter schien zu überlegen.

»Im Wochenblatt, warte, steht: ›… mutmaßlich aufgrund einer unheilbaren Erkrankung.‹ Na, ich denke, er hatte wohl Krebs.« Krepps, sagte sie. »Klingt so, oder?«

Raimund fiel es schwer, sich von einer Sekunde zur nächsten die Welt ohne Hanns-Joachim Kossleck vorzustellen. Zweifellos war es einerseits eine bessere Welt, andererseits war es um jeden Menschen schade, und war er auch noch so hartherzig oder habgierig.

»Zum Teufel mit ihm«, sagte er.

Und seine Mutter sagte: »Das ganze Geld, da siehst du es mal wieder, am Ende kann es dich nicht retten. Für das Dorf ist es gut, dass er nicht mehr ist. Hier muss kein neuer Stadtteil entstehen. Aber wer weiß, wer sich das ganze Land jetzt unter den Nagel reißt. Weiß man's? Und in das Haus, das Moritz ihm verkauft hat, wer zieht da nun ein?«

»Welches Haus meinst du, Mama?«

»Na, wie viele Elternhäuser hat er denn?«

»Du willst mir sagen, dass Moritz das Haus seiner Eltern Hajo Kossleck verkauft hat? Never ever.«

»Ich dachte, du wüsstest das«, sagte Raimunds Mutter verdächtig harmlos. »Das weiß doch jeder.« Sie kicherte.

»Jeder vielleicht. Ich nicht.«

»Flori weiß es! Haha!«

Raimund fragte: »Und Inger?«

Hätte Moritz sich seit dem Eklat von Weißensee nur einmal bei ihm gemeldet, Raimund hätte ihn ins Vertrauen gezogen und auf Hajo Kosslecks Tod und den rätselhaften Hausverkauf angesprochen, schon deshalb, weil es sie alle anging. Der Auto-Kossleck hatte das halbe Dorf in seinen Besitz gebracht; ohne viel Federlesens hätte er aus der Feldmark ein Industriegebiet gemacht, so wie aus dem wilden Garten ein Parkplatz geworden war. Jetzt gab es beide nicht mehr, weder den Garten mit seinen Bäumen, Hecken und Erinnerungen, noch den, der ihn aus lauter Rachlust zerstört hatte.

Warum hatte Moritz sein Elternhaus ausgerechnet diesem Mann abgetreten, dem ärgsten Kontrahenten seines Vaters, dessen verhasstem Rivalen und Feind?

Nicht mal ein Geheimnis hatte er daraus gemacht.

Obwohl anzunehmen war, dass es das Ende ihrer Freundschaft bedeutete, wenn er aus seinem Vorwissen Kapital schlug, konnte Raimund der Verlockung nicht widerstehen. Jemand wie er war ein schwacher Mensch, erfüllt von Angst, eine Liebe zu verlieren, die ihm die Liebe zu sich selbst erst ermöglichte. Ja, ihm schien, durch Inger war er nicht nur irgendwer.

Moritz das Opfer, Moritz der Unverstandene, Moritz, der überlebt hatte, wenn auch schwer gezeichnet ... seit Jahren und Jahrzehnten konnte er sich des Mitgefühls von ihnen allen sicher sein! Dieses heldenhafte Bild, das Inger aufrechterhielt, um ihren Mann vor seinem eigenen erbarmungslosen Urteil zu bewahren, würde in Scherben zerspringen, sobald sie erfuhr, woher das Geld für die Wohnung stammte, in der Moritz und sie lebten.

Obwohl es ihrer Tante bekannt war – auch mit ihr hatte Traute Merz telefoniert –, ahnte Inger weder von dem Geschäft ihres Mannes mit Kossleck noch von dessen Freitod im Sachsenwald bei Dassendorf. Tante Jane wusste, was sie ihrer Adoptivtochter besser nicht verriet, bis man sich gegenübersaß und die Dinge erklären konnte. Auf einem Winterspaziergang in der tief verschneiten Wuhlheide versuchte Raimund, es Inger möglichst schonend beizubringen.

Sie lachte! Sie glaubte ihm kein Wort.

»Ruf deine Tante an. Warte.« Er wählte Jane Rasmussens Nummer. »Alle wissen es.« Er reichte ihr sein Handy.

Inger fiel aus allen Wolken. Sie rannte davon durch den
Schnee, sie warf sein Handy in den Schnee, blieb stehen,
hockte sich hin in den Schnee, und er hob sie hoch, nahm
sie in den Arm, hielt sie fest, küsste ihr die Tränen aus dem
Gesicht.

Als sie sich etwas beruhigt hatte, sprachen sie über das
Lügen, die schlimmsten Lügen in ihrem Leben. Sie sprachen von Floriane, Raimund erzählte von ihrer Zeit in
Birmingham, und Inger sagte, schon seit Längerem habe
sie das Gefühl, dass Moritz gar nicht mehr vorhatte,
Architekt zu werden, sondern nur noch so tat, als würde
er sich mit Profs treffen, sich auf Baustellen umsehen oder
mit Statikern unterhalten.

»Stimmt es«, fragte sie, »dass ihr damals in København
Bruce Springsteen begegnet seid? Moritz sagt, Springsteen gab sich als Straßenmusiker aus – aber er hat ihn erkannt.«

»Kann sein«, sagte Raimund. »Ich weiß es nicht mehr.«

»Du weißt nicht mehr, ob dir Bruce Springsteen gegen-
überstand? Was seid ihr für verdammte Lügner!«

Einmal hatte Merp ihn gebeten, sich mittags mit ihr in der
City zu treffen, und ihm in einem Coffee Shop in Aston
verraten, dass Perd nicht ihre Zwillingsschwester war,
sondern die Frau ihres Lebens. Ray – Raimund – hatte
nicht verstanden, aus welchem Grund Merpati ihm das
anvertraute.

»Du bist Prinz Arjuna«, sagte sie ernst. »Du hast das silberne Licht der Gelassenheit.«

Es schneite in immer dickeren Flocken. Inger fror, aber Raimund wusste, nicht mehr lange, und die für 15 Uhr bestellte Kutsche kam ihnen auf der Allee entgegen, die zum Mellowpark und zur Spree führte, und er würde sie anhalten, würde den Kutscher fragen, ob sie einsteigen könnten, und sie wäre frei, reiner Zufall, so wie jede Rettung.

Sie schmiegten sich unter dem Fellplaid aneinander und blickten hinaus in den Schnee. Ein Apfelschimmel und ein Rappe zogen die Droschke, vor der Kälte schützten die Pferde Decken, und über den Ohren trugen sie Schutzkappen. Der Kutscher sagte kaum etwas, aus einem alten russischen Roman oder einem Traum schien er zu stammen, und eine Peitsche brauchte er nicht, er ließ die beiden gleichmütig nebeneinander schnaubenden Tiere vor sich hinzockeln.

»Ich liebe dich«, sagte Raimund. »Du bist mein Stern, ich folge dir.«

Inger sah ihn an, sie lächelte. Sie hatte rote Augen vom Weinen.

Ein Stadion, ein Schwimmbad, eine Schule, eine Fußgängerbrücke oder Turnhalle? »Pff.« Minimalismus? Die Form-follows-function-Debatte? »Und?« In Wien hatte Moritz alles nur bedrückt, weder am Haas-Haus von Hans Hollein noch an dem, das Ludwig Wittgenstein für seine Schwester entworfen hatte, fand er etwas Besonderes. »Alles schon da gewesen«, sagte er voller Verachtung am Matzleinsdorfer Platz

Im Grunde interessierte er sich für nichts, was mit Architektur zu tun hatte, sagte Inger. Wichtig war Moritz nur, dass er als Gymnasiast hatte Architekt werden wollen; und dass er es nicht geschafft hatte, machte allzu deutlich, wie nichtswürdig alle Baukunst unserer Zeit letzten Endes war.

Sie presste die Fäuste gegen die Stirn.

»Das Studium, der Beruf, die Kinderfrage, alles ist für ihn schwierig. Er will nur das Beste, aber erreicht überhaupt nichts, lässt alles auf sich zukommen und unternimmt selber nichts, sobald der Durchsetzung eines Plans zu viel im Wege zu stehen scheint. Was soll ich da machen? Ich kann ihn doch nicht dazu zwingen, sich etwas aufbauen oder Vater werden zu wollen.«

Es war das erste Mal, dass Inger offen über ein eigenes Kind sprach. Wie eine Insel am Horizont in einem flimmernden Meer tauchte das Mädchen in ihren Gedanken auf, und weil sie Raimund liebte und keine Geheimnisse vor ihm haben wollte, erzählte sie ihm von ihrem Wunsch, sobald der einmal zu stark in ihr wurde. Sie musste jemandem mitteilen, was in ihr vorging!

Genauso schnell aber verdrängte sie den Wunsch wieder und sagte sich, dass sie ja nicht weglaufen konnte, ihre kleine, ihre noch unsichtbare Tochter, die unbedingt Pippa heißen sollte.

Sie waren nach Dänemark, nach Frederikshavn und von von dort rüber nach Schweden, nach Göteborg gefahren. Auf der Rückfahrt hatte Inger auf Fehmarn von Jacobsens Hochhaus-Ensemble geschwärmt, Moritz und sie waren nach Burgtiefe gefahren und hatten sich die Drillingstürme angesehen. Arne Jacobsen, ihr Vater kannte ihn persönlich! Für Stanley Kubricks *Space Odyssey* hatte er die Innenausstattung des Raumschiffs entworfen. Moritz fand die Hochhäuser am Fehmarnsund hübsch. Inger sagte, bei Statik denke er wahrscheinlich an die Berechenbarkeit seiner künftigen Lebensumstände.

»Du glaubst, er hat das Studium geschmissen?«

»Wahrscheinlich, so wie du!«

Ihr Ellbogen stieß Raimund in die Seite. Zum ersten Mal lachte sie wieder, und sie küsste ihn.

»Ich will gar nicht wissen, was er macht. Solange er glücklicher ist, wenn er sich was vormacht, bitte.«

»Moritz ... Maurids ... Mauerritze ...«

Eine Zeit lang betrachteten sie jeder für sich die Pferde, ihre Köpfe in den nicht sehr stark, aber beständig einherwirbelnden Schneeflocken. Unter dem Plaid suchte Inger seine warmen Hände. Sie streichelten einander, hielten sich lange fest und liebkosten jeder des anderen Haut. Raimund hatte am Telefon keine Fahrtdauer vereinbart. Also würde der Kutscher sie so lange durch die in weißer Dunkelheit versinkende Gegend chauffieren, bis es tatsächlich dunkel wurde.

Sie ist mein Glück, dachte er, das einzige nennenswerte in meinem Leben, aber weil niemand davon erfahren darf, ist unsere Liebe zugleich meine Lebenslüge. Es tat weh, der kalten Tatsache dieses Gedankens ins Auge zu blicken, für Raimund war jedoch auch die schmerzhafte Seite seiner Zuneigung ein Teil Ingers, den er liebte, und so gab er sich dem Gefühl hin. Er schloss die Augen. Er schloss die Augen, und es wurde Sommer.

Die Kutsche fuhr durch das helle Leuchten eines linden Tages Ende Juni. Auf der von der Sonne erwärmten Wuhlheide waren Spaziergänger zwischen Scharen krächzender Elstern und Krähen unterwegs, die aufflogen und sich in den Baumwipfeln niederließen, um von dort oben herabzurufen. Ihr Kutscher war nicht derselbe wie vor einem halben Jahr, ihr Winterkutscher, aber er sah ihm ähnlich und sagte ebenso wenig. Erste Schwalben kreuzten hin und her zwischen den Dächern zweier verfallener Baracken, und Inger dachte: Das ist die Freiheit! Die Schwalben verwandeln die Luft und das Licht in ein Meer, das ohne sie unsichtbar wäre.

Überall auf diesem Meer waren betäubend süße Düfte, die niemand auf der Welt je gemalt hatte und keiner jemals würde malen können. Das war die Freiheit.

Raimund blickte in das wohltuende Licht und dachte daran zurück, was Merp zu ihm in Birmingham gesagt hatte, an einem ähnlich strahlend hellen Tag: »Du bist Prinz Arjuna. Du hast das silberne Licht der Gelassenheit.«

»Hat Moritz dir je von dem Pferdefilm erzählt, der ihm als Schüler so zugesetzt hat?«, fragte Inger. Unter einer selbstgeschneiderten Sommerjacke trug sie das verwaschene T-Shirt mit dem Schriftzug Nebraska, das ihr noch immer passte, so dünn war sie. »Er handelt von einem Teenager, der in einem Reitstall jobbt und eines Nachts dort sechs Pferde blendet.«

»*Equus*«, sagte Raimund. »So heißt der Film. Wir haben ihn in der Oberstufe gesehen. Lange her. Warum?«

Ihm fiel ein kurzes Scharmützel mit Moritz über den Ausdruck »unter ferner liefen« ein, ein kleines, für sie beide so typisches Streitgespräch, an das er seither nicht wieder gedacht hatte.

»Weil Moritz nie aufgehört hat, von dem Film zu reden, oder besser von eurem unterschiedlichen Blick schon damals. Ihr habt euch nach dem Unterricht auf dem Nachhauseweg über das, was ihr gesehen habt, unterhalten, weißt du noch?«

Inger zog die Hand zurück und blickte in den Schnee aus Pollen und Blütenblättern, sie sah Raimund nicht an. Für diesen Augenblick bestand sie auf einem echten Unterschied zwischen ihm und sich, damit es eine wirkliche Auseinandersetzung geben konnte in einem für sie seit Jahren so rätselhaften Punkt.

»Du erinnerst dich nicht, oder?«

»Unter ferner liefen« war ein Ausdruck aus dem Jargon der Pferderennbahnen. Moritz hatte es ihm erklärt: Nur der Sieger und der Zweite und Dritte wurden genannt, für den Rest galt die Namenlosigkeit.

»So wie für uns«, sagte Raimund.

Und Moritz sagte: »Für dich vielleicht. Für mich nicht.«

Sie war auf ein anderes Gymnasium gegangen als ihr späterer Mann und ihr späterer Geliebter, und später, in den Jahren, als sie mit Moritz schon zusammenwohnte, hatte er alles unternommen, um sie davon abzuhalten, den bekloppten Film zu kaufen, aber ständig davon geredet: *Equus, Equus*! Irgendwann hatte sie das Gefühl gehabt, den Streifen auswendig zu kennen. Aber gesehen hatte sie den Film nie.

Für Raimund verbarg sich unter jedem Gespräch ein Abgrund.

Vorsichtig sagte er: »Ich erinnere mich sogar gut. Wir haben das Theaterstück im Englischkurs gelesen, und in der Verfilmung spielt der alte Richard Burton den Psychologen, der herauszufinden versucht, wieso dieser Teenager sechs Pferden die Augen ausgestochen hat.«

Er erinnerte sich an eine grüne, endlos erscheinende Hecke, an der er mit Moritz entlanglief; alle paar Meter riss Moritz ein Blatt ab und zerrupfte es. Raimund erinnerte sich an sein grenzenloses Erstaunen darüber, wie der Freund den viel zu pathetischen Film auffasste. Moritz war empört, ja verstört gewesen, doch was er in seiner Aufgebrachtheit damals genau gesagt hatte, wusste Raimund nicht mehr.

Inger sagte: »Moritz erzählt immer, wie empört du gewesen bist, ja am Boden zerstört, weil du nicht fassen konntest, wie man für einen Kinofilm lebendigen Pferden die Augen ausstechen konnte.« Sie strich ihm über den Unterarm. »So süß von dir.« Sie küsste ihn, auf den Mundwinkel, aber Raimund spürte die Zärtlichkeit nicht, so schockiert war er.

Mit einem Mal glaubte er sich genau zu erinnern. Nicht er hatte das gesagt, sondern Moritz. Er sah ihn vor sich, die aufgebrachte Miene des Freundes, als Moritz rief: »Wie kann es sein, dass man für einen Kinofilm lebendigen Pferden die Augen aussticht, wie ist das möglich? In einer solchen Welt habe ich nichts verloren!« Moritz hatte damit als Erster von ihnen beiden schon als Gymnasiast ihr Unwirklichkeitsempfinden in Worte gefasst. Warum aber behauptete er, Raimund hätte das gesagt? War es ihm peinlich?

Moritz und er waren so lange nebeneinanderher gelaufen, Jahre, zwanzig Jahre lang wie mit verspiegelten Gesichtern, und in der Miene des anderen lasen sie, was sie selbst bewegte. Raimund schloss die Augen. Im lichten Dunkel unter den Lidern, vielleicht lag dort die Wahrheit, doch sie gab sich nicht zu erkennen. Er hielt fest seine Augen geschlossen; und es wurde Winter.

Zwei Jahre nach dem Unfalltod seiner Eltern, im selben Jahr, in dem Inger schwanger wurde und Pippa zur Welt kam, unternahm Moritz einen Suizidversuch. Wollte er sich wirklich das Leben nehmen? So recht glauben mochte es weder seine Frau noch sein Freund. Floriane aber hatte kürzlich ihre Studienfreundin Rose durch einen Freitod verloren, der nach Auffassung der gesamten Birminghamer Clique unbeabsichtigt war. Es gab einen wilden E-Mail-Wechsel deswegen. In Floris Augen hatte Moritz riesiges Glück gehabt.

Mit einem besonders dicken Schlauch – »unser Selbstmörderrohr« –, der durch Schmerzen von Wiederholung abhalten sollte, wurde Moritz in der Charité der Magen ausgepumpt. Inger schrie den Chefarzt an, er sei ein Folterknecht und gehöre in den Knast nach Moabit. Flori nahm sie in den Arm.

»Schschsch«, machte sie. »Der wird nie verstehen, was du fühlst.«

Sie ging mit Inger hinaus, damit sie sich abkühlte in dem Schneegestöber über der Amrumer Straße.

In Moritz' Jeans fand Inger einen Abschiedsbrief, der kaum einer war, denn er bestand bloß aus ein paar Wörtern, hingekritzelt auf einen Zettel, der Moritz vielleicht nur als Gedächtnisstütze gedient hatte: »Will keinem im Weg sein, nicht mal mir selber!«

Nackt, duftend nach ihrer und seiner Lust, lag Inger in Raimunds Armen, als sie leise sagte, das einzig ihm Wichtige habe Moritz auch in dem einen Satz untergebracht: Außer ihm selbst gab es niemanden, der einer Erwähnung wert war.

»Bitte, mach mir ein Kind«, flüsterte sie ihm in ihrem Stammhotel in der Fasanenstraße ins Ohr. »Liebster, lass uns etwas haben, das uns für immer verbindet, etwas, das auch Moritz die Freude am Leben zurückgibt.«

Raimund war einverstanden, wenn auch aus anderen Gründen. Durch ein gemeinsames Kind hoffte er, Inger an sich binden zu können, und irgendwann, in fünf, in zehn Jahren, würde sie mit ihm leben, sagte er sich. So wie ihre Eltern mit ihr gelebt hatten, würde sich Inger nach einer Familie aus Vater, Mutter und Tochter sehnen. Raimund hatte Zeit, und er war geduldig. Zeit spielte in seiner Liebe zu ihr keine Rolle.

Sobald Inger schwanger war – so ihr Plan –, würde er Floriane einen Heiratsantrag machen, damit sie keinen Verdacht schöpfte. Er würde Flori heiraten, Inger würde sich nach Moritz' Rekonvaleszenz überrascht zeigen von der neuen Leidenschaftlichkeit in ihrer Ehe, sie würde ein Kind bekommen, und vielleicht oder bestimmt sogar würde Flori ihr nacheifern. Zu keiner Zeit zweifelte Inger Rauch daran, aus Liebe oder Freundschaft etwas Gutes für sie alle vier zu tun. Mit derselben Akribie, der Euphorie fürs Detail, mit der sie ein Gemälde konzipierte, skizzierte und ausführte, plante sie für ihren Mann, ihre Freundin, ihren Geliebten und sich ein neues Leben mit kleinen Kindern.

Zu viert – oder fünft, denn Inger trug da schon Pippa unterm Herzen – mieteten sie für drei Wochen ein Sommerhaus südlich von Köpenick.

Das Haus stand unmittelbar am Ufer. Es hatte einen Steg, und im Wasser lagen zwei Boote. Zum See und ihrer Badestelle ging man einfach durch den Garten. Abends aßen und tranken sie dort unter den Apfelbäumen, und einen

Garten hinterm Haus gab es auch, eine Streuobstwiese, Felder, ein Laubwald grenzten daran, eine Landschaft von stillem Liebreiz, die Raimund schon nach wenigen Tagen nicht mehr missen mochte und die er nie wieder vergaß.

Inger und der einsilbige, bestenfalls wortkarge Moritz wohnten im Erdgeschoss der modern sanierten Fischerkate; Flori und Raimund, der einer seltenen Wespenart auf der Spur war, hatten unterm Dach drei helle Zimmer.

Dolichovespula omissa. Man wusste wenig über die Lebensweise der Waldkuckuckswespe. Sie war ein Sozialparasit der Waldwespe, in deren Staaten sie quasi inkognito verkehrte. Weshalb sie kein eigenes Volk gründete – unbekannt.

Die Waldwespen schienen keinen Unterschied zu machen zwischen sich und ihren geheimen Gästen, die keinerlei Ambitionen besaßen; denn es gab zwar Kuckucksdrohnen und -arbeiterinnen, eine Waldkuckuckswespenkönigin jedoch nie. Die Waldkuckuckswespen selbst wussten dagegen anscheinend sehr genau voneinander. Sie bilden, notierte Raimund, umgeben von ahnungslosen Waldwespen eine Art Geheimbund – nur zu welchem Zweck? Vielleicht gar keinem. Fest stand, es gab unter Entomologen vielfach diskutierte Waldkuckuckswespenzusammenkünfte auf bestimmten Blüten, Dolden, die Waldwespe, Gemeine Wespe und Sächsische Wespe mieden. Die filigranen, blassrosa Dolden der Schwanenblume gehörten dazu, und an den Ufern des Müggelsees entdeckte Raimund eine Vielzahl Schwanenblumen, wenn

Inger und er dort spazieren gingen und sich in einer hinter dichtem Röhricht verborgenen Schilfbucht liebten.

Alles geht vorbei, Baby, so ist es nun mal, aber vielleicht kommt ja alles irgendwann mal zurück.

Im rückwärtigen Garten war das Kinderhaus. Da noch keiner von ihnen Kinder hatte, stand der frühere Schuppen leer, er diente als Abstellraum für Fahrräder, Go-Karts, Roller, Paddel und Schaufeln und besaß ein ausgebautes Obergeschoss, in das eine Leiter hinaufführte, ein verwunschenes Matratzenlager voller Kissen, Felle und Decken.

Wenn Inger und Raimund getrennt losgingen, um sich wenig später am Müggelseeufer zu treffen und gemeinsam spazieren zu gehen, zogen sich Floriane und Moritz dort oben zurück. Sie wussten, ein paar Stunden hatten sie für sich, und waren dementsprechend ungehemmt. Sie lachten. Sie fochten Kissenschlachten aus, nackt, verschwitzt sprangen sie unter dem Dach des Kinderhauses umher. Flori goss ihre über Jahre angestaute Lust, die ganze so viele jahrelang in sich hineingefressene Enttäuschung, ihre Wut, ihren Trotz, ihre Liebe zum Leben in diese Stunden mit Moritz, der gar nicht zu begreifen schien, was mit ihm geschah. Jeder Gedanke, jede Empfindung, die in seinem Innern wühlten, kam ihm unendlich verworren vor, und er sehnte nichts so sehr zurück wie seine Kindheit im Garten des Hauses seiner Eltern, aber wusste – und weinte darüber in Floris Armen –, dass nichts und niemand davon noch existierte, weder der Garten noch seine Eltern, und auch seine Kindheit war vorbei, vorüber, vorbei. Er liebte nur noch das Verlorengegangene. Raimund war ihm zuwider, weil er war wie er selbst, ein Lügner, ein Versager, ein Gescheiterter, aber anders als er selber nicht darunter zu leiden schien. An Inger liebte er noch das Mädchen, das sie früher gewesen war, ansonsten aber verachtete er sie, seit sie zugegeben hatte, dass sie in Raimund stets etwas gesehen hatte, was er selbst ihr nie hatte geben können; und Flori liebte er nur in den Minuten, in denen sie beide sich vergaßen, so nah am Schmerz, dass Lust und Verlieren in eins fielen.

Floriane lachte Raimund aus, als er ihr seinen Heiratsantrag machte, der unselbständige, der nichtsnutzige Idiot, der in den Himmel stierte und von Licht faselte, als wäre es ein gottgesandtes Wunder. Er saß vor ihr im Boot und sagte mit seinem Triefmund: »Du, Schatz, was meinst du, sollten wir nicht auch heiraten?«

Trotzdem sagte sie ja, damit Inger und er keinen Verdacht schöpften. Sie stießen an, sie feierten, ein prächtiger Sommerabend in ihrem Garten am See, über dem eine Wolke aus Staren eine Stunde lang erstaunlichste Formen hinbaute. Sie hauten sich die Wampe voll und tranken viel zu viel, nur Inger nicht, die herumdruckste und schließlich damit herausplatzte, dass sie ein Kind bekam. Moritz lächelte. Wortlos hob er sein Glas, hob es hoch über den Kopf, und Raimund ging zu ihm, »Mensch, Alter!«, sagte er anerkennend, klopfte dem Freund auf den Rücken und beglückwünschte dann Inger mit einem Kuss auf die blasse dänische Wange. Floriane verzog keine Miene. Sie stand auf, ging ins Haus, ging nach oben und packte.

Jahrelang hatte sie versucht, schwanger von ihm zu werden. Sie hatte in Schöneberg, in Raimunds und ihrer Wohnung, sie hatte in Friedenau, im Ruhezimmer ihrer Praxis, und hatte in Weißensee, in Ingers und seinem Bett mit Moritz geschlafen. Es war ein Tanz gewesen, so erregend wie schrecklich, aber sie hatte alles versucht, sogar bei einer Ärztin war sie gewesen; als Einzige von ihnen vieren wusste sie, dass Moritz gar keine Kinder zeugen konnte, und der Rest, Gott, ließ sich zusammenreimen. Sie stieg in den Alfa, keiner unternahm etwas, um sie aufzuhalten. An einem finsteren Feldweg, kurz vor Friedrichshagen, hielt sie an. Sie spürte so deutlich wie zuletzt, als Raimund und sie aus England weggegangen waren, dass ein langer Weg hinter ihr lag und umzukehren ein bisschen wie sterben wäre. Sie wollte nicht weiter, immer weiter davonlaufen vor dem Kummer, und trotzdem lief und lief sie, sie lief und lief, wie die Tränen liefen, die ihr übers Gesicht rannen, so rannte sie hinein in die Dunkelheit, die voll fremder Gerüche war und voller seltsamer Geräusche.

III

Flucht nach Süden mit dem Elsternkind

Trübes Licht herrschte an den grauen Tagen, die Raimund Merz als Bruno DeWitts Begleiter in Stuttgart verbrachte. Ein milchiger Dunst hing über der Stadt, dem Loch in ihrer Mitte, wo einmal der Bahnhof gewesen war, und dem Fluss, an dessen Ufer Angler standen, die anscheinend nichts mit ihrer Zeit anzufangen wussten und sie deshalb totschlugen wie die Schmerlen, die Ukeleien, die Nasen und die anderen Fische, die sie aus dem Neckar zogen.

Niedergeschlagenheit. Merz empfand fast alles in diesen Tagen als Attacke. So lange er Widerstand geleistet und durchgehalten hatte, so schutzlos sah er sich jetzt den Ereignissen ausgeliefert. In böse Tagträume versunken, vergrätzt, eine warme, halb geleerte Flasche Chardonnay verborgen in seinem Trenchcoat, saß er allein auf einer Bank am Ufer zwischen Rosensteinbrücke und Wilhelma. So ließ er die Ereignisse der letzten achtundvierzig Stunden Revue passieren und dachte nach über seine aussichtslose Lage.

Dabei hatte er anfangs noch voller Verve reinen Tisch gemacht. Alles, was er erlebt hatte mit Moritz, Inger und Floriane in den Jahren im Dorf, in der Zeit allein mit Flori in Birmingham, wieder zu viert in Berlin und schließlich während der Ehejahre in Hamburg, erzählte er. In ihren Zimmern in dem Hotel am Olgaeck räumten Bruno und er die Minibar leer und tranken alles, was nur halbwegs flüssig war. Geholfen hatte nichts, weder der Rausch noch das Erzählen, weder der Suff noch das Gelächter, nicht die Tränen, nicht der Schlaf, nicht die Träume, nicht das Flehen, nicht der Kummer und ebenso wenig das Verfluchen.

Bruno hatte geduldig zugehört. Aus vielen zurückliegenden Gesprächen mit Merz kannte er die Geschichte von dessen Ehe. Dass der Freund so lange schon eine andere Frau liebte, verwunderte Bruno nicht; wer konnte leben, ohne zu lieben? Doch er äußerte ebenso Verständnis für Florianes Sicht auf die Dinge. Merz rechnete es ihm hoch an, dass er sich Zeit nahm und die eigenen Sorgen hintanstellte.

Bruno führte seine Gespräche im Kunstmuseum morgens, unterhielt sich mit dem Kurator der Impressionistenausstellung mittags in der Staatsgalerie und traf die Zugbekanntschaft mit der auffällig blauen Ader am Mundwinkel und den vielen roten Sommersprossen in den freien Stunden am Nachmittag. Ali hieß sie, Alice. Sie war Lehrerin an einer Grundschule in Stuttgart-Nord und hatte zu Beginn des neuen Schuljahrs viel Freizeit. Zweimal begegnete ihr Merz im Hotelflur, Zeichen dafür, nahm er an, dass sie nicht allein lebte und daher Bruno nicht mit zu sich nehmen konnte. Ein Irrtum, wie sich bald herausstellte: Ali lebte durchaus allein, seit jeher, wie sie sagte. Einmal raunte sie Merz zu, er habe recht, sein Freund sei gefährlich, aber aus anderen Gründen. Sie lächelte traurig.

»Man kann ihn wohl nicht mehr vergessen, oder?«

Merz wusste das seit Langem. Es gab kaum eine wichtige Entscheidung, die er traf, ohne sich zuvor in einem Gespräch oder in seiner Vorstellung mit Bruno zu beraten. Warum das so war, wieso einem Bruno DeWitt nicht aus dem Kopf ging und ihn nicht nur jedes weibliche Geschöpf, sondern einfach jeder ins Herz schloss, wusste auch Merz nicht.

Ali nahm an, sie würde Bruno nicht wiedersehen. Sie kannte ihn eben noch nicht besser. Sie würde ihn wiedersehen, nicht oft, aber immer dann, sobald es sich einrichten ließ. Nur teilen würde sie ihn müssen. Keine Sommersprosse konnte die einzige sein, dachte Merz, wenn er Alice ansah. Die blaue Ader an ihrem Mund gefiel ihm sehr.

Es gab Menschen, die schliefen, und es gab andere, die machten die Betten. Mareike Kennedys Chefredakteurinnenherz musste sehr groß sein, denn in einem Glaskorridor des *Tag*-Labyrinths hatte sie im Vorbeigehen zu Bruno einmal gesagt: »Herr DeWitt, mein Herz ist kein Hotel, aber für Sie ist dort immer ein Zimmer frei, eins mit Ausblick sogar.«

Dagegen schien Merz von jedem außer Bruno vergessen worden zu sein. War er aus der Welt gefallen? Wohin war er gefallen? Umgeben von Anglern, Joggern und Hunden, die ihre Leine hinter sich herzogen, bis ihr Besitzer darauftrat und das Tier damit würgte und zurückriss, saß er am Neckar und blickte auf das schlammig braun vorbeiströmende Wasser. Es fing an zu regnen. Er zog die Flasche aus dem Mantel und trank.

Floriane hatte sich so wenig gemeldet wie die Kinder. Hatte Linda ihr Handy überhaupt mitgenommen auf Klassenreise? Prissy schien anderes im Kopf zu haben, als sich Sorgen um ihren Vater zu machen. Aber es war auch nicht Aufgabe der Kinder, sich an ihre Eltern zu erinnern.

Gut möglich, dass in diesem Moment der Angestellte eines Schlüsseldienstes die Schlösser an ihrem Haus auswechselte. Gut vorstellbar, dass Floriane den Phoebus zu einem Spottpreis zum Kauf angeboten oder mit heruntergelassenen Scheiben vor einem Mietblock in Wilhelmsburg einfach abgestellt hatte. Ja, es war gut möglich, dass sein Leben in Hamburg in sich zusammenfiel, während es in Stuttgart lautlos nieselte.

Was hielt ihn davon ab, Prissy eine Nachricht zu schicken? Doch nur, dass ihre Mutter in der Nähe war. Er hätte sich längst bei Inger melden sollen, seit er ihren Hilferuf gelesen hatte. Trotz der langen Zeit, die seit dem Brief vergangen war, hätte er ihrer Bitte nachgeben und versuchen müssen, mit Moritz ins Reine zu kommen. Vielleicht war es zu spät, hoffentlich war es zu spät. Doch was, wenn nicht?

Er hatte sich für das Bequemste entschieden, indem er gar nichts unternahm. Er erkundigte sich weder bei Priska, wie es ihr ging, noch fragte er sie nach ihrer Schwester oder besuchte Lindy einfach, das Kinzigtal war doch nicht weit! Er ließ auch Inger keine Nachricht zukommen – über Pippas Schule wäre es leicht möglich gewesen. Er ließ sich lieber durch eine fremde Stadt treiben, fühlte sich missverstanden und abgestempelt, war deprimiert, trank, döste, träumte, hockte auf Parkbänken herum, ja er verwahrloste, litt unter seiner Verwahrlosung und verwahrloste und litt dadurch noch mehr. Er war nicht Prinz Arjuna. Da lag ein Missverständnis vor. Denn das silberne Licht der Gelassenheit hatte er noch nie besessen. Regenwasser rann ihm vom Kopf den Nacken runter in den Kragen. Er schimpfte, obwohl der Regen warm war und bald der ganze Uferpark danach duftete.

Wenn unten im Haus seine Mutter weinte und es draußen regnete, hatte er als Junge das Fenster in seinem Mansardenzimmer auf Kipp gestellt. Regen war ihm als etwas Endloses erschienen; es regnete, nichts konnte das verhindern. Regen, das war die einzig wahrhaft freiheitliche Verfassung. Regen fiel auf alles, was im Freien und ungeschützt war, er fiel auf die, die schnell waren, auf die Langsamen, auf die, die liebten, und die, die hassten, ob sich selbst oder andere, auf die Lebenden und Toten, auf Säuglinge und Alte, wahrscheinlich sogar auf die Ungeborenen und die Geister und Gespenster. Vielleicht ging sein Vater, der ja irgendwo sein musste, gerade jetzt durch diesen Regen. Nichts machte ein so schönes Geräusch. Und nichts führte einem die unergründliche Vielgestaltigkeit des Erdbodens so vor Augen wie der Regen dort, wohin er prasselte und floss. Stern, Kristall, Tierumriss, Verästelung, Krater und Stadtplan entdeckte Merz zwischen Grashalmen zu seinen Füßen am Ufer des Neckar.

Im Vergleich mit dem hotelgroßen Herzen der Chefredakteurin kam ihm sein eigenes klein vor. Aber wie sollte es anders sein? Selbstzerstörung begann im Herzen, die eigenen Sehnsüchte verlor man stets zuerst aus den Augen, und sehr schnell erschien einem der innere Gefühlskompass zusammengeschrumpft auf die Größe eines Sandkorns. Er hatte diese vor einigen Jahren einsetzende Verkümmerung seines Innenlebens zunächst gar nicht bemerkt, kaum gravierender als eine Magenverstimmung, leichte Kopfschmerzen oder eine entzündete Stelle auf dem Handrücken war ihm sein Zuschandengehen vorgekommen. Doch dann war er eines Morgens nicht aufgestanden, hatte sich zur Wand gedreht, weitergepennt und die über Monate hinweg vorbereitete Konferenz zur digitalen Zukunft des *Tag* verschlafen. Außer Melly, der nahezu unsichtbaren Sekretärin, und Bruno, der ihn entschuldigte und krankmeldete, war sein Fehlen keinem aufgefallen.

Das Internetzeitalter hatte ohne ihn begonnen. Mit einem Mal raubten ihm langjährige Kolleginnen und Kollegen, die er in der Kantine traf, jede Geduld. Endlich schienen sie eine Möglichkeit gefunden zu haben, sich nicht mehr mit anderen unterhalten zu müssen. Sie wischten über ihre Smartphones, sie scrollten, mailten, posteten, simsten und whatsappten. Bevor sie aßen, machten sie Fotos von ihren vollen Tellern und luden die Aufnahmen auf Facebook oder Instagram hoch, als wären das landstrichgroße, unersättliche Mägen. Eine Zeit lang gab er sich Mühe, freundlich zu bleiben, höflich, zugewandt, und bestellte deshalb einige Male für alle Prosecco, dann, und nur noch für sich, Weißwein. Aber dadurch gerieten auch die Tage in der Redaktion so in Schieflage wie sein Familienleben, und die Bürozeit verlor mehr und mehr ihre Struktur, ihren Gehalt, ihren Zweck, ihre Bedeutung und Wirklichkeit. Hatte er erst in Hamburg, als Angestellter beim *Tag*, regelmäßig zu trinken begonnen? Nope! Er war als Trinker auf die Welt gekommen, war geboren worden, um zu trinken, hatte sich durch seine Kindheit und Jugend getrunken und im Gegensatz zu allen, die er kannte, damit einfach nicht mehr aufgehört. Ein Schluckspecht war er deshalb keiner, höchstens ein Schluckkuckuck. Er hatte nie wie ein Loch gesoffen, und so gut wie nie griff er zu härteren Sachen, er trank nur in Ausnahmefällen vor 18 Uhr, beschränkte sich auf Bier, später am Abend dann auf Weißwein, Roten trank er nur, wenn es ein ausgewogener Bordeaux war oder ein schöner Lagrein. Er wusste, wo seine Grenzen waren und wie weit sich die verschieben ließen. Einer wie Raimund Merz trank, um den zwischen den Fingern zerbröselnden Tagen wenigstens etwas Gestalt und eine gewisse Tiefe und Anmut zu verleihen, und nicht selten, sonderbar, fiel ihm dann ein, dass er jahrelang von einer Gruppe junger, heiterer Leute »Ray« genannt worden war und das insgeheim gemocht hatte wie kaum etwas seit den Tagen mit Inger im wilden Garten auf der sommerlichen Feldmark.

So war er auf die Schattenseite geraten und hatte einzusehen gelernt, dass, wenn er eine Lichtgestalt war – was er stets geglaubt hatte –, er höchstens eine sehr rare Unterform sein konnte, eine rauschhafte, trinksüchtige, alkoholabhängige Lichtgestalt. Ray. Ray of light. Auch als Lichtstrahl passierte es einem, dass man auf dem Sommerfest der Redaktion oder dem Grillfest von Nachbarn, die in Wirklichkeit gar keine Nachbarn waren, sondern bestenfalls Leute von nebenan, zur Partei der Überflüssigen gezählt wurde und dann zu viel trank und dann zu viel redete und dann sich aus reiner Langeweile, die in Wahrheit pure Verzweiflung war, an die Frau eines Pinsels heranmachte, der davon bramarbasierte, alles von James Salter, John Cheever und Raymond Carver gelesen zu haben. Jemand wie Bruno DeWitt wusste natürlich, dass das nicht stimmen konnte, weil John Cheever ein zigtausend Seiten umfassendes Tagebuch hinterlassen hatte, von dem nur Auszüge veröffentlicht worden waren.

»Neun Zehntel kennen nur seine Frau und seine Kinder«, sagte Bruno zu dem Angeber, und der Mann machte eine verächtliche Handbewegung und ging sich ein weiteres Bier aus dem Terrassenkühlschrank aufmachen.

»Komm mit«, sagte er zu seiner Frau, die betreten ins Gras blickte, ehe sie sich folgsam in Bewegung setzte.

»Machen Sie's gut«, sagte Merz.

»Ja, gut«, sagte sie.

Er kannte diesen Cheever nicht. Weder schrieb er Tagebuch noch las er Tagebücher fremder Leute, er las überhaupt nur sehr selten Belletristisches, eigentlich las er fast ausschließlich Entomologisches. In den Stunden auf seiner Bank am Neckarufer hatte er, wenn auch nur zu sei-

ner Sicherheit, eine außen klebrige und innen poröse anti-
quarisch erstandene Taschenbuchausgabe von Le Peletier
de Saint-Fargeaus *Naturgeschichte der Insekten* in der
Manteltasche: *Hautflügler*. In Stuttgart las er Le Peletiers
unvergessliche Beschreibung der fünf rund ums Mittelmeer heimischen Grabwespenarten.

Viel zu oft war er auf solchen vermeintlichen Festivitä-
ten in die Falle einer hinterlistigen Deprimiertheit getappt
oder, noch schlimmer, hatte aus Furcht davor, die Lach-
nummer abzugeben, andere lächerlich gemacht. Floriane
verachtete ihn für seine ritualisierten Bierchen am Abend,
seine obligatorische halbe Flasche Weißwein, mit der er
den Liter Bier sublimierte, ihr waren seine ganze Flasche
oder sogar zwei Flaschen Wein peinlich, wenn er unter
Leuten war und plötzlich den Rücken durchdrückte und
Gras rauchte und dadurch ausgelassen und witzig und an-
züglich und nicht selten abfällig und abscheulich wurde.
Er widerte sie an, das wusste Merz, sein Gestank nachts,
sein Lallen, seine Unflätigkeit, seine Verunglimpfungen
ihrer Schwestern und ihrer Mutter. Bah! Am nächsten
Morgen der Wunsch, aus einem Albtraum aufzuwachen,
in dem man gestorben war. Dann kam zum Glück manchmal Linda zu ihm ins Bett gesprungen, schmiegte sich an
ihn und streichelte ihm den Zweitagebart, das graue Stoppelfeld, wie Lindy sagte. Wenn Merz sich zu vergegen-
wärtigen versuchte, was ihn dazu geführt haben könnte,
sich dermaßen aufzugeben und gehen zu lassen, fand er
keinen Abgrund, in den er gefallen wäre, nur eine weite,
öde Fläche vor seinem geistigen Auge, und in einem

Augenwinkel zwickte ihn dann etwas, da hatte ihm der über das graue Stoppelfeld brausende Wind ein zerschrumpeltes Herz ins Auge geweht, eines von den unzähligen, die kaputtgegangen waren wie seines, ein Sandkorn.

Finde heraus, wer du bist, finde heraus, woher du wirklich kommst und wohin du gehörst, wenn du dir nichts mehr vormachst. So hatte er sich Mut zugesprochen, als sie aus dem Zug stiegen und Bruno und er ihre Rollkoffer am Abgrund des Bahnhofskraters vorbeizogen. Auch wenn seine Ehe vermutlich zu Ende war, ging das Leben wohl weiter.

Im Taxi zum Olgaeck hatte er aus dem Fenster gesehen und nichts wahrgenommen außer einem kleinen Mädchen im Trainingsanzug, das allein an einer Straßenbahnhaltestelle stand und neugierig in eine vom Wind hin- und hergeschüttelte Baumkrone blickte. Was war dort oben und ließ das Kind so staunen? Er hatte sich den Hals verdreht, aber nichts Nennenswertes gesehen, keinen Drachen in den Ästen, keinen Ballon, keinen bunten Vogel. Nur den Wind hatte er da bemerkt, und mit dem Wind, der an den Bäumen rüttelte, war ihm der trübe Himmel aufgefallen, das Fluten der Wolken, große Vogelschwärme weit oben über der Stadt. Auf einmal war ihm bewusst geworden, dass er in Stuttgart war. Auf einmal war da wieder die Traurigkeit und das grenzenlose Vermissen.

Erstmals fasste er den Gedanken, sich von allem loszusagen – dich von Floriane zu trennen, sprich es ruhig aus! Etwas Namenloses in ihm, das sehr alt war und das

Relikt der Krämerseele sein musste, die die Familien seiner Mutter und seines verschwundenen Vaters durch die Generationen geschleppt hatten, flüsterte ihm ein, dass er auch ohne seine Frau würde leben, ja besser würde leben können. Denn Frau Dr. Lepsius verdiente gut, mehr als gut, dreimal mehr Geld als er schaufelte Flori Monat für Monat auf ihr Konto, sie würde ihm Unterhalt zahlen müssen, so sah es aus, er hatte ausgesorgt! Den Lohn für die Jahre, die ganzen Jahrzehnte stillschweigenden Erduldens und Über-sich-ergehen-Lassens, jetzt würde er ihn einstreichen.

Aber einer wie er schämte sich solcher berechnender Anwandlungen. Habgier, hau ab, sagte er sich tagtäglich. Er verdrängte diese allerersten Trennungsgedanken seines Lebens sogleich erfolgreich, dachte an Priska Marie und Linda Annabella, Prissy und Lindy, seine Töchter, mit denen er zusammenlebte, und an seine uneheliche Tochter Pippa, die womöglich noch immer nicht mal wusste, dass er und nicht Moritz Rauch ihr Vater war.

Schatten, Staub und Wind. Er sah sie in der Wandelhalle des Hamburger Hauptbahnhofs in Ingers Arme stürzen, sah Pippa vor sich auf ihrem Wolkenfahrrad; und er erinnerte sich an ihren Hund, der wie ein junger Fuchs gewirkt und den das Mädchen Sleipner genannt hatte, was merkwürdig war, weil vor drei Jahrzehnten der Riesenschnauzer von Florianes Schwester Jette ebenso hieß, Sleipner, nach Odins achtbeinigem Hengst, auf dem er zugleich vorwärts und zurück durch die Zeit ritt.

Inger oder Moritz musste dem Kind von früher erzählt

haben, von dem Garten, von den vier Freunden, die sie gewesen waren, von dem Hund, der sie oft begleitet hatte, vielleicht ja sogar von dem Jungen, den sie beide angeblich besonders gern gehabt hatten, diesem Raimund.

Dieser Raimund war nun ein halbes Jahrhundert alt. Er war oft müde, müder, als ihm lieb war, und wusste nicht, wovon, er schlief zu wenig und grübelte zu viel, er bewegte sich zu wenig und trank zu viel. Alles, was er unterließ, war ebenso wie alles, was er im Übermaß unternahm, der Ausdruck dessen, was ihm fehlte. Viel zu viel, was er vermisste. Kaum etwas, das er nicht vermisste! Er kam sich vor wie in Lindys Lieblingstrickfilm der kleine alte, schwer keuchende Hund, der vergessen von der ganzen Stadt als Letzter in einem abbruchreifen Haus lebte und sich dort eine Wendeltreppe hinaufschleppte, deren Geländer man längst abmontiert hatte und die ins Nirgendwo, in den Niemandshimmel führte.

»Was hast du, Papa?«, fragte ihn Linda, wenn er nicht schnell genug aus dem Wohnzimmer kam, wo der Film lief, und aufschluchzte, weil er wusste, was gleich passieren würde, und tatsächlich, wie auf Knopfdruck, wie einem Losheul-Automaten stiegen ihm jedes Mal bei der Wendeltreppenszene Tränen in die Augen.

»Der alte Hund! Oh nein.«

Und Prissy: »Ja. Traurig.«

Und Lindy: »Sehr traurig.«

Und Flori: »Och, wie niedlich. Gleich muss ich weinen.«

Wer Floriane kannte, der wusste, dass sie nie weinte, nie geweint hatte und nur ein einziges Mal in ihrem ganzen Kieferchirurginnenleben weinen würde. Für den Tod ihrer Mutter sparte sie sich alle Tränen auf. Bis dahin aber war ihr Kummer unsichtbar, und er verflüchtigte sich und war vollkommen verschwunden, sobald sie davon redete.

»Gleich muss ich weinen.« Schon war alles vergessen.

Zwar beneidete Merz seine Frau um diese Fähigkeit, insgeheim aber vermisste er in seiner Nähe jemanden, der traurig war, wie nur Inger traurig sein konnte. Seine Töchter bemerkten immerhin die Wehmut ihres Vaters. Früher, als kleines Mädchen, war Linda dann an ihm hochgeklettert, hatte sich an ihn geschmiegt und ihn mit ihren dünnen Armen und Beinen umklammert. Auch das vermisste er. Er vermisste vor allem aber ihren vor Zorn und Aufbegehren funkelnden Blick, wenn sie vor ihnen am Tisch saß und sich erklären und entschuldigen sollte dafür, wieder etwas gestohlen zu haben, Dinge, die sie nicht brauchte, die sie selber hatte, die aber ein anderes Kind jetzt vermisste!

»Na und?«, sagte Linda. »Sollen sie doch. Blöde Mutanten.« Und in ihrem Blick glitzerte es, so wie damals, als sie ein Baby gewesen war und das ganze Haus vibrierte von ihrem Gebrüll.

Das Hotel in der Zimmermannstraße war ein am Hügelhang errichteter Flachbau, auf dessen Dach Gras, Hecken, Sträucher und sogar niedrige Bäume wuchsen. Man fühlte sich in den Zimmern und Fluren wie in einem Höhlensystem unter der Erde. Merz stellte sich vor, sein früherer Freund Moritz »Mauerritze« Rauch hätte dieses Gebäude entworfen, denn entfernt erinnerte es ihn an dessen Elternhaus am Hang der Moräne, das Haus, das Moritz ausgerechnet an den übelsten Kontrahenten seines Vaters verscherbeln musste.

Merz hatte an seinem ersten Nachmittag in Stuttgart bloß auf dem Bett gelegen, ohne Lust, den Koffer auszupacken oder die Schuhe abzustreifen. Unter düsteren Erinnerungen und Vorahnungen verrannen die Stunden, drei Mal las er Ingers, acht Mal Florianes Brief, bevor er sich ausgiebig im Badezimmerspiegel betrachtete und schließlich einsah, dass dieser graue und trübsinnige Mann mit den rot unterlaufenen Augen nur er selber sein konnte. Denn wo und wer sollte sonst er sein, Raimund »Ray« Merz? Zum ersten Mal fiel ihm seine entfernte Ähnlichkeit mit einer alten Bahnsteigkrähe auf. Er bespritzte sich mit Wasser wie eine Krähe in einer Pfütze, und gerade hätte ein besonneneres, freieres, erfüllteres Leben beginnen können, da klopfte es, aber als er öffnete, stand draußen im Korridor nicht Bruno und nicht dessen jüngste Geliebte, weder ein Hotelangestellter noch eine warm lächelnde Frau im Sommerkleid, die ihn fragte, ob er vielleicht eine Begleiterin benötigte, die ihm zuhören, mit ihm sprechen, mit ihm weinen, ihn streicheln und sich von ihm streicheln lassen würde. Einzig der grasgrüne Prachtbildband lehnte am Türrahmen, versehen mit einem kryptischen Zettel: »Grüße die Rezeption!«

Die Schule von Barbizon war nicht nur groß wie eine Gehwegplatte, sondern auch so schwer.

Bruno hatte sich mit Ali im Café der Staatsgalerie verabredet, gut möglich, dass sie inzwischen in Herrn DeWitts Zimmer waren, nackt, verschwitzt ineinander verschlungen, Zärtlichkeiten flüsternd. Merz wollte es gar nicht wissen, die beiden jedenfalls nicht stören. Deshalb legte er den Kunstband auf sein Bett, schlug ihn auf und sah, eine handschriftliche Widmung stand darin.

»Für Bruno. Von Mareike.«

War das nicht ein Hinweis darauf, dass dieser Mann, der sein Freund war und von sich behauptete, unter philosophischem Don Juanismus zu leiden, auch mit der Chefredakteurin ein Verhältnis gehabt hatte oder noch immer hatte, eine Liaison, die er geheim hielt? Nein. Nein, sagte er sich! Bruno hat ein Anrecht auf deine Zweifel. Die Widmung besagte einzig, dass eine Frau namens Mareike – vielleicht Mareike Kennedy – Bruno wohlgesonnen war, freundlich oder, ja, herzlich zugetan. Was wusste jemand wie Merz von der Vielfalt der Herzensbekundungen? Seine Töchter liebten ihn. Sie vertrauten ihm, und sie küssten ihn auf die Wange, manchmal die Stirn. Seine Mutter liebte ihn. Meistens freute sie sich, wenn er anrief. Wenn er sie daheim im Dorf besuchte, kochte sie Pasta Asciutta für ihn. Sie strich ihm über den Arm, zwinkerte ihm zu. Floriane liebte ihn. Er war der Vater ihrer Neandertalerkinder. Sie vier bildeten Floris Familie. In Selly Oak hatte sie sich auf ihn gestürzt, ihn verschlungen und dabei wohl immer Moritz vor sich gesehen. Seit Jahren küsste Floriane nicht mehr, sondern tüscherte. Sie hatte zu streicheln verlernt, schien keine Haut mehr zu haben, sondern eine Art Ich-Chitin. Selbst ihre zwei Töchter wurden bestenfalls noch getätschelt.

Inger liebte ihn! Nein, tat sie nicht, sie liebte ihn nicht. Denn Liebe war in ihren Augen eine Erfindung. Es konnte keine Liebe geben auf einer Welt, auf der ein Boot versank, das Amsel hieß und mit dem zwei Menschen ertranken, die ihre Eltern gewesen waren. Aber wer brauchte schon einen Namen für das, was Inger und ihn verbunden hatte und seither verband? Das bitterste Wort in ihrem Brief lautete »Liebster«. Ihn verfolgten ihre geheimen Berührungen, ihre vergangenen Zärtlichkeiten, nie hatte er nur eine vergessen. »Sei immer mein.« Für immer würde er das sein. Eine Zigarrenkiste voller Briefe und Zettel von ihr hatte er am Ende seiner Hoffnungen mitgenommen nach England und eines Abends in Birmingham von der Floodgate Street-Brücke in den River Rea geworfen. Keine halbe Minute, und das kleine Floß war untergegangen.

Auch das hatte er auf seiner Bank am Neckarufer vor Augen. Für einen aus den Zusammenhängen Gefallenen ließen sich die Dinge nicht länger in eine allseits akzeptierte Reihenfolge bringen. Der wilde Garten, in dem er sich mit Jettes Hund unterhielt und der Hund sich mit ihm; Merp, die begeistert mit den Handtellern wedelte, wenn bei The Cures »Pictures of you« Robert Smith erst nach zweieinhalb Minuten zu singen anfing; und Moritz, schwimmend im Müggelsee, weit, weit draußen, so weit, dass seine Frau sich traute, ihn, Raimund, hintenüber in den Sand zu drücken und zweieinhalb Minuten lang zu küssen – all das war ebenso vergangen wie das Ertrinken von Ingers Eltern, wie der Unfalltod von Moritz' Eltern, wie das Verzweifeln von Merz' Mutter über das Verschwinden ihres Mannes und die Ähnlichkeit ihres Sohnes mit seinem verschwundenen Vater.

Er lag angezogen auf dem Hotelbett und stellte sich vor, was sein Freund Bruno durchmachte, sollte er wirklich so von allen guten Geistern verlassen sein, gleichzeitig mit der Oberjustiziarin Fritzi Feddersen und mit der Leitenden Redakteurin etwas anzufangen. Keiner, nicht mal er, der in Liebesdingen so gewandte Bruno Houdini, würde diese Verstrickung auf Dauer vor den Schnüfflern und Häscherinnen des *Tag* verheimlichen können.

Merz schwirrte der Kopf. Abwesend blätterte er in dem Band, dessen prachtvolle Gemäldereproduktionen ihn so wenig berührten wie die Bäume auf dem Hoteldach. Zu viel Schatten, dunkles Grün, zu wenig Himmel, Licht. Das mühsame Leben der einfachen Leute in Nord- und Mittelfrankreich Mitte des 19. Jahrhunderts. Uralte Alleen, Scheunen und Katen. Ährenleserinnen bei Fontainebleau. Boote im letzten Licht auf der Oise. Eine Kuh an einer Furt. Mondaufgang in Barbizon.

Aber dann war unversehens etwas geschehen, das alles änderte, und es war doch ein Augenblick wie jeder andere. Er schlug eine Seite um und blickte mit einem Mal wie durch ein Fenster in der Zeit zurück in seine Schulzeit.

Da war das Bild! Ohne Zweifel war es genau das, vor dem er vor mehr als dreißig Jahren in einer Ausstellung in der Hamburger Kunsthalle so gestaunt hatte. Lange standen sie davor. Moritz mochte das Gemälde nicht, aber erklärte es Raimund. Da waren der Landarbeiter und die Frau, beide nur von hinten zu sehen, der Mann bückte sich, schnitt Weizen am Rand eines Feldes, und die Frau in dem hellblauen Kleid, mit grauer Schürze, weißer Haube, sah ihm zu. Helles, warmes Licht fiel von der Hügelkette in der Ferne über das kleine Feld, das im Tal lag, am Rand eines Wäldchens. Er erkannte hohe Silberpappeln und junge Robinien. Sommersonne bestrich die beiden Personen und sorgte für eine Art Lichtflur, in dem im Rücken der Frau, etwa zehn Meter hinter ihr, im Gras ein geflochtener, mit Beinen versehener Schultertragkorb stand. Die Frau wartete also, wartete darauf, von dem Schnitter ein, zwei Garben frischer Ähren zu bekommen, um sie in den Korb zu füllen und davonzutragen. *Champs de blé dans le Morvan* hieß das Gemälde, *Weizenfeld im Morvan*, und Merz hörte ihn noch, ganz so, als stünde er im Zimmer, Moritz, wie er raunte: »Das Morvan heißt es nicht, sondern der Morvan. Ist ein Landstrich im Burgund. Mittelfrankreich, Granitmassiv, nur Wälder, Felder, Hügel. War mit meinen Eltern da. Absolute Einöde.«

Was ihn damals so frappiert hatte, Merz erkannte es wieder. Dasselbe Licht war auf dem Bild zu sehen, wie es an späten Sommernachmittagen über der Feldmark stand und dem wilden Garten so zarte wie ungeheure Konturen gab. Ein Zufall, natürlich. Der Maler hieß Camille Corot. Er hatte das Bild 1842 gemalt, anderthalb Jahrhunderte bevor Merz es zum ersten Mal sah; vom Morvan wusste er nichts, nur, dass Corot dort gemalt hatte. Das Gemälde hing im Musée des Beaux-Arts in Lyon, las er und fragte sich, ob die Reise nach Stuttgart so womöglich auch für ihn eine überraschende Wendung nahm. War das Bild am Ende Teil der Ausstellung, mit deren Kurator sich Bruno in der Staatsgalerie traf?

Er hatte den Band ans Fenster getragen, ins Licht, und die Reproduktion in Ruhe betrachtet. Die Bäume, die Landschaft, die Zeit, die Leute, alles war anders, komplett anders auf den Feldern rund um das Dorf, in dem er groß geworden war; es konnte demnach nur das Licht sein, was ihm so vertraut erschien, dass er nach über dreißig Jahren den Eindruck hatte, das Gras, die Wege, die sich hügelaufwärts aneinanderreihenden Feldervierecke und sogar die Wolken wiederzuerkennen. Er empfand ein beinahe schmerzliches Gefühl von inniger Zuneigung für die Frau, die etwas unschlüssig in der Bildmitte stand, genauso aber für den tief gebückt den Weizen schneidenden Bauern oder Knecht, dessen Sichel man nicht sah und dem die Frau mit der Haube vielleicht gerade zurief: »Antoine, das reicht doch schon. Mehr passt ja gar nicht in den Korb!« Ein Gefühl war das, als hätte dieser Camille Corot damals im Morvan nicht irgendwen gemalt, sondern Traute und Bernhard Merz, seine, Raimunds Eltern, so wie er sie nie erlebt hatte und zudem ein ganzes Jahrhundert, bevor sie in einem anderen Land geboren wurden. Vernünftig war die Empfindung nicht, eigentlich war sie sogar haltlos. Aber das störte ihn nicht, denn er genoss die Wehmut und die Reminiszenz seiner Liebe, als er ein kleiner Junge gewesen war. Sein Vater war weggegangen und nicht wiedergekommen, da hatte Raimund Merz gerade laufen gelernt; was er von ihm wusste, wusste er nur aus Erzählungen, denn mit den Jahren waren alle Erinnerungen ebenso verschwunden wie der Mensch, dem sie galten. Die Liebe mochte eine Erfindung sein, dennoch hatte es sie gegeben und fühlte er sie noch immer. Genauso war er sich sicher, dass unsichtbar überall Insekten durch das Bild flogen, Wespen, Bienen, Hummeln, Camilles Fliegen und die Käfer Corots, die er nicht hatte malen müssen, und doch waren sie für alle Zeit da.

Den Neckar flussabwärts fuhr langsam ein tief im Wasser liegendes Binnenschiff, die »Nizza«, auf deren Kajütdach am Heck ein Auto stand. Obwohl das Schiff ja zumindest von jemandem gesteuert wurde, sah man niemanden an Bord. Die drei langen Frachtluken waren verschlossen und gaben nicht preis, was der Schiffsbauch geladen hatte, und keine Minute später war das Schiff dann so weit entfernt, dass nur ein Funkeln von ihm blieb, weil der silberne Mercedes auf seinem Dach das Licht zurückwarf.

Spät am ersten Abend mussten sie auf dem Heimweg zum Hotel an dieser Uferstelle vorbeigekommen sein, auch an der Bank, auf der Merz noch immer saß. Feiner

Sprühregen wehte über den Neckar, ein erfrischender Dunst.

Sie hatten am Abend in der Stuttgarter Innenstadt etwas zusammen gegessen und sich länger über Brunos Auftrag unterhalten, für den Merz zur Verblüffung des Freundes auf einmal reges Interesse zeigte. So erfuhr er, dass Camille Corot mehr gewesen war als ein Vorläufer des Impressionismus. »Papa Corot« hatten ihn die Jüngeren genannt, Manet etwa, oder Delacroix. Corot, sagte Bruno, sei zwar nicht der Erfinder, jedoch die wegbereitende Vaterfigur der impressionistischen Malerei in Frankreich. Als einer der Ersten habe er im Freien gemalt, »sur le motif«, ohne damit jedoch einen faden Naturalismus anzustreben.

»Es ging ihm, glaube ich, ums Licht, die Gegenstände im Licht«, sagte Merz und erntete einen langen Blick Brunos.

»Gut möglich, Raymond. Oder es ging Corot um das Licht der Dinge, in dem wir unser Empfinden zu verstehen glauben. Nein? Gut, vielleicht hätte erst Cézanne das so gesagt.«

Merz wusste nichts über Cézanne und Manet, und von Delacroix hatte er nie gehört. Wer ihn interessierte, war Corot, der das Licht genau so wahrgenommen hatte wie er und der versucht hatte, dieses Licht zu malen.

Später waren sie durch den Schlossgarten geschlendert. Keine Stufe, auf der nicht Jugendliche saßen, die redeten, rauchten und lachten. Wann hast du zuletzt jemanden geküsst? Letzte Woche deine kleine Tochter, aber wann das letzte Mal so richtig, aus Verliebtheit? Besser gar nicht dran denken. Er schlug vor, noch etwas trinken zu gehen.

»Gut«, sagte Bruno. »Dann können wir noch reden.«

Redeten sie denn nicht die ganze Zeit?

In der Eckkneipe am Charlottenplatz, in die es sie schließlich verschlug, blickten lauter VfB-Fans in ihre langstieligen Gläser. Trist und bedrückend war es unter zwei Dutzend niedergeschlagenen Anhängern des abgestiegenen Klubs. Besser, sie beide blieben inkognito. Gegenüber auffällig in Rot und Weiß gekleideten Stuttgartern äußerte man zu Beginn der neuen Saison lieber keine Sympathien für den Hamburger Sportverein. Jahrelang hatten beide Teams scheinbar einträchtig so tief im Tabellenkeller gestanden, dass sie sich eigentlich hätten verbünden und eine Hamburg-Stuttgarter Fußball-Union ins Leben rufen müssen. Jeder in dem bis unter die Decke getäfelten Schankraum wusste jedoch, dass bloß noch einer der beiden gebeutelten Vereine zu Beginn der neuen Spielzeit im Oberhaus spielte, und der VfB war dieses Team nicht.

»Gut, dass wir gegessen haben«, flüsterte Bruno, als sie am Tresen Platz nahmen. »Hier gibt's nur Rotweißes, entweder Gries mit Kirschen oder Pommes Bahnschranke. Los, wir tun, als wären wir Franzosen. Compris, Monsieur le Baron?«

Als der Wein kam und sie anstießen – »Auf den Abstieg!« – »Voilà!« –, verging ihnen das Spotten. Der Riesling in ihren Gläsern schimmerte nicht nur, er war auch wunderbar kühl und ausnehmend köstlich. Merz sah

einen Garten vor sich mit Himbeerbüschen und Birn-
bäumen. Er trank sehr langsam, und während Bruno erzählte, was er von Kullmann über den Impressionismus
gelernt hatte, fiel Merz wieder der Ausspruch Corots ein,
den er in dem Bildband gelesen hatte: »Die Welt besteht
aus Licht.«

Aber wie immer, wenn er trank, wurde er bald wehmü-
tig. Wahrscheinlich trank er nur deshalb. Und trotzdem
tranken sie immer weiter, denn Bruno war der Ansicht,
ein guter Wein beförderte den Kummer in Wahrheit nicht,
sondern beschleunigte ihn, damit dem Trübsinn möglichst hurtig die Luft ausging. Sie zahlten, aber erst, als
sich zwei von Kopf bis Fuß rot und weiß gekleidete,
offenbar alleinstehende ältere Damen zu ihnen setzten,
von denen sich die attraktivere sogar kurz auch mit Merz
unterhielt.

»Guten Abend«, sagte sie.

Aber viel mehr passierte dann nicht, und als aus den
Lautsprechern nur noch melancholischer Folkrock kam,
Tom Petty, Emmylou Harris, hatten sie genug von gutem
Wein. Bei Bob Seger brachen sie auf; und kaum standen
sie auf der Straße, da erklang drinnen Bruce Springsteen,
»Nebraska«, ausgerechnet. Merz zog Bruno am Mantel-
ärmel weg aus dem Laternengefunzel und ins Sternen-
licht.

»Absacker!« In der Lobby rief einer von ihnen beiden,
wahrscheinlich Bruno, das gefürchtete Wort.

»Nein, bitte nicht ...«

»Absacker!«

In Brunos Zimmer leerten sie zum Abschluss eine Flasche Silvaner, dann noch eine, und eine dritte und vierte aus Merz' Zimmer, und einen Flachmann Whiskey aus Brunos und einen Flachmann Gin aus Merz' Minibar. Abgesackt waren sie dann wirklich, hui, schnell sogar, obwohl sie gesungen, sich eingehakt und am Ende aus Gleichgewichtsgründen umschlungen hatten. Von einer zur anderen Sekunde hatte sie ein heimtückischer Stuttgarter Rausch überwältigt.

»Ali!«, brüllte Bruno durch den verlassenen Hotelkorridor. »Ali MacGraw oder Muhammad Ali, völlig schnuppe, ich komme, wenn du nicht kommst!« Auf allen Vieren kroch er davon, und Merz brauchte lange, den wie eine Meeresschildkröte platt auf dem Boden liegenden Freund an den Füßen hinter sich her und zurück ins Zimmer zu ziehen.

Auf dem Weg zur Toilette schlief Bruno auf dem Teppich des kleinen Verbindungsflurs mitten in einer weiteren Kriechbewegung ein, aber das bemerkte Merz lange nicht. Er wartete. Er wartete und wartete auf dem Boden hockend die Rückkehr des Freundes ab, bis draußen in den Bäumen die ersten Vögel zwitscherten.

Warten – nichts konnte einer wie er besser. Für ihn war jedes Zimmer ein Wartezimmer, jede Lage eine Warteposition. »Ich warte«, hätte er zu Floriane sagen können, seit er sie kannte, und er kannte Flori seit vierzig Jahren. Und hatte ihn nicht im Grunde vor allem das Warten mit Moritz verbunden? Wenn Moritz Rauch wirklich nicht mehr lebte, dann war eingetreten, worauf er immer gewartet hatte! Und auch er selbst würde irgendwann die Augen zumachen und die Gewissheit haben, ein Leben lang auf ein Leben gewartet zu haben. Allerdings wartete er nicht auf den Tod, um sich in der Urbehaglichkeit der Kindheit mit seinen Eltern wiederzuvereinigen. Gerade wenn Merz trank, erlebte er tief im Innern das Anwachsen einer Empfindung, die ihm verlässlich anzeigte, worauf er wartete: eine beglückende Melancholie, die wie das Licht war, nach dem er so lange schon suchte. Seit den Sommern in ihrem Garten und erneut und noch mal kräftiger seit den Jahren in Berlin standen dieses ihn antreibende Gefühl und dieses Licht, das es hervorrief, in einer rätselhaften Verbindung mit Inger. Ja, auf die Lösung dieses Rätsels wartete er.

Im Halblicht des Hotelzimmers spürte er bloß einen Hauch davon und war dennoch selig; doch als er irgendwann – Minuten oder Stunden später – Bruno ertastete, verblüffenderweise keine zwei Meter entfernt schnarchend, sank er auch selber sofort auf dem Bauch zusammen und trieb langsam schaukelnd davon.

Seine Augen brannten und taten weh, Augen, die den Namen nicht verdienten. Mit dickem Schädel bewegte er sich langsam durch die Räume der Staatsgalerie und stellte enttäuscht fest, dass Corots Weizengemälde nicht Teil der Ausstellung war. Zum ersten Mal fragte er sich, wie weit es bis nach Lyon war, zu dem Museum, in dem das Bild angeblich hing. In den viel zu hellen Sälen der Stuttgarter

Staatsgalerie stellten die meisten Bilder der impressionistischen Retrospektive mittelitalienische Ansichten dar oder Wälder, Wiesen und das einfache Leben der Menschen in den Dörfern rund um Barbizon und Fontainebleau.

Alice stand vor einem Gemälde, das eine halbverfallene Brücke über einen Fluss zeigte. Ein paar hohe Bäume am Ufer und eine Ziegenherde waren zu sehen; am Wegrand machten Leute Rast. Aufmerksam betrachtete sie das Bild, und nur ihre Augen bewegten sich dabei. Nach einigem Zögern stellte er sich zu ihr, und als Ali ihn bemerkte, freute sie sich und zeigte ihm das Bild, das laut einem Kärtchen an der Wand *Ansicht bei Narni* hieß und ebenfalls von Camille Corot war.

»Sie sehen müde aus. Also hat Bruno noch mit Ihnen gesprochen? Gut, dass er's wirklich gemacht hat!«

Das klang seltsam; etwas an der Äußerung der ihm so gut wie völlig fremden Frau irritierte ihn. Merz führte das jedoch auf seine Verfassung zurück und antwortete bloß, ja, sie hätten noch die halbe Nacht lang dies und das besprochen. Vieles sei nicht einfach.

»Wem sagen Sie das! Kennen Sie die Brücke?«

Alice sah ihn an, dann das Bild, dann wieder ihn.

Er betrachtete die Ruine, den Fluss, die Berge in der Ferne. Narni. Er hatte keine Ahnung, wo das sein konnte. Den Bäumen nach wahrscheinlich Italien. Vielleicht aber war alles auf dem Bild erfunden.

»Ich war mit meinen Eltern dort, als ich noch ein kleines Mädchen war. Gucken Sie …«

Ali trat näher vor das Gemälde und zeigte in der Ecke links unten auf die Leute, die am Wegrand Rast machten, ein junger Mann, zwei jüngere Frauen. Eine saß auf einem Stein und betrachtete etwas, das wie eine Spindel aussah, ein Feldblumenstrauß oder ein Handspiegel, schwer zu erkennen; die andere aber stand vor dem sitzenden Jüngling, und sie hatte ein Kind auf dem Arm, ein blondgelocktes Kleinkind, das entfernte Ähnlichkeit mit Linda hatte, als sie zwei oder drei gewesen war.

»Das bin ich!«, flüsterte sie.

Merz sah, wie sich die blaue Ader an ihrem Mundwinkel zu einem Bogen krümmte, als Ali lächelte, dann lachte.

»Ich glaub ja, es ist gleich, in welcher Zeit man lebt, man findet sich überall wieder«, sagte sie. »Wer Fantasie hat – und wer hat keine? –, stellt sich auch das Leben zur Zeit von diesen alten Malern vor, oder wie es gewesen ist, über diese Brücke zu gehen, als sie noch ganz war.«

Vergangen war vergangen, gleichgültig, wie lange es her war, niemand konnte das ändern, einige wenige aber sahen das nicht ein, und leider war er so einer.

»Und Sie können sich noch erinnern, an die Brücke?«

Ali sagte: »Klar. Wir haben in dem Fluss gebadet! Er heißt Nera, und ich habe immer raufgeguckt in den Himmel, zu der abgebrochenen Brücke. In Umbrien heißt sie Ponte d'Augusto.«

»Augustbrücke«, sagte Merz.

»Brücke des Augustus.« Alice gab ihm einen Klaps auf den Unterarm.

Er trat näher. Er mochte, wie die beiden Schatten der Brückenpfeilerstümpfe auf die Wasseroberfläche fielen, besonders aber eine Gestalt allein am unteren Bildrand; vornübergebeugt, einen Fuß auf einen Felsen gestellt, band sich dort ein Mann den Schuh.

»Narni liegt auf halbem Weg zwischen Rom und Perugia. Wer von Norden, zum Beispiel aus Assisi, nach Rom unterwegs war, der musste über die Brücke. Jahrhundertelang gab es keinen anderen Weg«, sagte Ali. »Haben Sie Kinder?«

Merz las auf dem Wandkärtchen, dass Corot das Gemälde 1827 fertiggestellt hatte und dass es eine Leihgabe war. Es gehörte der National Gallery of Canada in Ottawa. Es war über den Atlantik geflogen, damit sie es sehen konnten.

»Ja, zwei Töchter«, sagte er. »Nein, drei.«

Er fand es seltsam, dass die Bilder eines einzelnen Malers anscheinend über den gesamten Erdball verteilt waren, Glück, nichts als Glück, wenn das Bild von dem Weizenfeld im Morvan in Lyon ausgestellt wurde und man nicht gleich nach Ottawa fliegen musste.

Ali sagte: »Manchmal weiß man plötzlich nicht, wie viele Kinder man hat. Auch das hat bestimmt mit der Zeit zu tun. Man vergisst, wie alt man ist und wie oft man Mutter oder Vater wurde. Geht Ihnen das auch so?«

»Nein«, sagte Merz.

Er hatte nicht richtig zugehört. Bruno und der ganz erstaunlich junge Ausstellungskurator waren hereingekommen und unterhielten sich angeregt. Kullmann – vielleicht ja sein Sohn – war ein Bubi mit Gelfrisur, dunkelblauem Sakko, blauer, geckenhaft modischer Hose und braunen Slippern. Was gestikulierte der so?

Brunos Lächeln wirkte aufgemalt, und immer wieder blähte er die Backen, Zeichen, dass ihm sein Gegenüber auf die Nerven fiel. Merz sah die Blicke, die Bruno durch den Raum sandte, warme, zärtliche, die Ali galten. Sie sonnte sich nicht darin, aber genoss sie und entspannte sich. Deine Kinder sind so verstreut wie Camille Corots Gemälde, dachte er, auch wenn du nur drei Töchter hast und es von Corot bestimmt hunderte, wenn nicht tausende Bilder gibt.

»Meine Jüngste heißt Linda«, sagte er. »Sie ist elf und grad auf Klassenreise im Kinzigtal.«

»Schön! Das ist gar nicht weit von hier.«

»Ich weiß. Und trotzdem.« Er verstand selbst nicht, was das heißen sollte: trotzdem was? »Kennen Sie die Gegend? Der Ort heißt Moosach.«

»Eine Klassenreise nennt man heutzutage Herausforderungsfahrt«, sagte Ali und verdrehte lächelnd die Augen. »Eine Klassenreise an die Kinzig. Wow, von Hamburg aus ist das weit! Ich kenne das Tal. Die Sommerrodelbahn! Ich war mit mehreren Klassen dort, für Kinder eine abenteuerliche Gegend, jedenfalls für ein paar Tage. Fast ist es dort ein bisschen wie an der Nera, wie auf dem Bild. Gefällt es Ihrer Kleinen, Linda?«

»Ja«, sagte er, obwohl er es nicht wusste. Vielleicht saß Linda in diesem Moment auf der leeren Tribüne der Sommerrodelbahn und überlegte, abzuhauen. »Elsternkind!

Elsternkind!«, riefen die Mädchen und Jungs auf jedem Schlitten, der vorüberglitt.

Er war froh, dass Bruno und der junge Kurator näher kamen. Er wollte weder an seine Kinder denken noch an die Mütter seiner Kinder. Er wollte nicht auf seinen Tränen herumkauen. Wenn er das Gemälde von der zerborstenen Augustusbrücke betrachtete, fragte er sich, wer wohl der Vater des kleinen Wurms war, den die Frau mit dem blauen Kleid und der weißen Haube auf dem Arm trug; war es der Sitzende mit dem Hut oder doch der Andere, der sich weiter entfernt den Schuh band? Unfassbar, wie ähnlich die junge Mutter der Frau auf dem Bild von dem Weizenfeld war. Beide hatten das gleiche Kleid an, die gleiche Haube auf. Fünfzehn Jahre lagen zwischen den Gemälden, das Brückenbild hatte Corot in Umbrien gemalt, in Narni an der Nera, das andere im Burgund, im Morvan, aber auf beiden, so schien es, war dasselbe Paar zu sehen, denn der sich da den Schuh band, sah von hinten genauso aus wie der Schnitter, auf den im Weizen das warme Licht fiel.

Bruno und der Nachwuchskurator blieben stehen. Für den jungen Mann existierte Alice offenbar so wenig wie Raimund Merz, denn er würdigte sie beide keines Blickes, sondern plapperte unverdrossen mit seiner hellen Jungsstimme drauflos: »›Monsieur, pourquoi ne finissez-vous pas vos tableaux?‹, fragt ihn ein Kritiker und wirft Corot vor, dessen Malerei sei ja doch irgendwie stets unscharf und ungelenk und bleibe oft bloß Skizze. Darauf entgegnet Corot: ›Eh! Monsieur! Que faites-vous de l'infini?‹

Tja, Monsieur! Was bitte stellen Sie denn wohl an mit der Unendlichkeit, hm?«

»Köstlich!«, sagte Bruno. »Amüsantes Bonmot. Darf ich vorstellen?«

Nein, durfte er nicht.

Kullmann sagte: »In diesem Zusammenhang übrigens erklärt sich auch Corots wahrscheinlich berühmtester Ausspruch ›Laissez la brume se lever.‹«

»Und das bedeutet?«, fragte Alice. »Lasst den Nebel sich lichten?«

»Lasset das Brummen sich entleiben«, flüsterte Bruno. »Voilà! Das ist Fernando Kullmann. Man munkelt, er könnte bald die Documenta leiten.«

»Kann er nicht«, sagte Merz. »Er ist ein Kind. Wie alt ist er, vierzehn?«

»Anfang dreißig. Er hat drei Kinder, so wie du! In unserem Gespräch heute sagte er, die zeitgenössische Kunst ersticke in seinen Augen unter Goldlack und Mehltau. Wir leben in den Mehltaujahren.«

»Soll mich das schockieren? Ich lebe ein Mehltauleben, schon vergessen? Fernando Kullmann. Nein«, sagte Merz entschieden, »niemand darf so heißen.«

»Das ist im Prinzip richtig«, sagte Bruno. »Bei ihm hat man aber eine Ausnahme gemacht. Vielleicht, weil er VfB-Anhänger ist. Fan nicht, sagt er, aber Anhänger des Vereins für Bewegungsspiele Stuttgart. Er ist übrigens überzeugt, dass sie wieder erstklassig werden.«

»Waren die das je?«

Bruno hüstelte.

Der junge Kullmann war dabei, von »CoRoT« zu erzählen, einem Satelliten auf der Suche nach weit entferntem Licht: »Der Name steht für ›Convection, Rotation and Planetary Transits‹. Als erster eigens dafür konzipierter Satellit hält CoRoT Ausschau nach fremde Sonnen umkreisenden Planeten. Da fällt mir ein, was Corot am Morgen seines Todestages zu seiner Haushälterin sagte.«

»Der Satellit zu seiner Haushälterin?«

Alice war verwirrt, vielleicht auch, weil Bruno die Gelegenheit nutzte, etwas auf seinem Smartphone zu lesen, und dicht bei ihr stand. Er schirmte das Display ab; wahrscheinlich schrieb ihm Babs. Oder Mareike.

»Nein, der Maler! ›Aujourd'hui, le père Corot déjeune là-haut!‹«, sagte Fernando Kullmann, und da kein Dolmetscher zugegen war, übersetzte er sich schnell selbst: »Heute Morgen frühstückt Papa Corot oben im Himmel!«

»Sie ist toll, oder?« Bruno blickte Merz tief in die Augen – der Röntgenblick des verliebten Freundes, der eine Absolution brauchte, und zwar auf der Stelle.

»Ja, ist sie«, sagte Merz. »Du Pilz. Du Glückspilz.«

Und Bruno DeWitt sagte: »Komm jetzt, ich stelle dich vor. Er ist ganz nett. Wird noch ein hohes Tier werden. Bundesminister für Kunst und Kunsttransfers. Mindestens.«

Aber Merz mochte nicht. Lieber unsichtbar bleiben.

Während Corot im Himmel frühstückte und der nach ihm benannte Satellit auf der Suche nach möglichen neuen

Planeten den Himmel durcheilte, waren sie zu dritt zu einem späten Frühstück in die Innenstadt gegangen. Ali musste bald aufbrechen, sie hatte zwei Unterrichtsstunden zu geben; als sie sich verabschiedete, bot sie Merz das Du an.

»Raimund, passt du bitte auf ihn auf?«

Er schüttelte im Scherz den Kopf, und sie küsste Bruno auf den Mundwinkel.

Alice war traurig, alles an ihr ließ es erkennen. »Sehen wir uns noch mal?«

»Hm? Aber natürlich!« Bruno war empört. »Sobald du kannst. Und wenn du willst, immer.«

Sie lachte. »Immer? Mannomann, ich muss echt aufpassen. Raimund, ich brauche nicht nur einen Mann an meiner Seite wie diesen hier, ich brauche außerdem einen, der mich vor ihm bewahrt. Sonst gehe ich verloren.«

Bruno küsste sie. »Kannst du nicht«, sagte er. »Ich finde dich ja und geb dich dir zurück.«

Einigermaßen beruhigt war sie gegangen, und zum ersten Mal, seit sie offen miteinander redeten, hatte Merz dem Freund Vorwürfe gemacht. Wie konnte Bruno von »immer« mit ihr reden? Was hieß das, wenn nicht beständig, fortwährend, auf Dauer?

»Sie sagt dir, sie hat Angst, sich zu verlieren, wenn sie sich in dich verliebt, und du antwortest ihr: ›Ich finde dich und geb dich dir zurück.‹ Du bist ein Teufel.«

Bruno sagte darauf lange nichts. Mit kleinen, rot unterlaufenen Verführeraugen blickte er schuldbewusst in den Stuttgarter Mittag.

»Du hast recht, es war dumm«, sagte er irgendwann, »ein Fehler. Ich geb's zu. Trotzdem ist es nicht gelogen.«

»Nicht gelogen? Wie willst du das denn anstellen, bei deiner Auslastung, wo wäre da Platz für etwas Dauerhaftes und Ausschließliches? Oder meinst du, sie würde dich teilen mit den anderen und mit ›Mareike‹, wer auch immer die Mareike ist, die dir Prachtbildbände schenkt, du Pracht.«

»Warum bist du so sauer auf mich?«

»Bin ich nicht!«, sagte Merz erbost.

»Du redest von Ehrlichkeit, schön, ich von Aufrichtigkeit«, sagte Bruno.

Und wieder Merz: »Wie klug. Ist jetzt die sprachphilosophische Ausrede an der Reihe?«

Und Bruno: »Nein. Ich versuche, auch vor mir selber aufrichtig zu sein. Ich meine es ernst. Ich liebe nun mal anders, und du übrigens auch! Ehrlich kommt von Ehre, und die überlass ich den Fanatikern. Du glaubst, ich weiß nicht, was Treue ist? Ich bin treu, mir selbst, und auch jeder, die sich auf mich einlässt.«

»Schwätzer«, sagte Merz. »Elender Schwadroneur.«

»Wie viele Brötchen, hm, kannst du gleichzeitig essen?« Bruno nahm eine Brötchenhälfte und aß sie mit drei, vier Bissen auf. »Na? Nur ein einziges, Herr Merz. Und genau das mache ich, wenn ich liebe.«

»Sehr beeindruckend«, sagte Merz. »Brötchenhälften in sich reinstopfen! Aber es stimmt schon, genau das machst du, wenn du wieder eine vernaschst. Kinski war verglichen mit dir ein Milchbubi, ein Kullmann-Gesicht.«

Bruno lehnte sich zurück. Er war getroffen, gekränkt. Einem Freund sah man das an. Aber noch schien er zu glauben, eine ernsthafte Auseinandersetzung vermeiden zu können, indem er weiter Witze machte und den Oberflächlichen spielte, dem man keine Schuld geben konnte, er verstand ja nichts vom Ernst der Lage.

»Ich weiß zwar nicht, wieso, ich hab dir nichts getan, doch merke ich, du willst dich mit mir duellieren«, sagte er. »Gut, Mercutio, wenn du drauf bestehst, bin ich dein Tybalt.« Er nahm sein Messer. »Wähle deine Waffe.«

»Du bist mein Freund«, sagte Merz. »Und mein Kollege! ›Mareike‹, das ist doch die Kennedy! Weshalb hast du mir nichts davon erzählt, wenn du mein Freund bist?«

Bruno sah an ihm vorbei zum Fenster hinaus. Dort war nichts außer einer Häuserzeile mit Geschäften und einem Kiosk, eine Straße nahe des Königin-Olga-Baus, voll mit abgestellten und vorbeifahrenden Autos. Aber eine Winzigkeit fiel Merz auf, ein Bild, das er von Stuttgart im Kopf behielt: Auf dem Dach eines Lieferwagens saß ein Stieglitz, mit rot und schwarz gebändertem Kopf. Er putzte sich die Flügel, und Merz bemerkte seine Gefiederfärbung, ein Nachtschwarz, ein lichtes Gelb. Die Wespenfarben. Fußgänger hasteten vorbei, eine alte Dame trug ihren Terrier vorbei, zwei Skateboarder preschten vorbei, ein Augenblick, vorbei wie jeder andere.

»Bin gleich zurück – wenn man mich nicht überfährt.«

Bruno stand auf. Er ging hinaus, über die Straße, trat in den Kiosk und kam wohlbehalten zurück mit einer Zeitschrift, die er auf den Tisch legte. Es war die neue Ausgabe des *Tag*, Merz kannte sie noch nicht. Das Titelbild zeigte David Bowie, Muhammad Ali, Keith Emerson und Prince. »Ashes to ashes – ein Jahr nimmt uns die Stars«, lautete der Aufmacher.

Mareike Kennedy war mit einem Kalifornier verheiratet gewesen, Pop, Hollywood, die Euphorie der Obama-Jahre und ihre Enttäuschung, damit kannte sie sich aus.

Prince war in einem Fahrstuhl gestorben, hatte Merz gelesen. T. A. F. K. A. P. The artist formerly known as Prince. Der Künstler, der früher mal als Prince bekannt war.

Zu »When the doves cry« hatte Inger getanzt, nachts am Elbstrand, wo sie zu viert zelteten. Sie waren Teenager gewesen, und die Tauben hatten zugesehen und geweint.

»Sind ein paar wirklich schöne Interviews drin«, sagte Bruno. »Zum Beispiel eins mit Matt Damon, der erzählt, wie er Prince vor ein paar Jahren auf einer Party kennenlernte. Matt Damon fragt ihn, ob es stimmt, dass er immer noch in Minneapolis zu Hause ist, und Prince antwortet: ›Ich bin in meinem Herzen zu Hause, Matt Damon.‹«

»Ja, schön«, sagte Merz, verstand aber nicht, was das mit ihrem Gespräch zu tun hatte. Wollte Bruno andeuten, dass er sich nirgendwo zu Hause fühlen konnte außer … in der Flüchtigkeit der Zuneigung?

Verglichen mit dem rastlosen Bruno war so einer wie er die Zuverlässigkeit in Person. War Zuneigung denn wirklich flüchtig, ließ sie sich tatsächlich nicht erhalten? War seine eigene denn von Dauer gewesen? Welche! Flori und er hatten es nicht verstanden, ihre aus der Not geborene Zuneigung zu vertiefen, und so hatte sie sich unmerklich verflüchtigt und ins Gegenteil verkehrt. Kein Wunder, denn er hatte ja nie aufgehört, Inger zu lieben; aber stimmte das auch? Er hatte Floriane geheiratet, die er schon als Kind kannte, jedoch nicht, weil sie sich gegenseitig eine Zukunft boten. Es war nur Schein, eine Lüge gewesen; erst mit den Kindern war es ernst und wirklich geworden. Er hatte den Mädchen dazu verhelfen wollen, sich ein gutes Leben aufzubauen, ein glücklicheres als seines und das ihrer Mutter.

Und das erst war sie, eine wirkliche Liebe.

Aber im Hintergrund war immer Inger gewesen.

Seine Enttäuschung! Nein, sein unbeugsamer Glaube, sein Festhalten an ihr, an ihnen beiden.

So bitter es ihr anmuten musste, mit Floriane zusammen zu sein hieß für ihn stets, noch nicht, aber bald, aber bald vielleicht, mit Inger leben zu können. Wie sollte jemand das nicht als bitter empfinden.

»Ich bin in meinem Herzen zu Hause«, sagte Merz. Das klang so schlicht.

Bruno schlug das Magazin auf, er blätterte und zeigte Merz einen Artikel, der über drei Seiten ging und mit einem halben Dutzend Fotos versehen war. Es war zweifellos ein großer Artikel. Geschrieben hatte ihn ... Raimund Merz.

»Was wir von den Wespen lernen können« hieß er, eine Überschrift, die zwar nicht von ihm stammte, aber das war in diesem Moment gleichgültig.

Er hatte nicht für möglich gehalten, dass sie den Artikel so schnell bringen würden, keinen Monat nachdem er ihn abgeschlossen und dem Redakteur gemailt hatte! Der war sich für eine Rückmeldung zu schade gewesen – mit Redaktionsangestellten des *Tag* tauschten *Tag*-Redakteure keine Mails –, der gute Mann – wie hieß er? – hatte sich nie bei ihm gemeldet, wahrscheinlich, um sich gar nicht erst auf eine Titeldiskussion einlassen zu müssen. Sei's drum!

»Mareike rief mich vor ein paar Wochen in ihr Büro und wollte mit mir über dich reden«, sagte Bruno. »Es gebe da, sagte sie, Gerüchte.«

»Vor ein paar Wochen. Gerüchte.«

Merz überflog den Artikel, die Zwischenüberschriften, die Fotos, einige hatte er selbst gemacht, zwischen Rissen und Wedel, Linda und Priska hatten ihn an dem Vormittag aufs Land begleitet, sie hatten schöne Stunden verbracht.

»Ja. Um es vorsichtig zu formulieren. Es gibt wohl ein, zwei Briefe an die Verlagsleitung, anonyme Briefe, in denen wirst du bezichtigt, sagen wir: in einigen Punkten sehr kreativ mit deinem Lebenslauf verfahren zu sein.«

»Anonyme Briefe. Mit meinem Lebenslauf.«

»Angeblich hast du ein Studium in Wahrheit gar nicht absolviert. Biologie?«

»Studium. In Wahrheit.«

Merz registrierte, dass er nur wiederholte, was Bruno sagte, weshalb, wusste er nicht. Es fühlte sich an, als habe sein Verstand auf Autopilot geschaltet, damit der Körper sich sammelte, um im rechten Moment die Flucht zu ergreifen.

»Laut deines, laut dieses teilweise fiktiven Lebenslaufs hast du in Birmingham und an der FU Berlin studiert, Grund- und Hauptstudium, je sechs Semester Bio, und abgeschlossen mit Diplom. Aber, tja, ganz stimmt das wohl so nicht.«

»Grund. Haupt. Sechs. Stimmt.«

Er war ein Betrüger, ein ausgemachter Lügner. Wann hatte das angefangen? Es hatte nie aufgehört.

»Raimund, hör zu, es gab Nachforschungen. In England, in Berlin. Anrufe, Rückrufe. Mails mit Anhängen. Man wollte dich nicht so mir nichts, dir nichts fallenlassen, nur weil dir jemand am Zeug flickt.«

»Wollte«, sagte Merz. Er spürte die Augenlider herabsinken, sie waren schwer, sehr schwer, sie wollten zufallen. »Nachforschungen. In England.«

Es gab nur einen Menschen, der wissen konnte, dass er damals seinen Lebenslauf an ein, zwei Stellen frisiert hatte, um bessere Chancen zu haben, an den vom *Tag* ausgeschriebenen Redaktionsangestelltenjob zu kommen. Dieser Mensch war Kieferchirurgin. Dieser Mensch war die Mutter seiner Töchter, zumindest von zweien. Mit dieser Frau lebte er zusammen unter einem Dach. Flori hatte also gewusst, dass er an der School of Biosciences zwar eingeschrieben war, aber in Edgbaston nie ernsthaft studierte. Wer hatte ihr gesteckt, dass ihr Ray schon nach wenigen verbummelten Semestern keine Kurse besuchte?

Er hatte sich der auf seinem Gemüt lastenden Deprimiertheit zum Trotz einen ganzen brütend heißen Sommer lang jeden Morgen in den Botanischen Garten in

Winterbourne geschleppt und bäuchlings im Gras liegend die Hummeln beobachtet, die *bumblebees* von Birmingham. War das denn kein Studium? Bestimmt hatte Richard Wind davon bekommen und für sich Kapital daraus geschlagen. Jedes Semester waren die fetten Finger des Faultiers bei Begrüßung und Abschied tiefer auf Florianes Hintern hinuntergewandert.

»Hast du eine Idee, wer die Briefe geschrieben haben könnte?«, fragte Bruno. »Könnten sie von deiner Frau sein? Glaubst du, sie nimmt auf diese Weise Rache?«

»Nein«, gab Merz postwendend zurück und stand auf. Zehn Euro für eine Tasse mit ungenießbarem Kaffee legte er noch auf den Tisch und strich den Schein glatt, dann aber, ohne ein weiteres Wort, machte er, dass er wegkam, trat ins Freie und ging davon, die Straße runter Richtung Grün, immer den Bäumen nach.

Er war noch mal durch die Schlossgärten gelaufen, erst den Oberen, dann den Mittleren, schließlich den Unteren, zum Rosensteinpark war er hinuntergegangen, zum Neckarufer, aber ein bestimmtes Ziel, nein, hatte er nicht gehabt. Er hatte den Mut verloren, vielleicht war das sein Ziel gewesen.

Das Leben zersprang in seine Einzelteile. Seine Kinder dort, da und anderswo; die Frauen, die er liebte oder geliebt hatte, hier und da; die Freunde, die keine mehr waren, vielleicht nie welche gewesen waren, sonstwo; und er selber tief im Württembergischen. Es war alles seine Schuld. Alles hing mit Moritz zusammen und damit, dass ihn, Merz, den angeblichen Freund, nie wirklich gekümmert hatte, was mit Moritz Rauch geschah.

Lebte er noch? Hatte man ihm entgegen aller Erwartung doch helfen können, oder war alles so gekommen, wie Inger es in ihrem Brief befürchtete?

Er versuchte sich ins Gedächtnis zurückzurufen, welchen Eindruck sie auf ihn gemacht hatte. Zum ersten Mal seit ihrem zufälligen Aufeinandertreffen in dem Einkaufsdorf am Ohlsdorfer Friedhof ließ er es zu, sich vorzustellen, wie sie aussah, fünfzehn Jahre später, heute. Es war eine Wohltat, es war eine Zuflucht, die ihn tröstete.

Keine Woche war es her, dass er Pippa auf ihrem Fahrrad in die Siedlung gefolgt war, wo sie wohnten. Sie war ihm abwesend vorgekommen, alles andere als heiter, und ebenso ihre Mutter; und doch hatte es an Inger ein deutliches Zeichen dafür gegeben, dass sie nicht trauerte. Er versuchte sich zu erinnern, während er auf der schier endlosen, schnurgeraden Allee dahinlief, die Felix Mendelssohn Bartholdys Namen trug, wahrscheinlich weil der irgendwann genauso stundenlang am Neckar saß und nicht fassen konnte, wie sehr man sich täuschte über alles, was wohlbegründet schien. Es werden bessere Zeiten kommen; irgendwann, sagte er sich, halleluja, wird man einen Meter dieser Allee nach dir benennen, nicht sehr wahrscheinlich, zugegeben, aber immerhin möglich. Was war dieses Zeichen an Inger gewesen?

Die Flasche war leer. Er ließ sie auf der Bank stehen und stand auf. D. I. S. U. A. M. Der immer schon unbekannte Angestellte Merz. Es hatte aufgehört zu nieseln, und sofort kehrte die schwüle Hitze zurück. Er zog den Mantel aus, nahm das Buch und ging zurück Richtung Innenstadt.

Das weiße Band in ihrem Haar, mit den daraufgestickten bunten Blüten, das war das Zeichen gewesen! Inger hätte es an dem Tag in Ohlsdorf nicht getragen, wenn ihr Mann Wochen, selbst Monate zuvor gestorben war. Woran war Moritz überhaupt erkrankt? In ihrem Brief erwähnte sie es mit keinem Wort. »Die Ärzte sagen, er wird nicht mehr lang leben.« Vor ein paar Tagen aber hat er noch gelebt. Er muss, entschied Merz, er muss am Leben sein.

Natürlich wartete Bruno in dem Café nicht stundenlang darauf, dass der blamierte Freund zurückkam. Merz eilte hinüber zur Staatsgalerie, und ohne ein zweites Mal Eintritt zu verlangen, ließ man ihn in die Ausstellung.

Aber Bruno war auch dort nicht. Unter den wenigen Besuchern schritt Fernando Kullmann allein durch die Säle, nur selten hielt er inne und betrachtete ein Bild. Merz folgte ihm eine Weile und beobachtete den schmalen jungen Mann, aus dem er nicht klug wurde; dann trat er rasch zu ihm und sprach ihn an, und auch wenn sich Kullmann nur schwach an ihn zu erinnern schien, verriet er Merz immerhin, dass Herr DeWitt und er für den nächsten Vormittag verabredet waren, zu einem abschließenden Briefing über Corots Einflüsse insbesondere auf Berthe Morisots Farbschichtung und das Licht im Werk des jungen Pissarro. Merz bedankte sich; das ganze Wissen, die Verknüpfungen, alle die französischen Namen verwirrten ihn. Er konnte nicht aufhören, Kullmanns Kindergesicht anzustaunen.

»Stimmt es, dass Camille Pissarro Däne war?«, fragte er, um die Unterhaltung ein wenig in die Länge zu ziehen.

»Er war das Kind jüdischer Eltern, die es von Land zu Land trieb. Aber stimmt schon, Pissarro wurde im damaligen Dänisch-Westindien geboren«, sagte Kullmann.

»Sie erstaunen mich, kaum jemand weiß davon. Es war Fritz Melbye, ein Däne, der den jungen Pissarro zum Malen brachte.«

»Ist mir bekannt«, sagte Merz. »Ich war ... bin ... lange befreundet gewesen mit der Tochter ...«

»... von Pissarro?« Fernando Kullmann lachte. Zum ersten Mal klang seine Stimme erwachsen.

»Nein.«

»Also wessen Tochter? Melbyes? Wohl kaum.«

»Nein, mit der Tochter von Mads Rasmussen.«

»Ach! Na, dann wundert es mich nicht, dass Sie Corot und Pissarro schätzen. Die Lichtmaler. Toll, wirklich. Und die Erinnerungen sind wie das Licht, sie hören nicht auf.«

Kurz sprachen sie noch über Fußball, den VfB und den HSV, dessen Erstligamannschaft ja in der Stadt war. Am Abend trat der Hamburger SV zum DFB-Pokalspiel gegen die Kickers an, die Stuttgarter Stadtrivalen des VfB. Fernando Kullmann sagte, man solle die Stukis nicht unterschätzen, nur weil sie in der vierten Liga spielten.

»Sie haben Karten, hat mir Herr DeWitt verraten!«

Der junge Mann hielt ihm die Hand hin, und Merz griff und schüttelte sie, die Hand eines Kindes, das Kinder hatte und die Welt der Kunst und die des Fußballs verstand. Er kannte sogar Mads Rasmussen, der außerhalb Dänemarks so gut wie vergessen war. Die Welt bestand aus Licht, und die Erinnerungen hörten nicht auf. Es war nie zu spät, auf die Suche nach etwas Verlorenem zu gehen.

Es kam ihm vor, als hätte er noch nie so dringend mit jemandem reden müssen wie mit Bruno, den er wieder und wieder sagen hörte: »Raimund, es gab da Nachforschungen.« An der Hotelrezeption erfuhr er, dass Herr DeWitt in seinem Zimmer war, aber nicht gestört werden wollte.

Ali war also bei ihm. Merz legte sich hin und starrte an die Decke. Irgendwann wurde ihm das Warten zu lang, die Untätigkeit ging ihm auf die Nerven, er wurde zappelig, sein Innenleben kam ihm auf einmal hässlich vor. Deshalb nahm er sein Smartphone und schrieb Priska. Er brauchte lange, bis der Satz so unverfänglich und dabei verbindlich klang, dass seine Tochter zugleich interessiert war und nicht abgeschreckt wurde.

»Wie geht es Dir, Spatz, was machst Du so?«

Verwundert sah er, dass schon im nächsten Augenblick die beiden grauen Häkchen blau wurden. Prissy hatte seine Nachricht gelesen und schrieb sofort zurück.

»Alles gut. Warte auf Mama vor der – gähn! – Money-money-Bank. Bin froh, dass mir die lange – gähn! – Fahrt erspart bleibt. Gleich zu Larissi!« Drei Münzen, drei Smileys, drei Herzen.

Priska schien überzeugt, dass er das Ziel der langen Fahrt ihrer Mutter kannte. Floriane hatte ihr das offenbar weisgemacht, und bestimmt war es klüger, Prissy in dem Glauben zu lassen. Wohin konnte Flori wollen, und mit dem Wagen? Schon länger wollte sie ihre jüngere Schwester besuchen, die Dani, Kieferchirurgin wie Flori und Jette und ihre Mutter. Daniela wohnte bei Fulda, in Schlüchtern, und ganz Fulda und das Fuldaer Umland rannte ihr die Praxis ein. Jedes Jahr kamen die drei Schwestern und ihre Mutter wenigstens einmal zusammen, um sich auszutauschen über Berufliches und Privates, und diesmal hatte man ein Treffen in Schlüchtern vereinbart. War es schon soweit? In seiner Erinnerung hatte Floriane für die Reise zu Dani Bahntickets gebucht, für ihre Mutter, Jette und sich.

Aufsteigende Hitze. Erste Befürchtungen machten sich in ihm breit. Merz setzte sich an die Bettkante und überlegte.

Was wollte sie bei der Bank? Sie war nie bei der Bank.

Er schrieb: »Übernachtet Mama denn nun bei Tante Dani, oder fährt sie durch?«

Wohin sie in Wirklichkeit wollte, war die Frage, und er hatte da einen Verdacht.

Flori hatte ein eigenes Konto, sie hatten außerdem ein gemeinsames, und auch er hatte ein Konto. Er hatte für ihres und sie hatte für seines eine Vollmacht. Beide hatten sie zudem jeder ein Online-Sparbuch, ohne Vollmachten.

»Übernachtet«, schrieb Prissy. Darunter ein breit, mit gefletschten Zähnen grinsendes Smiley.

Man durfte in einem Chat mit Priska keine Zeit vergeuden, keine Pause machen, keine Müdigkeit vorschützen, ihre Lust zu kommunizieren war ein Wind, ein Hauch, ein Orkan, unbeständig und unvorhersehbar.

»Ist bestimmt besser«, schrieb Merz. »Dann hat sie es morgen nicht so weit. Du weißt doch noch, wohin sie fährt?«

Riskanter Vorstoß.

Er klappte seinen Laptop auf und schaltete ihn an.

»Nein«, kam es zurück, »bin ja doof«, und Merz fluchte.

Er gab das W-LAN-Passwort ein, öffnete den Browser, öffnete seinen Online-Banking-Account. Er gab die Zugangsdaten ein.

Priska zog ihn nur auf. Sie schickte ein Emoji, ein gelbes Gesicht mit dickrandiger Brille, der Alleswisser.

»Klaro weiß ich, dass sie Lindy abholen fährt, nur wieso? Ist es so blöd in dem komischen Tal? Oder hat Linda wieder …« Drei Fragezeichen, dann drei Emojis, die ihm nichts sagten.

Das Konto war unangetastet.

»Wieder was?«, fragte er.

Die gesamte Summe auf seinem Konto überwies er auf sein Sparbuch.

Er öffnete Floris Konto.

»Na, Beute gemacht! Hat Lindy wieder geklaut?«

Priskas Fragen zeigten, dass sie und ihre Mutter in keinem sehr regen Gedankenaustausch standen.

Die Höhe der Summe auf dem Konto überraschte ihn. Er überwies die Hälfte auf sein Sparbuch.

»Nein, ist alles super im Kinzigtal! Deine Schwester hat Heimweh, das ist alles. Viel Spaß mit Larissa, mein Schatz«, schrieb Raimund Merz seiner Tochter, und sobald er die Geräte ausgeschaltet hatte, spürte er den Kummer, wie er ihm in der Kehle aufstieg. Und als es im Zimmer wieder still war und er aus dem Fenster sah, fing er an zu weinen.

Erschöpft und angetrunken, war er eingeschlafen, und als er aufwachte, war es schon dunkel, nach neun demnach. Bruno hatte ihn nicht geweckt und Merz deshalb den Anpfiff im Stadion auf der Waldau verpasst. Er fluchte. Dann rappelte er sich hoch und sah auf dem Handy, dass Bruno fünfmal versucht hatte, ihn anzurufen, ehe er schließlich, vor einer Stunde, eine SMS schickte: »Lass uns morgen reden. Es ist anders, als Du denkst, Du alter Idiot. Du Torwart! Ha, ha, HSV. Ich will dieses Ticket nicht verfallen lassen und nehme deshalb die junge Dame mit.«

Er öffnete die Seite mit dem Live-Ticker und sah, dass es kurz vor der Pause 2:0 für die Stuttgarter Kickers stand. Lasogga hatte zwei Elfmeter verschossen und Holtby wegen Meckerns erst Gelb, dann Rot gesehen. Merz ging ins Bad, zog sich aus und duschte. Er war erstaunt, wie wach und munter er sich fühlte. Das Wasser tat ihm gut. Er hielt sich den Strahl ins Gesicht, auf die Stirn, in den Mund, aufs Herz.

Seit ein paar Stunden waren fast 57 000 Euro auf seinem Online-Sparbuch. Er trocknete sich ab. Er betrachtete sein Spiegelbild, die Augen, die Nase, die Stirn, den Hals, an dem die Haut alt wurde, die dunklen Haare, die mal so voll und lang gewesen und jetzt so schütter, stumpf und kurz waren. Aber – er erkannte sich wieder; das war er. Da war ein Blick, der sich nie verändert hatte. Er lebte. Da war ein Schwarz in seiner Pupille, das hatten die Stieglitze im Gefieder. So schwarz war an den Landungsbrücken die Elbe im Winter, die Bänderung der Wespen und das stille Dunkel zwischen den Sternen. Er zog sich frische, bequeme Sachen an. Er packte und warf die alten Klamotten in einen Mülleimer auf dem Etagenkorridor. »Mach's gut, Zimmer«, sagte er in das leere Zimmer hinein. Den Prachtbildband lehnte er an Brunos Tür, dann nahm er wie Prince, bevor er starb, den Fahrstuhl und machte, dass er wegkam.

Raimund Merz nahm sich ein Taxi nach Degerloch zum Stadion auf der Waldau und ließ den Fahrer, einen jungen Algerier, unterwegs an einem Geldautomaten halten. Zwischen zwei Nagelstudios, einer Videothek und einer Bar, in der keiner saß, zog er sich 1000 Euro in kleineren Scheinen, die er auf seine Taschen verteilte. Er schrieb Bruno, dass er auf dem Stadionparkplatz warte, und er las im Live-Ticker, dass der HSV kurz vor Spielende 2:5 zurücklag.

»Interessieren Sie Insekten?«, fragte er den Taxifahrer, als sie in Sichtweite zum Stadionausgang parkten. Der junge, freundliche Mann schüttelte den Kopf.

»Aber mein Vater ist Imker«, sagte er, »Hobbyimker in einem Dorf in den Bergen bei Algier. Kennen Sie Algier?«

»Algerien«, sagte Merz. »Leider nein.«

»Mein kleiner Bruder liebt es, den Bienen zuzusehen, wenn wir unsere Eltern besuchen in Bab El Oued.«

»Dann ist ihr Bruder genau der, den ich suche. Hier, geben Sie ihm das. Ich brauch es nicht mehr, es ist ein wundervolles Buch über die Naturgeschichte der Insekten.«

Merz gab ihm Le Peletiers Buch, und der junge Algerier drehte den alten Wälzer in Händen und zeigte sich beeindruckt vom Gewicht des Buchs.

»Hautflügler, was heißt das?«, fragte er.

Und Merz erklärte ihm, dass rund 155 000 verschiedene Insektenarten Hymenoptera waren, Bienen, Wespen und Hummeln und viele, viele andere. Am Mittelmeer, besonders in Algerien, waren sehr seltene Grabwespenarten zu Hause.

»Mein Bruder Rachid wird sich sehr freuen«, sagte der Fahrer, der Nadim hieß, und Merz und er blickten in das gelbe Laternenlicht, durch das immer mehr jubelnde Fans aus dem Stadion strömten, die meisten von ihnen in blauweißen Trikots. Merz sah in die Gesichter der Männer und Frauen, die ausgelassen, viele in enger Umarmung, an dem Taxi vorbeigingen. Er staunte – und lachte –, als er mitten unten den feiernden Kickers-Anhängern Bruno und Alice erkannte. Sie kamen auf ihn zu. Als sie ihn bemerkten, winkten beide.

Auf dem Parkplatz des alten Waldau-Stadions erfuhr er, dass man ihm schon vor Monaten hatte kündigen wollen. Er war überflüssig. Das wusste er selbst von sich schon lange. Die weite Welt, ohne ihn wäre sie ganz dieselbe.

Bruno war da anderer Ansicht. »Was fange ich an ohne dich, ohne dein ewiges Genörgel, und wer ist mein Sekundant, wenn ich nächste Woche im Stadtpark den Mann von Babs niederschieße, wer, hm?«

»Ich nicht«, sagte Merz. Er spürte schon deutlich den Abstand, selbst zu Bruno, auch wenn es nichts gab, was er dem Freund nachtrug, im Gegenteil. Bruno hatte es mehrfach verstanden, seine Entlassung abzuwenden, zuletzt immer wieder mit Hinweis auf ihre gemeinsame Reise nach Stuttgart, auf der einer wie Herr DeWitt auf einen wie Raimund Merz unbedingt angewiesen sei.

»Die anonymen Briefe allerdings, die Anschuldigungen, du hättest deinen Lebenslauf zurechtgebogen«, sagte Bruno, »die ließen sich dann nicht mehr unter den Teppich kehren. Mareike wurde unter Druck gesetzt, und du weißt, dass ihr das nicht gefällt. Ich sollte dir deshalb schonend beibringen, dass man dich freistellt und dir eine großzügige Abfindung zahlt.«

»Danke«, sagte Merz. »Ich habe genug Geld. Geld wird sowieso überbewertet. Sie sollen ihr Geld behalten.«

»Werden sie«, sagte Bruno.

Sie lehnten am Heck des Passat; vorn stand die Beifahrertür offen. Aus dem Innern kam Musik, im Fond unterhielt sich Alice mit Nadim, dem Fahrer, worüber, war nicht zu hören. Qualm seiner Zigarette kräuselte sich zum Seitenfenster heraus, sekundenlang stand er am Nachthimmel, ein flüchtiger Sternennebel.

»Komm mal mit!«

Bruno zog ihn am Ellbogen von dem Taxi weg. Sie gingen in die dunkleren Bereiche des Parkplatzes, über den nur noch vereinzelt Leute zu den abgestellten Autos liefen. Unter einem großen Fahrradunterstand ganz aus Wellblech kicherten ein paar Jugendliche. Es roch nach Gras. Auf einmal erloschen mit lautem metallischen Brummen im Stadion die Flutlichtscheinwerfer. Es wurde finster.

Bruno blieb stehen. »Sie haben zwei junge Aasfresser auf dich angesetzt, die haben die Gelegenheit genutzt und tief gegraben. Warum hast du das damals gemacht, hattest du das nötig, gefakte Zahlen und ein getürktes Diplom?«

»Sieht so aus«, antwortete Merz. »Ist lange her. Und es war auch nicht allein meine Idee. Aber natürlich, der Riesenfehler eines Riesenblödmanns. Ich bezahle jetzt dafür. Lass gut sein.«

»Ich habe Mareike ein Angebot gemacht, das konnte sie nicht ausschlagen.« Bruno umfasste Merz' Hinterkopf und stieß ihn sanft weg, eine zärtliche Geste unter Männern, unter Fußballfreunden. Merz war gerührt.

»Aha«, sagte er.

»Letztes Wochenende, als du krank warst, lud sie mich ein, nach Meck-Pomm mitzufahren, als ihr Assistent, sie hat da in Demmin ein Seminar geleitet, für so Speichellecker, wie dir die Leitung welche auf den Hals gehetzt hat.«

»Und du bist mitgefahren. Klar.«

»Es war schön! Wenn man's mag. Und ich mag es ja ab

und zu in einer Luxusabsteige an einem See, den keiner kennt. Du frühstückst auf dem Balkon, und hey, Kraniche fliegen näher vorbei, als der Fernseher ist.«

»Für Bruno. Von Mareike.«

»Du kennst sie nicht wirklich. Sie ist anders, als man denkt. Sie hört zu. Sie ist lieb.«

Bruno hatte sich vehement dafür eingesetzt, dass man die Freistellung des Kollegen Merz überdachte, zurücknahm und ihm Gerechtigkeit widerfahren ließ.

»Und Mareike war …«

»… war einverstanden«, sagte Bruno. »Sie hatte eine Bedingung, aber, na die habe ich gern erfüllt.«

»Und Babs? Und Fritzi?«

»Du kennst mich. Es wird schon. Was wäre das Leben ohne Schmerzen.«

»Schmerzlos?« Merz setzte sich in Bewegung. »Grüß sie von mir. Alle.«

»Dein großer Wespen-Artikel ist doch ein sensationeller Neuanfang, findest du nicht?«

»Und der HSV?«, fragte Merz. »Knapp unterlegen? Und doch bestimmt eindeutig die bessere Elf, oder?« Er ging über den dunklen Platz langsam zurück ins Licht und zu Nadims Taxi. Unter der Silhouette einiger pechschwarzer Bäume verlief ein hoher Maschendraht, davor lagen ein dutzend umgewehte oder umgestoßene leere Mülltonnen.

Bruno kam ihm nach. »2:6 gegen ein Viertliga-Team – eine starke Leistung der Könige des Catenaccio, doch. HSV. Du weißt, was das heißt?«

»Sag's mir, Bruno DeWitt.«

»Heiterkeit siegt. Voraussichtlich.«

»Danke für alle deine Bemühungen«, sagte Merz, dem nicht nach Lachen zumute war. »Dein körperliches Engagement ist atemberaubend, ich meine es ernst.«

Er bat Nadim, den Kofferraum zu öffnen, hob den Koffer heraus und gab dem jungen Algerier zwei Hunderter.

»Nehmen«, sagte er leise. »Nichts sagen, einfach annehmen. Und grüßen Sie Ihren Bruder und Ihren Vater.«

Er gab Alice die Hand. Sie sah ihn mit großen, verwunderten Augen an, aber brachte kein Wort heraus.

»Glaub ihm alles«, sagte Merz leise zu ihr in das Auto hinein, »alles, was er sagt. Du musst ihn dazu bringen, dass er redet. Er kann nämlich nicht lügen!«

»Raimund, wo gehst du jetzt hin?«, fragte sie.

»Nehmt das Taxi. Ich nehme ein anderes. Morgen wissen wir alle mehr.« Merz wandte sich seinem Freund zu und sagte so, dass nur der es hörte: »Ich werde verschwinden. Und du wirst bald verstehen, warum ich dir nicht sage, wohin. Aber du wirst es eh sofort wissen!«

»Wovon redest du? Ali! Er ist Al, Al Pacino!« Bruno war fassungslos.

»Tu ihr nicht weh«, sagte Merz. »Ich werde sonst Fritzi Feddersen schreiben. Und Mareike. Und Babs!«

Für die Fahrt nach Offenburg handelte er 300 Euro aus. Der Fahrer war ein schwer zu verstehender alter Schwabe, und die anderthalbstündige Reise durch die Spätsommernacht führte an Pforzheim und dem unsichtbaren Karlsruhe vorbei, dann auf der A5 nach Süden, nach Rastatt, nach Baden-Baden, und weiter und weiter. Zur Linken lag die dunkle Silhouette des Schwarzwalds, rechts sah Merz in der Ferne die Vogesen, davor ein blaues Leuchten, die Lichter von Straßburg. Morgen, dachte er, werde ich dort sein, à Strasbourg, wenn alles klappt, zusammen mit Linda.

Er fragte den Fahrer nach einem Hotel in Offenburg, einem ruhigen, kleineren Haus, und der Mann mit dem Holzfällerhemd und der Lederweste dachte lange nach und gab keine Antwort. »Pale shelter«. Aus den Lautsprechern kam leise Musik von Tears for Fears, die seit dreieinhalb Jahrzehnten um den Globus dudelte, aber zeitlos war wie am Nachthimmel die Sterne. Merz schloss die Augen und genoss den Moment, den ersten seit Monaten und Monaten, in dem er beinahe fröhlich und nur er selbst war, allem Vorgefertigten und allem Zwang entronnen. Nirgends sonst hätte er sein mögen.

»Desch Hottl zar Sunn«, sagte auf einmal der Fahrer, und ebenso lang, wie der gebraucht hatte, um seinem Gedanken die Gestalt dieser vier Wörter zu verleihen, benötigte Merz, um sie sich zu übersetzen.

»Das Hotel zur Sonne«, sagte er ein paar Minuten später, während Curt Smith und Roland Orzabal sangen und der Mercedes an Achern vorbeiflog. »Danke. Das klingt hell und freundlich. Dahin möchte ich bitte.«

»Ischkut.«

»Ischkut«, wiederholte Merz nach einer Weile, und

eine Zeit lang waren sie dann zu zweit, der Fahrer und er, zwei Bewohner des Planeten Ischkut.

»Du und dein schwacher Halt. Du gibst mir keine Liebe, nur deine kalten Hände«, sangen Tears for Fears.

Er frühstückte zeitig in der Sonne, dann stellte er sein Gepäck unter und machte sich zu Fuß auf den Weg zur nächsten Autovermietung. Als dort um halb acht aufgeschlossen wurde, trat er zusammen mit der verdutzten jungen Angestellten ein.

Er legte ihr Ausweis und Führerschein vor und sah zu seiner Freude, dass ein neuer, dunkelgrüner Phoebus auf dem Hof stand und frei war. Merz mietete ihn für drei Tage, obwohl er den Wagen nur an diesem brauchte. Als Zielort gab er Fulda an, Schlüchtern, ihm fiel nichts Besseres ein.

Er bezahlte in bar. Er merkte, wie nervös er war. Was konnte er dagegen tun? Losfahren, endlich fahren! Mit der jungen Frau – sie hatte auf dem ausrasierten Nacken ein Tattoo, lauter blaue Tropfen, vielleicht Tränen – schritt er langsam um den glänzend polierten Wagen. Nichts zu finden, kein Kratzer; und so verabschiedete er sich, stieg ein, fuhr zum Hotel, holte sein lästiges Gepäck und fuhr weiter, zur Bank. Es war neun und er der erste Kunde. Um die Kündigungssperrfrist zu umgehen, beließ er eine kleine Summe auf seinem Sparbuch und hob 55 000 Euro ab. Das Gesicht der jungen Bankangestellten zuckte irritiert, und Merz war neugierig zu erfahren, was ihr einfiele, um ihren Verdacht in eine pragmatische Regelung umzumünzen.

Ratlos blickte sie sich um. Aber dann nahm sie sich ein Herz.

»Da fallen nicht unerhebliche Vorschusszinsen an, Herr …«

»Merz«, sagte Merz.

»Herr Merz«, wiederholte die junge Frau und wurde rot wie eine kommunistische Fahne.

»Natürlich. Ihr Geldhaus soll ja nicht leben wie ein Hund«, sagte Merz. Er lächelte freundlich.

Sie konnte das nicht lustig finden. Pikiert nannte sie die Summe, knapp 3000 Euro.

»Ach, wenn es das nur ist«, sagte Merz. »Das ist günstig. Ziehen Sie die Zinsen bitte ab, und dann seien Sie ein Schatz und zahlen mir meine 52 000 Kröten aus. Warten Sie … hier ist eine Tüte. In kleinen Scheinen, bitte.«

Der wolkenlose Morgen. Welcher Wochentag war, Mittwoch, Freitag, oder doch erst Donnerstag, er wusste es nicht, und es kümmerte ihn nicht mehr als der Regen, wenn er in die Bäume rauschte.

In Richtung Südosten folgte die Landstraße dem Fluss. Die Kinzig durchströmte das nach ihr benannte Tal, an dessen Hängen man ausgedehnte Waldgebiete sah, auch viele Felder und ab und zu einen Weinberg. Es gab dutzende unterschiedliche Grüntöne, an den Waldrändern viel Schatten, auf den freien Hängen viel Licht, und über allem stand ein strahlend blauer, ein tiefer, warmblauer Himmel.

Ortenberg, Ohlsbach, Gengenbach. Einige Male kreuzte die Straße den schmalen, zumeist schnurgerade dahin-strömenden Fluss. Biberach. Merz fuhr durch das Städt-chen und überlegte, ob es nicht an der Zeit war, ein ande-rer zu werden. Aber er entschloss sich, noch zu warten; erst auf dem Rückweg würde er sich zurückverwandeln und wieder zu Ray werden: Die Merzzeit ginge zu Ende, wie Biberach endete, wenn einer wie er hier durchkam und einfach weiterfuhr. Zu den Seitenfenstern flutete linde Morgenluft herein.

Sein Rayphone hatte es berechnet: Floriane brauchte von Schlüchtern bis ins Kinzigtal dreieinhalb, wenn nicht vier Stunden, denn sie war müde, sie hatte mit ihrer Schwester noch die halbe Nacht lang geredet. Wenn sie früh loskam, gegen neun, war sie am Mittag in Moosach. Er kannte sie, er sah sie vor sich, verbissen saß sie am Steuer, unterschlafen, vergrätzt, weil sie sich zu dieser Hetzerei gezwungen fühlte. Sie war fest entschlossen, diesen Zahn zu ziehen. Seit seiner Abreise, und wahr-scheinlich schon am Wochenende davor, trieb sie der Gedanke um, er könnte von Stuttgart aus Linda abholen, nur wieso er das tun sollte, darauf kam sie nicht, es war nur ein ungutes Gefühl. Welchen Vorteil hätte er davon? Sie hatte mit Daniela telefoniert und die Dani ihr auf die Sprünge geholfen. Etwas zu haben war besser, als es nicht zu haben.

Er kam durch Steinach und Haslach, fuhr vorbei an Fischerbach und Hausach, und mit einem Mal, wie nach einem Blinzeln, war er, ja, in Moosach. Der Schweiß brach ihm aus, Hände und Knie zitterten. Er stoppte in einer

Bushaltestellenbucht, sah am Flussufer einen beinahe leeren Parkplatz, dort fuhr er hin und parkte, plötzlich von der Angst befallen, Flori könnte doch schon hier sein. Er bemerkte ein Hinweisschild, »Touristenauskunft«, darauf einen Pfeil, dem folgte er.

Ohne den Fahrtwind war es schwül und drückend, eine Luft wie aus Zinn, und die Sonne stand noch nicht mal im Zenit. Weit oben am Hang sah man ein kleines Kastell zwischen nacktem Fels und lauter Nadelbäumen, eigentlich bloß ein Türmchen, um das mit schrillem Geschrei ein paar größere Vögel segelten. Die Kirchturmuhr schlug. Es war gerade zehn. Er versuchte sich vorzustellen, was an einem solchen Vormittag im Schwarzwald eine Hamburger Schulklasse unternahm, die sich seit Tagen in der Gegend aufzuhalten hatte. Er dachte an Alice, daran, was sie über die Leistungspädagogik im Kinzigtal gesagt hatte: Herausforderungsfahrt nannte man heute eine Klassenreise. O Elend.

In Moosach schien es eine einzige Hauptstraße zu geben. Benommen schritt er dahin, vorbei an wenig malerischen, verrußten, abweisenden Fachwerkhäusern. Es gab ein Nagelstudio, einen Imbiss, eine Videothek, ein Maklerbüro, einen Griechen, aber alles wirkte kulissenhaft, als gäbe es die Läden nur, weil sich das so gehörte. Alte saßen auf Bänken am Straßenrand, und die übrigen Einwohner schienen in ihren funkelnden und lautlosen Karossen von einem Ende des Städtchens zum anderen und wieder zurück zu fahren. Ein Taubenschwarm drehte mit dem leisen Schwirren dutzender Flügelpaare Kreise um den Moosacher Kirchturm, das war prachtvoll, ganz als würde allein das bewegte Bild für frischen Wind sorgen. Merz trat in die Touristenauskunft, vor der ein gelber Drahtesel stand, ein Fahrrad der Deutschen Post. Er war der Einzige, der eine Auskunft benötigte. Die Briefzustellerin kam ihm entgegen, wich ihm aus und sah ihn an wie einen verirrten Wolf auf zwei Beinen.

Nein, es gab im Ort kein Schullandheim. Nein, eine Jugendherberge gab es genauso wenig, keinen Ferienpark für Schüler, keine kirchliche oder sonst eine Unterkunftsmöglichkeit für Schulklassen, nein. Moosach war klein. Man wüsste so etwas in Moosach.

»Wen suchen Sie denn?«, fragte die freundliche Frau hinter dem Tresen voller Faltblätter und Prospekte.

»Ich suche ein Kind«, antwortete Merz und ging wieder, hinaus in das Licht, das durch die Zinnluft strahlte.

Er setzte sich in den Phoebus, ließ die Fahrertür offen und lauschte eine Weile dem Rieseln und Rauschen der Kinzig. Er hörte das Kind in dem Namen des Flusses, das Kinds-Ich. Die erste Sackgasse, da war sie, und schon wurde die Zeit knapp. Er sah Lindys Gesicht vor sich, hörte ihre Stimme. Du musst den Kummer verwandeln, Ray, sagte er sich. Du bist Prinz Arjuna, du hast das silberne Licht, du bist die Gelassenheit, und die Erinnerungen hören nicht auf.

Kurz darauf baute er sich erneut vor dem bunten Tresen auf. Die zuvorkommende Angestellte der Touristenauskunft war verwundert, ihn so rasch wiederzusehen, zumal dieser Fremde ihr dieselbe Frage stellte.

Sie räusperte sich.

Auch ihre Antwort war dieselbe.

»Gibt es vielleicht ein Schullandheim in der Nähe, in einem Nachbarort, oder im Wald?«

»Ja, das! Ist etwas ganz anderes!«, sagte sie. »Es gibt ein Landjugendheim bei Singersbach, das war mal ein Gutshof, am Waldrand, fast schon im Wald. Von dort geht es über die Felder hinauf zur Sommerrodelbahn. Die Kinder haben Riesenspaß da, es gibt Abenteuerspielplätze. Brauchen Sie eine Wegbeschreibung?«

Er parkte den Phoebus an einem Waldweg, wo man ihn von der Straße nicht sah. Zum Landjugendheim führte ein langer Stufenpfad erst den Waldhügel hinauf, dann auf der anderen, von Sonnenlicht überfluteten Seite in großem Bogen wieder hinab. Ein paar Gärtner in grünen Overalls waren auf dem Gelände unterwegs und beschnitten Sträucher und die fast haushohen Rhododendren. An vielen Bäumen hatte man Schilder befestigt, darauf die Gestalt des Baums und seine Blätter gemalt und in Kinderschrift die Namen vermerkt. Es duftete nach Laub und Moos, nach Spätsommer, nach Pilzen.

Das frühere Gutshaus stand mitten im Wald, in einer von großen Kastanien beschatteten Senke. Zwei Scheunen bildeten seine Seitenflügel, die eine offenbar umgebaut zum Wohnhaus, die andere zu Speisesaal und Gerätehaus. Überall in den Gebäuden und auf den Terrassen sah man Kinder, auch auf den wie in einem Hochseilklettergarten gesicherten Bäumen, auf den Spielgeräten im Gras darunter, sogar weit entfernt auf den Waldhängen und Wegen. Es schien einen Tunnel zu geben, durch den früher eine Schmalspurbahn gefahren sein musste, denn man sah noch das Gleisbett, und der Weg durch den Tunnel war geschottert. Aber auch Lehrkräfte und Erzieherinnen waren überall. Sie saßen auf Bänken und zu den Kindergruppen gestellten Stühlen. Es mussten mindestens drei Schulklassen sein, Mädchen und Jungen, alle zwischen acht und zwölf Jahren alt.

Nicht lange, und er sah eine von Lindas Lehrerinnen, und auch sie, Frau … – ihr Name fiel ihm nicht ein – erkannte ihn sofort und winkte ihm zu. Sie zeigte auf eine Gruppe Kinder, die laut rufend dabei waren, Holzlatten und von Blättern noch grüne Äste auf einen Anhänger zu heben, auf dem eine Gärtnerin in Gummistiefeln sie entgegennahm und stapelte. Er sah seine Tochter; da war Linda.

»Lindy!«, rief ein Mädchen, das ihm bekannt vorkam. »Guck mal, der Mann, ist das nicht dein Vater?«

Sie drehte sich um, stutzte, in ihrem Gesicht leuchtete die Freude auf, und schon kam sie angerannt.

Linda stürzte in seine Arme.

Sie hielt ihn fest, und Merz spürte ihre Wärme und die Kinderliebe. Sie sagte kein Wort, aber sagte mehr als alle, mit denen er in den letzten Tagen geredet hatte. Seit ihrem Abschied im Hauptbahnhof hatte er mit jeder Stunde mehr vergessen, mehr und mehr, dass Innigkeit wirklich war und dass es sie noch immer gab.

»Süßer Schatz«, sagte er. »Ich komm dich abholen. Wir

haben nicht so viel Zeit. Was meinst du – willst du mit oder lieber hierbleiben und mit der Klasse im Zug heimfahren?«

»Natürlich will ich mit! Es ist ganz gut hier«, sagte Linda und hielt ihn immer noch umschlungen. »Aber richtig gut ist es nicht. Es ist blöd. Es gibt gemeine Mädchen. Und alle Jungs sind so gleich, absolut gleich, die sind Automaten. Ich dachte, Mama kommt mich abholen!«

»Automaten sind die?«

Linda sah ihn an und nickte. »Die reden alle gleich, die haben alle zu viel Kraft, die jagen mich und verstehen überhaupt nicht, was los ist.«

»Und was ist los?«

»Na ja, viel!« Sie grinste.

»Deine Mama hat es so schnell nicht geschafft«, sagte Merz. »Zeig mir, wo die Leute sind, die hier die Bestimmer sind. Aber dann pack schnell alle deine Sachen.«

Die Bestimmer waren das Ehepaar, dem der Gutshof gehörte. Der Leiter des Landjugendheims war einer der grün gekleideten Gärtner, Linda zeigte ihn Merz, dann rannte sie ins Haus. Der Mann, Herr Bendsko, war dabei, vorm Gerätehaus einen Traktor startklar zu machen. Merz brachte sein Anliegen vor, höflich, freundlich, es war ja längst Mittag. Bendsko musterte ihn, er wischte sich die öligen Hände an einem ölverschmierten Tuch ab und forderte Merz auf, ihm zu folgen.

In einem hellen großen Zimmer im Parterre des Gutshauses saß hinter einem Schreibtisch Frau Bendsko, sie war eine große Blondine mit einer grünen Brille auf der Nase. Als Merz ihr die Hand gab, stand sie auf, und er setzte sich.

»Sie möchten ihre Tochter abholen.«

»Es gibt einen Todesfall in der Familie meiner Frau.«

»Mein Beileid.«

»Danke. Ich richte es aus.«

»Ihre Frau rief gestern an. Sie würde Linda heute Mittag abholen kommen, sagte sie.«

»Gestern hatten wir noch Grund zur Hoffnung, dass … es ist alles sehr traurig.«

»Ich verstehe.«

»Linda hat es gut gefallen bei Ihnen. Aber jetzt müssen wir …«

»… mit ihr reden, das versteht sich. Darf ich trotzdem, die Vorschriften, Ihren Ausweis bitte sehen. Wir müssen uns absichern.«

Merz reichte Frau Bendsko seinen Ausweis.

»Müssen Sie denn jetzt sehr weit fahren?«

»Mit dem Wagen nur bis Offenburg. Dort steigen wir in den Zug. Am frühen Abend sind wir … da.«

Der Ausweis kam zurück, Merz steckte ihn ein. Es war das letzte Mal, dass er ihn brauchte. Sie standen auf.

»Ich würde gern«, sagte Frau Bendsko und strich sich den Rock über den Hüften glatt, »kurz mit Lindas Lehrerin Frau Flüggemeier sprechen, die sich hier ganz besonders um sie gekümmert hat, und dann Lindy selber Adieu sagen.«

»Frau Flüggemeier habe ich grad noch gesehen, unter dem Apfelbaum«, sagte Merz. »Wirklich schön haben Sie es hier. Die Bäume.«

»Mein Mann kümmert sich um die Bäume«, sagte Frau Bendsko. »Kommen Sie bitte.«

Sie gingen ins Freie, auf den Scheunenvorplatz. Viertel vor eins. Strahlend helles Licht fiel durch die Kastanienwipfel, und Merz, halb geblendet, sah, Herr Bendsko hatte den alten Fendt flottbekommen und vor den vollgepackten Anhänger gelenkt. Dutzende Kinder standen um ihn herum, sie schienen hellauf begeistert von dem Gefährt. Der Trecker war genauso grün wie die Brille der Landjugendheimleiterin.

Linda wartete etwas abseits, sie sah dem Treiben zu, aber wirkte dabei fremd, als wäre sie nur auf Durchreise und nie Gast hier gewesen. Ihr Rucksack stand auf einer Bank, ihr Anorak lag darauf. Merz winkte seiner Tochter, sein Herz schlug heftig vor lauter Liebe zu ihr. Niemand konnte sich im Licht verstecken, nur Kinder.

»Ich komm gleich!«, rief er Linda zu, und zu der Leiterin sagte er: »Bitte erwähnen Sie vor Linda nicht, wieso ich hier bin. Meine Frau und ich möchten den richtigen Moment abwarten, um ihr zu sagen, was passiert ist.«

»Selbstverständlich.«

Frau Bendsko fragte ein paar Kinder nach Frau Flüggemeier, eifrig stoben die Mädchen davon und kurvten über den Vorplatz, wie Schwalben, und kurz darauf kam Lindys junge, kleine und schmale Sportlehrerin schnellen Schrittes zu ihnen.

»Caro Flüggemeier mit den putzigen Haselnuss-augen und winzigkleinen Patschehänden« nannte Floriane sie.

Sie begrüßten einander.

»Herr Merz. Mein Beileid. Es tut mir sehr leid für Ihre Frau, für Sie und die Kinder.«

»Danke. Wir sind alle sehr traurig.«

Keiner fragte, wer gestorben war. Alle nahmen an, der Verlust war ein großer, eine Großmutter, Urgroßmutter, ein Großvater oder uralter Uropa. In Wirklichkeit war es ein verschwindend geringer Verlust, kaum zu bemerken, im Grunde wie nicht geschehen. Raimund Merz gab es auf einmal nicht mehr, und die weite Welt war ohne ihn ganz dieselbe.

»Es hat keine weiteren Vorfälle gegeben«, sagte Frau Flüggemeier und lächelte in Lindas Richtung. »Wir können in dieser Hinsicht alle unbesorgt sein. Nur zu Ihrer Information. Keine Beschwerden! Nichts fehlt.« Sie hob die Hände.

Merz bedankte sich. »Komm, wir wollen los!«, rief er, und Linda kam und verabschiedete sich von den beiden so verschiedenen Frauen auf ebenso unterschiedliche Weise, indem sie die Lehrerin, die zierlich war wie sie selbst, umarmte und der Leiterin die Hand gab, ohne sie anzusehen.

»Falls Sie an der Straße parken, gibt es eine Abkürzung. Lindy kennt den Weg«, sagte Frau Bendsko. »Ich wünsche Ihnen … dass Sie alles schaffen.«

Linda holte ihren Anorak und ihre Tasche, einen Pokémon-Rucksack, der wie ein dicker, weiß-blauer Biber aussah.

Die Leiterin ging zurück zum Haus, und Caro Flüggemeier winkte, dann wandte sie sich wieder den Kindern ihrer Klasse zu. In einigem Abstand folgten Linda und ihrem Vater tuschelnd ein paar Mädchen bis zu dem Tunnel, vor dem mit laufendem Motor auch der Traktor mit dem Anhänger stand. Es war fast ein Uhr, als Merz und seine Tochter in den Tunnel gingen und unter dem Wald hindurch.

Sie folgten der Uferstraße entlang der Kinzig bis Offenburg, aber kein Phoebus mit Hamburger Kennzeichen kam ihnen entgegen. Merz überlegte und überlegte, wie er Linda schonend beibringen konnte, dass sie und er von nun an auf der Flucht waren. Es blieben ihnen mit Glück ein paar Stunden, bis Floriane die Kleine als vermisst, als von ihrem Vater entführt melden würde. Bis dahin mussten sie den Mietwagen losgeworden und untergetaucht sein.

Ohne sich dessen bewusst zu sein, kam Lindy ihm zu Hilfe. »Mein Beileid, mein Beileid, was heißt das eigentlich?«, fragte sie auf dem Rücksitz.

»Wenn jemand gestorben ist, sagt man das zu Leuten, die deshalb traurig sind.«

»Okay. Aber wer ist denn gestorben? Wieso haben die das vorhin zu mir gesagt?«

»Niemand ist gestorben, mein Schatz. Ich hab denen bloß gesagt, jemand aus unserer Familie ist gestorben.«

»Und wer? Und wieso?«

»Niemand. Ausgedacht. Und wieso? Weil ich mit dir alleine wegfahren will. Das hätten die sonst nicht erlaubt.«

»Klar. Kinderentführung.« Sie lachte, sie schien absolut begeistert. »Entführst du mich, Papa?«

»Ja, ich entführe dich, Lindy. Aber nicht wirklich. Ich tu nur so.«

Sie einigten sich, dass Linda Annabella Merz Opfer keiner Kindes-, aber einer Kinderentführung geworden war, gekidnappt vom eigenen kindischen Vater, allerdings mit ihrem Einverständnis. Nur einer musste davon irgendwann unterrichtet werden, und das war Lindys Mutter Flori.

»Am besten, du rufst sie nachher an«, sagte Merz, als sie am frühen Nachmittag westlich von Kehl über den Rhein und über die Grenze fuhren, hinein ins Elsass.

»Gar keine Lust«, antwortete sie.

»Ist aber besser.«

»Trotzdem keine Lust.«

Merz sah auf seinem Handy nach. Achtmal hatte Floriane sie zu erreichen versucht und ihm drei SMS geschrieben. Er las sie gar nicht erst. Im Straßburger Westen, einem Trabantenviertel voller Plattenbauten und Hochhäusern, das Hautepierre hieß, parkten sie in der Rue de Stutzheim und ließen den Miet-Phoebus stehen, die Fenster runtergelassen, der Schlüssel steckte. Mit der Tram fuhren sie ins Zentrum, Lindas allererste Straßenbahnfahrt. Im Bahnhof packte Merz aus dem Rollkoffer, was

Ray nicht brauchte, und warf alles in einen Mülleimer, zuletzt sein Handy und den Ausweis von einem, der er nicht länger war.

Sie kauften zwei Tickets nach Paris und stiegen in den TGV, doch die Reise in dem flachen Waggon mit den bequemen Sitzen, auf denen Linda einnickte, sobald sie Richtung Westen rauschten, diente nur dem Verwischen ihrer Spur.

Kurz vor Nancy weckte Merz seine Tochter, und sie stiegen aus. Es war noch immer Nachmittag, als sie am Bahnhof von Nancy zwei Croques und etwas Obst aßen und sich dann in einen Zug setzten, der sie dorthin brachte, wo sie für die nächste Zeit untertauchen sollten.

Etwa zu dem Zeitpunkt, als im Zug von Nancy nach Lyon die vermisste Linda Annabella Merz zusammen mit ihrem Vater bei Mâcon zum ersten Mal die Saône sah, einen seltsam grünen, wundersam sich durch das hügelige Land windenden Fluss, erfuhr einige hundert Kilometer weiter nördlich Bruno DeWitt vom Verschwinden des elfjährigen Mädchens. Er saß an diesem Nachmittag, an dem er aus Stuttgart heimfuhr nach Hamburg, gleichfalls im Zug, als ihn Mareike Kennedy anrief und auf die ihr eigene ruhige Art ins Bild setzte.

Bruno bot ihr an, sofort umzukehren und sich auf die Suche nach Merz und dessen Tochter zu machen, wurde aber von der Chefredakteurin zurückbeordert. Es gab erste Hinweise darauf, dass Vater und Tochter nach Frank-

reich geflohen waren; ein von Merz in Offenburg ange-
mieteter Pkw war im Elsass gefunden worden, auf einem
Acker bei Griesheim-sur-Souffel, kaputtgefahren, aus-
geschlachtet, schrottreif. Ein Ablenkungsmanöver. Die
Spur der beiden führte nach Paris. Für sich und die Kleine
hatte Merz in Straßburg TGV-Tickets gekauft, in bar. Die
Aufnahme einer Überwachungskamera zeigte, dass der
Gesuchte eine ziemlich hohe Geldsumme mit sich he-
rumzutragen schien. Die Behörden in der französischen
Hauptstadt waren informiert. Von einer Entführung,
sagte Mareike am Telefon, wolle außer Linda Annabellas
Mutter noch niemand wirklich sprechen. Man ging nicht
von einer Verzweiflungstat aus.

»Weißt du, ob dein Freund verzweifelt ist?«, fragte
Mareike. »Und gibt es jemanden in Paris, bei dem er sich
mit der Kleinen verstecken kann?«

Bruno stellte in den folgenden Tagen immer öfter fest,
wie wenig er von seinem Freund wusste. Was Raimund in
Paris vorhatte, war ihm schleierhaft, er konnte sich ihn
auch nicht wirklich in Saint-Denis, Reuilly oder Bati-
gnolles vorstellen. Immerhin schien er entschlossen, nicht
aufzugeben, das war Brunos Eindruck schon bei ihrer
nächtlichen Verabschiedung in Stuttgart gewesen. Als
würde er einen lange in ihm gereiften Plan Schritt für
Schritt in die Tat umsetzen, so war er ihm an dem Abend
in Degerloch vorgekommen. Einige Tage lang versuchte
Bruno noch, Merz an dessen verdammtes Handy zu kriegen, gab es aber schließlich auf. Wie die Kripo feststellte,
war das Smartphone nicht zu orten. Raimund musste es

deaktiviert, weggeworfen oder sogar zerstört haben; er war jedenfalls nicht zu erreichen.

In der Redaktion des *Tag* besprach Bruno mit Mareike, wie sie am besten weiter vorgingen, denn kaum war er zurück an der Elbe, stand fest, dass auch die Fährte Richtung Seine eine Finte war.

»Lass uns das heute Abend bei mir in Ruhe durchsprechen«, sagte sie. »Wir kochen was zusammen, Lust?«

Bruno sah sich in einem gewaltigen Schlamassel versinken. Er machte sich Sorgen um den Freund. Er vermisste ihn. Der Büroalltag ohne Raimund, das Schreiben unter Zeitdruck, die Mittage ohne Merz, das Leben mit den ganzen Frauen, ohne jemandem davon erzählen zu können und ohne Hilfe, wenn es brenzlig wurde – nein, einer wie Bruno DeWitt war nicht bereit, das widerstandslos hinzunehmen.

»Ich will meinen Freund zurück!«, rief er jeden Tag den Flurgang im Glaslabyrinth hinunter.

Er stellte sich Merz vor, vierundzwanzig Stunden lang jeden Tag allein mit einer Elfjährigen. Was unternahmen sie? Worüber redeten sie?

Außerdem musste er sich eingestehen, dass er Alice fast genauso vermisste. Er wollte sie wiedersehen. Er hatte Sehnsucht nach ihr, ganz furchtbare, den Körper peinigende Sehnsucht. Sie schrieben einander, mehrmals jeden Tag. Sie schickte ihm Fotos von sich, Sommersprossenbilder von ihrem geliebten Gesicht, und Bruno sah an ihrem Mundwinkel die blaue Ader. Ob sie Raimund aufgefallen war?

Er kochte mit Mareike. Er schlief mit ihr, und es war so schön und erfüllend, wie es in Demmin gewesen war. Doch vielleicht zum ersten Mal hatte Bruno das Gefühl, sich selbst etwas vorzumachen, wenn er der Frau, die neben ihm lag und ihm von ihrer Kindheit erzählte, nicht mitteilte, was wirklich in ihm vorging.

»Lass mich mit den Menschen reden, die mit ihm zu tun hatten«, sagte er. »Mit seiner Mutter, seiner Frau, seinen Kindern, mit einigen Leuten, die in der letzten Zeit noch mit ihm gesprochen haben, Kullmann zum Beispiel. Und wegen der Gabriel-Reportage muss ich sowieso nach England. In Birmingham könnte ich ein paar seiner früheren Bekannten treffen.«

Keiner kannte Merz wirklich. Raimund war immer ein Einzelgänger gewesen, glaubte Bruno, allerdings ein getarnter, wie er jetzt meinte, einer mit einer Familie als Tarnung.

Bruno warf der fehlende Merz auf sich selbst zurück. Was ging eigentlich in ihm selber vor? Das fragte er sich, seit ihm der Freund abhandengekommen war.

»Gut, machen wir's so«, sagte Mareike. Im Bett wirkte sie nackt wie keine andere Frau. Sie duftete. Ihre Freizügigkeit war eine Freiheit, und ihre Bewegungen verloren allen Anschein. Sie bot ihm jede Pore dar, und er küsste sie.

Ging denn überhaupt etwas in ihm vor?

Nördlich von Lyon, kurz bevor der Zug aus Nancy und Dijon die Stadt erreichte, zeigte die ländliche Saône das stumpfe Türkisblau eines Flusses, den große rostige Schleusen unterbrachen und an dessen Ufern immer öfter Fabriken, Raffinerien und mit einem Mal Lagerhallen, Autobahnzubringer und riesige verwaiste Parkplätze lagen.

»Was sind das für dürre Dinger da auf dem Wasser«, fragte Linda.

»Schwimmkräne«, sagte Merz.

Es war ein Spätsommertag Mitte September, als sie in Lyon ankamen, und die Schwimmkräne, die Linda in den folgenden Wochen immer wieder beschäftigten, sobald sie mit ihrem Vater spazieren ging, um die Stadt zu erkunden, sah man nicht nur auf der Saône beim Schlammbaggern; umgeben von Schuten und Frachtkähnen schwammen sie häufiger noch auf der Rhône, die sich im Süden der Großstadt mit der kleineren Saône vereinigte und in ihr dunkles Grasgrün das helle, matte Blaugrün des Nebenflusses aufnahm.

Sie waren in einer unsicheren Lage. Wie auf der Schneide einer Rasierklinge vielleicht, so gingen sie anfangs mit großen Augen staunend durch die riesige unverständliche Stadt. Sie sprachen nur ein paar Brocken Französisch, und alle größeren deutschen Zeitungen berichteten schon nach wenigen Tagen von dem Verschwinden eines Hamburger Mädchens und brachten eine Vermisstenanzeige mit Bildern von ihr und ihrem Vater, nach dem in ganz Europa gesucht wurde. Ihre Spur verlor sich demnach im Elsässischen, und so entschied Merz – auch, weil es Linda in der Stadt gefiel –, dass sie bis auf Weiteres im Norden von Lyon untertauchen würden, im in die Hügel gebauten Gassenlabyrinth des 1. und 4. Arrondissements zwischen Place des Tapis und Place des Terreaux. Das Viertel, früher das der Seidenweber, der »canuts«, hieß La Croix-Rousse. Es gab dort viele kleine Hotels und Pensionen, es gab Parks, es hielten dort mehrere Métrolinien, mit denen man rasch ins Zentrum und wenn nötig das Weite suchen konnte, und es gab viele kinderreiche Familien, dutzende Kindertagesstätten, Spielplätze, Trubel, Lachen, buntes Geflirr, das Merz für das beste Dickicht hielt, um sich zu verstecken. Das Musée des Beaux-Arts war nicht weit entfernt; zu Fuß war man in zwölf Minuten dort.

In der Rue de l'Alma fanden sie das L'étoile, ein kleines, von einem alten iranischen Paar geleitetes Hotel Garni, in dem ein möbliertes Appartement frei war, zwei helle Zimmer mit Balkon, Wohnküche, Bad. Linda liebte ihre Bleibe auf Anhieb: »Die Sternenbude.« Sie hatte ein Hochbett, von dem aus man den Schulhof des benachbarten Collège im Blick hatte. Nie war ihr langweilig oder traurig zumute im L'étoile, alles in den ersten Wochen in Lyon war für sie ein einziges Abenteuer und spannendes Spiel, und für Merz war das der Gradmesser seiner Pläne: Nur ob die Kleine noch glücklich war, entschied darüber, wie lange er sie bei sich behielt. Er wusste jeden Tag, wann ein Zug nach Genf und von dort ein Flieger nach Hamburg ging, mit dem er Linda würde heimschicken können, sollte sie ihr Zuhause, ihre Mutter und ihre Schwester zu sehr vermissen.

Lindy stellte ihm nicht viele Fragen. Sie fand es lustig, dass sie auf einmal Annabella Kullmann heißen sollte und ihr Vater Fernando. Pferdinand nannte sie ihn zuerst, aber später sagte sie so wie jeder Fernand.

»Und Mama? Und Prissy?«

»Sind zu Hause. Warten auf dich«, sagte Merz. »Willst du auch nach Hause?«

»Noch nicht«, sagte sie. »Bald. Aber jetzt will ich hier sein.«

Monsieur und Madame Fahrami, ihre netten Vermieter, stellten noch weniger Fragen, vielleicht weil sie wussten, dass Fernando Kullmann und seine kleine süße, süße Tochter ohnehin kaum ein Wort verstanden. Aber sie wollten auch nie irgendetwas von Merz wissen, nie seine Papiere sehen, und er hatte das Appartement erst für einen, dann zwei und schließlich drei Monate im Voraus bezahlt. Fahramis boten ihm an, ihre Tochter, die ein wenig Deutsch sprach, mit ihm loszuschicken, damit er für Linda, die nur Gummistiefel und Sandalen hatte, neue Schuhe kaufte und ein paar Klamotten für die an der Rhône ziemlich oft nasskalten Herbsttage.

Ein anderer Gast im L'étoile, ein Dauermieter wie sie, übersetzte ihnen, was die um das hübsche Mädchen besorgte Madame Fahrami Monsieur Kullmann mitzuteilen hatte. Ezad Hozain trug einen blauen Anzug mit gelbgoldenen Nadelstreifen und den scharfen Bügelfalten des Ungeliebten. Er war vielleicht Ende vierzig, vielleicht Anfang sechzig und sprach ein klirrend helles, auf amüsante Art bedrohlich klingendes Deutsch, vielleicht, weil er lange in Hessen gelebt und dort, in Darmstadt, praktiziert hatte; er war, ausgerechnet, Zahnarzt.

»Aber nur keine falsche Bange, Kullmann!« Monsieur Hozain lachte laut in der blendenden Sonne, die wie Honig die Rue de l'Alma herunterfloss. »Ich bin nun zu alter Mann für den Schaden am Mund.«

Rousha, die Tochter der Fahramis, war eine stille Mittvierzigerin, kultiviert, lebensklug, mit lächelnden Augen, und arbeitete als Lehrerin für Klassische Gitarre im 9. Arrondissement, in Gorge de Loup. Merz vertraute ihr, und Linda fand sie super. Sie fuhr einen roten Subaru, der aussah, als hätte er monatelang auf dem Grund der Rhône gelegen, »la Sübarü« nannte Rousha ihr Auto. Immer sprach sie mit Lindy auf Augenhöhe. Tolle Haare, schöne Finger, weiche Haut, kluges, kluges Blitzen im Blick und irre lange Beine hatte Linda nach Roushas Ansicht.

»Du bist ein ganz besonderes Mädchen, Annabella«, sagte sie.

Und Linda antwortete, sie wisse das. Aber es sei ja jeder irgendwie, na ja, fast jeder, etwas Besonderes.

»Guck, da gehen wir shoppen für dich!«, sagte Rousha, als sie an der Place Bellecour aus der Tiefgarage im Erdinneren zurück ans Tageslicht kamen. »Da ist das Kaufhaus, und weißt du, wie es heißt? Es heißt Frühling!«

Merz genoss Roushas Gegenwart. Mit einem Mal fühlte er sich sicher und unangreifbar, weil er nicht mehr mit Lindy allein war und sie unnötigen Gefahren aussetzte. Zusammen mit Rousha schienen sie eine normale Kleinfamilie zu sein; zum ersten Mal, seit sie in Lyon waren, nahm Merz trotz des Risikos, auf einem der Plätze voller Touristen erkannt zu werden, in der Innenstadt seine Sonnenbrille ab.

Es war ein leuchtend blauer Oktobertag.

Er schlug die Beine übereinander und blinzelte in das goldene Herbstlicht hinaus. Bruno war erstaunt, wie viele Leute vorbeigingen, alte, junge, Kinder, die alle den schmalen Durchgang nutzten. Er hatte dieses kleine Café nie bemerkt, obwohl Babs um die Ecke wohnte, in einer Parallelstraße zum Lattenkamp. Die Passage führte über viele Stufen runter zum U-Bahnhof, und er musste hier des Öfteren hinuntergesprungen sein, um die Bahn noch zu kriegen; ein bisschen wirkte alles wie in Frankreich, in Grenoble oder einem ruhigeren Pariser Viertel. Schon dachte er wieder an Raimund, aber war das ein Wunder? Seinetwegen saß er hier Floriane gegenüber, die das Café vorgeschlagen hatte, als er sie anrief und um ein Gespräch bat.

»Mir will nicht in den Kopf, was er mit diesem absurden Verhalten bezweckt«, sagte sie. »Kannst du mir da auf die Sprünge helfen? Selbst ihm dürfte klar sein, dass er sich mit der Verschleppung seiner Tochter ums Sorgerecht für beide Kids gebracht hat, dass man ihn einsperren wird, dass er seinen Job los ist und dass er sein Insektengeschreibsel in Zukunft in irgendwelchen Dünnbrettbohrerblättern drucken lassen kann. Hallo?« Sie streckte einen Arm in die Höhe. »Du hast dein Leben ruiniert, Schatz! Er wird bestenfalls noch als Kloakenreiniger

Arbeit finden, wenn er wieder draußen ist. Tja, was meinst du, wem das egal ist? Ich bin fertig mit ihm, endlich, nach vierzig Jahren Freundschaft und Liebe und Ehe und Resignation und Enttäuschung, ist Sense.«

Floriane erzählte, dass sie derzeit alles daransetze, Raimund jeden Rückweg zu verbauen. Die anonymen Briefe an den *Tag*, natürlich stammten sie von ihr, wem sonst? Ha! Und es würden weitere folgen.

»Du glaubst, der gefälschte Lebenslauf, das falsche Diplom, das war es schon?« Sie lachte. Sie war wie im Rausch, euphorisiert. »Lüge und Betrug, seit ich ihn kenne.«

»Kennst du ihn denn?«, fragte Bruno. »Ich meine, wie er wirklich ist, weißt du das?«

»Und du?«, gab sie zurück. »Was soll die Frage denn? Glaubst du, dass du ihn kennst? Schreib doch ein Buch über ihn.«

Sie war dabei, das Haus zu verkaufen. Das Auto, dieses lachhafte Gefährt, hatte sie schon vor ein paar Tagen verscherbelt, zu einem Spottpreis. Für sich und ihr Neandertalerkind suchte sie eine Altbauwohnung, in Eimsbüttel oder wo immer. Ihretwegen auf dem Saturn. Kennen! Kein Mensch auf der Welt kannte irgendwen. Alles vorgetäuscht, das ganze Geschwafel von Liebe, bla, Freundschaft, bla, Austausch, bla, bla, bla.

Sie sah furchtbar erschöpft aus. Wie von innen heraus zernagt wirkte sie, nervös bis in die Spitzen ihrer dünnen Haare. Bruno versuchte vergeblich, sich in Raimunds Frau hineinzuversetzen, Flori, er sah sie vor sich in dem wilden Garten auf der Feldmark, sah sie in ihrer Souterrainbutze in Selly Oak sitzen, umgeben von Sung, Richard dem Faultier, Rose und Merp und Perd, während Ray in der Küche den Abwasch machte und dabei The Cure hörte. Bruno meinte, Mitleid mit ihr haben zu müssen, aber traute sich nicht, etwas zu sagen oder nur anzudeuten.

Eine Nachricht von Alice kam. »Süßer Schatz …«

»Ich würde gern auch über Linda reden«, sagte Bruno.

»Ja? Wie lieb von dir. Nichts von dem Kind gehört«, sagte Floriane und lächelte. »Schon seltsam, findest du nicht?«

»Machst du dir Sorgen um sie?«

Sie lachte wieder. »Sorgen? Um meine Tochter? Die entführt wurde von ihrem eigenen Papi? Warum sollte ich mir um dieses Kind Sorgen machen, hm? Weil es sich nicht bei mir meldet, gar nicht, seit fünf Wochen nicht? Pfff.«

»Du glaubst also auch, Raimund ist mit Lindas Einverständnis untergetaucht, ja? Aber wie kommst du darauf, dass sie sich vielleicht gar nicht bei dir melden will?«

»Ich glaube gar nichts, wenn es um ihn geht. Kann ein Kind einverstanden sein, wenn es gekidnappt wird? Ich bitte dich, Bruno DeWitt. Man merkt, dass du keine Kinder hast.«

»Nein, ich habe keine.«

»Sei froh!«

»Warum glaubst du also, dass Linda dich nicht anruft, auch wenn sie es vielleicht könnte?«

Bruno sah eine ältere Frau vor dem Fenster vorbeigehen, die ihn an Babs' Mutter erinnerte. Er winkte der Kellnerin, verlangte die Rechnung, und blitzartig sah er das alte Kino vor sich, oben am Ende der Straße, in die die Passage mündete, ein Rotklinkerbau mit einem überraschend großen Saal, darin hatten Babs und er einmal mit ihrer Mutter gesessen und sich einen Film mit Isabelle Huppert angesehen, der Babs' Mutter zum Weinen brachte.

Floriane sah in das Licht. Ihr Profil, die wächserne Gesichtshaut, unter der sich deutlich der Schädel abzeichnete, war keine Armlänge entfernt. Er sah die Kontaktlinsen auf den Pupillen, ihre Lider, ihre Lippen, sie bebten; und Flori strich sich mit der flachen Hand übers Gesicht, kurz drückten sich die Fingerkuppen in ihre Haut, dann blickte sie ihn mit einem Mal an und lächelte: »Priska war eine Wiedergutmachung für das Kind, das er seiner dänischen Bettfreundin gemacht hat, und Linda war unser Versuch, eine Familie zu sein. Aber der Versuch ist so was von kläglich gescheitert, ich kann dir sagen!«

Wie konnte ein Kind ein Versuch sein, und wie konnte ein Kind ein gescheiterter Versuch sein, fragte sich Bruno, er verstand es nicht. »Ich danke dir, dass du gekommen bist«, sagte er. »Und ich danke dir auch, dass ich mit Priska reden darf. Du kannst natürlich dabei sein. Ich rufe dich an.«

»Mach das«, sagte Flori amüsiert, wirkte dabei jedoch unvermindert deprimiert. Sie schien sich an etwas zu erinnern und zog ihr Smartphone aus der Handtasche.

Während Bruno bezahlte, wischte sie mit dem Zeigefinger über das Display, und mit ausdruckslosem Gesicht hielt sie ihm plötzlich das Gerät vor die Nase.

Auf dem Foto zu sehen war ein hellblau-weißer Kinderrucksack in der Form eines Tiers mit schwarzen Knopfaugen, brauner Nase und großen Backentaschen, das an einen Biber erinnerte. Der Rucksack stand geöffnet auf einem Tisch, und neben ihm lagen nach Größe sortiert, in bezifferten Asservatenbeuteln, dutzende Gegenstände, Schlüssel, Kabel, mehrere ältere Handys, ein paar kleinere Stofftiere, Mützen und viele verschiedene bunte Dinge, die Bruno nicht zuordnen konnte, ihm aber wie Kindersachen, wie Spielzeug vorkamen.

»Die Beute der Linda Annabella Merz!«, sagte Floriane triumphal und voller Sarkasmus. »Alles, was nicht niet- und nagelfest war in dem Schullandheim, hat das süße Elsternkind in sein Beutelchen gepackt. Possierlich, oder?«

Bruno fragte, woher die Aufnahme stamme und weshalb er nichts von dem Foto wisse.

Flori zog einen Geldschein aus ihrer Handtasche und legte ihn neben Brunos Teller.

»Ist schon gut, das bezahlt der *Tag*«, sagte er.

Und Flori sagte: »Nein, bezahlt er nicht, nicht für mich. Du weißt so einiges nicht, lieber Freund meines lieben Mannes! Oder weißt du, wie viel er mir gestohlen hat? Zehntausende Euro hat er sich von meinem Konto geholt, ich war einfach blauäugig.«

»Du verkaufst doch das Haus«, sagte Bruno. »Und das

Auto ist schon verkauft. Von dem Geld müsste doch auch etwas ihm zustehen.«

Sie lachte. »Wie niedlich. Selbst schuld, Raimund Merz. Keinen Cent kriegt er! Übrigens denke ich, dass ich dir nicht trauen sollte, Bruno, nein, ich halte es für gut möglich, dass dir alle auf den Leim gehen und du in Wahrheit als einziger Mensch weißt, wohin er das Kind verschleppt hat. Na komm, gib's zu. Birmingham?«

Er hob die Hände.

In England hatte er nichts erfahren. Für ein Interview mit Peter Gabriel war er nach Bath geschickt worden und hatte eine Erkundigungstour damit verbinden können. Mit einem Mietwagen fuhr er nach Süden und am Nachmittag stundenlang zurück nach Birmingham. Merp und Perd konnte er ausfindig machen, Merpati und Perdana waren verheiratet und hatten eine Gemeinschaftspraxis in Brindleyplace; aber von Ray, Flori oder Richard dem Faultier hatten sie nie wieder gehört.

Bruno versuchte noch einmal, sich Floriane vorzustellen, die Einserschülerin, die Vorzeigestudentin, die erfolgreiche Kieferchirurgin. Aber es gelang ihm nicht, er sah nur Enttäuschung, Verzweiflung. Ihm kam der Verdacht, dass die Gründe nirgendwo sonst lagen als bei unbedingtem Vorankommenwollen, Anerkanntseinmüssen, Leistung, Erfolg.

Einmal kurz blickte sie ihm in die Augen. Sie tat ihm leid.

»Sei's drum. Irgendwie bist du ein cooler Typ, ich mag dich, Bruno. Das Foto hat die Polizeipräfektur Paris gemacht. Lindas Ottaro-Rucksack. Ein Geschenk meiner Mutter. Man hat ihn im Zug gefunden, Lindas letztes Lebenszeichen, bevor sie das gemacht hat, was ich jetzt auch mache.«

Floriane ging, sie hob kurz die Hand, dann verschwand sie durch die Passage, die unter dem Mietblock hindurch zum U-Bahnhof führte. Bruno blieb noch etwas in dem Café sitzen, er wollte Ali schreiben, er vermisste sie und sehnte sich nach ihr; aber mit einem Mal überwältigte ihn die schmerzliche und bestürzend wirkliche Erinnerung an seine Mutter. Er entsann sich ihrer endlosen Gespräche, seines Ringens um zusammenhängende Äußerungen, seines Bedürfnisses, verständliche Sätze zu verbinden, damit die Dinge an Klarheit und Schärfe gewannen, damit man reden, sich austauschen, Zweifel teilen konnte – indes seine Mutter, so kam es ihm vor, von einer eilends herbeigesuchten Wahrheit zur nächsten sprang, von einem Dünkel zum anderen, einem Vorurteil zum nächsten. Nie schien es ihr Ziel zu sein, sich mit ihm oder seinen Schwestern oder ihrem Mann über was auch immer ins Einvernehmen zu setzen, es ging allein darum, Verwirrung zu stiften, die Dinge, die ihr Angst machten, zu verhindern, damit sie mit ihrer Verzweiflung nicht alleinblieb.

»So langsam musst du los«, rief er durch den Flur ins hintere Zimmer. »Sie kann doch vorm Haus nicht parken! Hast du alles? Nimm bitte eine Flasche Wasser mit und die Bücher, die Rousha uns geliehen hat. Lindy, wo ist dein Rucksack?«

»Quel sac à dos?«, rief sie zurück.

»Na, dieser Biber. Wie heißt der Pokémon-Biber gleich? Der Biber mit dem Otternamen?«

»Moustillon, tu veux dire. Ou en allemand Ottaro.«

»Ja. Wo ist der Ottaro-Rucksack. Hab ihn schon Urzeiten nicht mehr gesehen. Wo steckt der?«

»J'en sais rien. Disparu, on dirait.« Da war sie. Linda kam durch den Flur, sie hatte sich ihre Gitarrentasche auf den Rücken geschnallt, Sneakers an und die schwarze Skinny Jeans von Uniqlo, für die sie sich bereiterklärt hatte, drei Monate lang täglich die Zeitung aus dem Bar-Tabac in der Rue Ozanam zu holen. Wenn Merz dort mal selber hinging, fragte man ihn inzwischen: »Eh? Où est Annabella?«

»Verschwunden?«, fragte er. »Wohin denn?«

»Perdu? J'en sais rien, moi!«

»Linda! Verloren! Hörst du bitte auf mit dem Französisch und sagst mir, wo dein Rucksack geblieben ist?«

»Im Zug. Dans le train.«

Sie sagte das teilnahmslos, stand am Fenster, halb verdeckt vom Vorhang, und blickte auf die Rue de l'Alma hinunter. Rousha würde jeden Moment um die Ecke kommen und hupen. Seit sieben Wochen holte sie das Kind jeden Mittwochnachmittag zum Gitarrenunterricht ab, wenn sie von ihrem Job in einem Café im Zentrum nach Haus fuhr.

»Im Zug. Okay. In welchem«, sagte Merz ruhig.

»In dem Zug, mit dem du mich gekidnappt hast. Dans le train qui t'a servi à me kidnapper. Da hab ich ihn unter den Sitz geschoben, placé sous le siège.« Durch einen Spalt in dem alten Vorhang sah sie ihn an. »Weißt du nicht mehr?«

»Non, weiß ich nicht! So lange ist er schon weg?«

»Tu ne te rappelles pas! Ich hab alle Kleidungssachen bei dir in den Koffer getan. Tous mes vêtements.«

»Ja, weiß ich noch, das war merkwürdig. Aber hör jetzt auf, das ist mein Ernst! Oder bist du eine Sprachschule?«

»Oui, plutôt bizarre. Ah, voilà! La Subaru«, sagte Linda und ging durchs Zimmer zur Tür, die Gitarre immer auf dem Rücken, wie ein riesiger Falter mit schwarzen, zusammengerollten Flügeln.

»Kannst du mir bitte eine Antwort geben?«

»C'est parce que mon sac était rempli de trucs.«

»Rucksack voller Dinge. Hä? Was denn für Dinge?«

»Pfff.«

»Linda! Lindy. Sag mir die Wahrheit. Auf Deutsch. Redest du von geklauten Sachen? Aus dem Schullandheim?«

»Nur von den ganz Beknackten aus der Klasse. Juste celles des cinglés de la classe. Les automates en chef.«

»Von den Oberautomaten«, sagte Merz, »ich verstehe schon. Denen ohne Gehirn.«

»Oui. Ceux qui ont plus de cerveau.«

Schon stand sie in der offenen Wohnungstür. Der alte Fin-de-siècle-Duft des L'étoile, des Sternentreppenhauses, drang in die Wohnung.

»Papa, ich muss los.« Unten hupte es. »Da. Hörst du?«

»Bon. Alors. Wie viele Sachen? Drei, fünf? Und was genau? Sag mir das bitte noch.«

»J'en sais rien. Hm. Dreißig? Une trentaine. Mützen. Des casquettes. Socken. Des chaussettes. Trois téléphones portables! Drei Handys und Ladekabel. Des chargeurs. Zwei schöne Uhren! Deux belles montres! Salut. À plus!«

Bis später. An Mittwochnachmittagen hatte er sich angewöhnt, auch selber aus dem Haus und runter in die Stadt zu gehen. Meist führte ihn sein Weg an der Ruine des antiken Amphitheaters vorbei und durch die Rue Terme zur Place de la Paix. Auf den belebten Platz mündeten Straßen und Gassen, in denen Läden für alle Dinge waren, die Merz sich Stück für Stück zusammenkaufte, Nähzeug, einen Handtacker, Rasierklingen, Heftklammern, Stoff, Stoffhandschuhe, Lack, einen so federleichten wie furchtbar scharfen Cutter. In der alten Rue Terme gab es ein Blumengeschäft, dessen Fassade aus lauter dunkelgrünen Schieferplättchen bestand; vor dem Grün leuchteten die Blüten der an der Straße stehenden Blumen selbst an grauen Tagen, und die schlohweiße Japanerin, der der Laden gehörte, auch die hatte er, ohne dass sie es ahnte, ins Herz geschlossen. Die Blumenjapanerin bewegte sich langsam, so langsam, als gäbe es für Leute wie sie eine andere Zeit, und man müsste nur alt oder mutig genug sein, um hinüberzuwechseln. »Keine Blumen« hieß ihr Laden, »Pas de fleurs«, denn alle Blumen in ihrem Geschäft waren aus Plastik, zumindest schien es so.

Ein paar Läden weiter kaufte Merz jeden Mittwoch den *Tag*. Um kein Risiko einzugehen, besorgte er sich die Zeitschrift nicht in der Rue Ozanam, wo alle, die dort die Zeit totschlugen, zwar Lindy liebten, ihm gegenüber aber skeptisch und einsilbig geblieben waren. In der Rue Terme war er nur irgendein Deutscher, der sein deutsches Wochenmagazin kaufte und dann für sieben Tage wieder verschwand. Aus einem Radiogerät, das live schon vom Amtsantritt Präsident Giscard d'Estaings berichtet hatte, dudelte ein Schlager von Claude »Cloclo« François, den Rousha manchmal summte: »Belles, belles, belles comme le jour …«

Im *Tag* verfolgte er Woche für Woche den anscheinend unaufhaltsamen Niedergang des Fußballklubs, für den seit 1969, als er vier gewesen war, sein Herz schlug. Der HSV verlor und verlor, mal unglücklich, mal haushoch, und bald war er abgeschlagen und blieb selbst mit einem neuen Trainer, und auch mit einem weiteren neuen, Tabellenschlusslicht. Merz stellte sich Bruno vor, er sah das schmerzverzerrte Gesicht des Freundes vor sich und hörte ihn nach der angemessenen Bezeichnung suchen: »Ist das ein Desaster? Ein Fiasko? Der Ruin?« Er selbst blieb angesichts der Negativserie seines Vereins gelassen. Der HSV würde nicht absteigen.

Zu seiner Verwunderung erschien im *Tag* auch Anfang Dezember, nach bald drei Monaten seit ihrem Untertauchen, kein Artikel über Linda und ihn. Am Quai St. Vincent, wo die Abendsonne besonders klar auf die Saône schien, las Merz wöchentlich in einem kleinen Café zwischen Rue des Augustins und Rue d'Algérie die Artikel, die von Bruno erschienen, darunter einen über die Musik und die Trennung der frühen Genesis. Bruno war nach England geflogen und hatte Peter Gabriel interviewt. Er war nach Bath gefahren und auf den Solsbury Hill hinaufgewandert; auf einem Foto, einem Selfie wohl, war er zu sehen, nur Bruno, Gras und blauer Himmel.

Im November hatte *Der Tag* Brunos große Reportage zur Schule von Barbizon gebracht. Hin und wieder kam der echte Fernando Kullmann zu Wort, und ein Foto aus der Stuttgarter Staatsgalerie zeigte ihn zwar, doch nur aus einiger Entfernung und im Profil; der Mann auf dem Bild konnte ebenso gut der Kullmann aus dem L'étoile sein.

Merz las den Artikel aufmerksam, dabei hörte er Brunos Stimme. Er fragte sich, wie es seinem Freund wohl ging, was er machte, wenn er nicht reiste, recherchierte oder schrieb, ob er noch immer mit Alice zusammen war, noch immer regelmäßig den Sonnabend mit Babs verbrachte und die anderen Tage und Nächte mit anderen Frauen. Merz merkte, dass die Gedanken an Bruno ein Ablenkungsmanöver seiner alles und jeden verdrängenden Gedanken waren. Er nahm sich vor, mit Rousha über Lindas kleptomanische Neigung zu sprechen. Mit Rousha konnte er reden. Sie erklärte ihm, wie man in Frankreich zu der dünnen Kaffeeplörre sagte, die er kochte, »jus de chaussettes«, »Sockensaft«. Mit ihr konnte er lachen. Sie war ihre Vertraute geworden, vor allem für Lindy, allerdings eine, die sie im Unklaren ließen. Nicht mal, wie sie wirklich hießen, wusste die wundervolle Rousha.

Obwohl es an der Rhône allmählich kühl wurde, lief er jeden Mittwoch, bis Rousha schrieb, dass sie und Linda losfuhren, durch das Viertel zwischen Oper und Place

Bellecour. Madame Fahrami hatte ihm einen ausgedienten Wollmantel ihres Mannes überlassen, mit dem er nach Roushas Ansicht wie ein Cousin von Jean-Louis Trintignant aussah, wenn er so durch die Lyoner Straßen wanderte. Im Norden des Einkaufsquartiers wurden sie verwinkelter, viele verborgene Innenhöfe gab es dort, Durchgänge, Treppen, die nach La Croix-Rousse hinaufführten, geeignete Fluchtwege, von denen er an jedem Nachmittag einen anderen sondiert und sich eingeprägt hatte. Merz ging wie jeden Mittwoch zum Schluss noch zum Platz mit dem imposanten Pferdebrunnen, an dem das leuchtend gelbe Gebäude des Museums lag. Es hatte einen im Spätsommer lieblichen, im Spätherbst aber seltsam leer anmutenden kleinen Innenhof mit symmetrisch angelegten Wegen, Rabatten und Hecken. Die Bänke waren leer, die Arkaden, die Terrasse im ersten Stock, die Passage, die zurück zum Brunnen führte, alles war leer, bloß alle paar Minuten kam noch jemand in den Hof des Musée des Beaux-Arts, und meist war es dann ein Techniker oder eine Angestellte. Er blieb nirgends stehen. Er tat, als vertrete sich einer wie er hier nur die Beine, unternehme nach langen Bürostunden einen Spaziergang. Ein später Besucher; er blickte in den Himmel. Tauben flatterten umher, Krähen saßen herum, ja wirklich, auch der Herbst war schon beinahe vorüber. Die Platanen im Innenhof waren fast kahl.

Dort oben, im ersten Stock, auf Höhe der fast kahlen Wipfel, hinter den von grauen Gardinen verhängten Fenstern zur verwaisten Terrasse des Museumscafés, hing in einem nicht sehr großen Saal unweit des Treppenhauses das Bild.

Auf dem Heimweg durch den frühen Abend begegnete ihm an einer vom Lärm umbrandeten Straßenkreuzung sein Nachbar im L'étoile. Monsieur Hozain war unterwegs zu seinem »Herzschneider«, wie er erläuterte. Als hätte ihm die wunderliche, unheimliche Berufsbezeichnung den Gedanken eingegeben, fasste sich Ezad Hozain mitten auf der Rue Terme ein Herz. Er hielt inne, packte Merz am Mantelrevers, schüttelte ihn und fragte nach den Absichten des Rivalen: Gab es eine Zuneigung zu Rousha Fahrami, die ihn, nein die ganze Welt »hineinpresste in den Schmerzkummer«?

»Offen hinaus mit der Sprache, Kullmann!«

»Nein, Hozain«, sagte Merz, »keine falsche Bange. Von mir haben Sie keinen Schmerzkummer zu erwarten, und die Welt auch nicht. Also lassen Sie mich los. Loslassen!«

Grau und kahl waren die Bäume in der Siedlung. Am Ende des Gartens blickte man auf die Böschung des Bahndamms, und jenseits davon lag der Ohlsdorfer Friedhof. Die uralten Bäume dort, die höchsten der Stadt, die Dächer der Toten, Schatten spendend auch Brunos Eltern und Großeltern, die es irgendwann in Rezessionszeiten von der Westerwoldschen Aa an die Elbe verschlagen hatte.

Stöcke, Äste, vorjähriges Laub auf dem verwilderten Rasen und in seit Jahren ungestutzten Hecken. Hinter einem vermoosten, von wochenlangem Regen durchnässten Gartenhäuschen preschte alle paar Minuten eine schreiend rote S-Bahn vorbei und warf die Szenerie zurück in schlammfarbene Tristesse. Bruno wunderten die doppelten Sicherheitsschlösser an jeder Tür ins Freie. Er sah das blinkende Signal einer Alarmanlage. Alle fünf Minuten, im Wechsel mit der S-Bahn, piepte es.

Inger setzte hinterm Tresen der offenen Küche einen Espresso auf. Es war seltsam, sie leibhaftig vor sich zu sehen. Hin und wieder summte sie. Manchmal sagte sie ein Wort zu dem Hund, der im Wohnzimmer herumlag und sich an dem Gast nicht störte, manchmal lächelte sie aufmunternd zu Bruno herüber. Sie hatte eine alte Jeans an, einen roten Rollkragenpullover, Chucks. Sie hatte die Haare hochgebunden und trug keinen Schmuck.

»Danke noch mal fürs Herkommen«, sagte sie. »Ich freue mich, dass Raimund einen wirklich guten Freund hat. Das macht mir Mut für ihn!«

Bruno irritierte ihre Art. War das eine besonders gut kaschierte Form der Ironie, oder war es möglich, dass Inger tatsächlich derart freundlich und zugewandt war?

»Es wird Zeit, dass man ihn findet«, gab er zurück. »Je länger er verschwunden bleibt, umso schwieriger wird es für das Kind, die Sache zu verwinden. Zumindest ist das die Ansicht der Psychologin, mit der ich gesprochen habe.«

»Und sehen Sie das genauso?«

»Ich weiß nicht. Es fällt mir schwer, mich in das Mädchen hineinzuversetzen, noch schwerer als in ihn.«

Seit er das Haus betreten hatte, wartete er auf eine Gelegenheit zur Aufheiterung, wenigstens Auflockerung, auf einen Ausweg aus der Bedrücktheit der Situation, aber es bot sich keiner.

Er war beklommen und konnte nicht aufhören, das grüne Gekritzel auf dem Druck zu betrachten, der vor ihm an der Wohnzimmerwand hing. Eindeutig Twombly. Überall an den Wänden hingen Gemälde, die in scharfem Gegensatz zu dem tristen Garten und der deprimierenden Stille in der Siedlung standen, Bilder vom Meer, von Inseln, von Vögeln, Wolken, Küsten, und ein jedes lebte und pulsierte vor lauter Licht. Inger verwahrte in ihrem Haus die schönsten Ölgemälde und Aquarelle ihres Vaters, hatte sie erzählt. Außerhalb Dänemarks kannte Mads Rasmussen kaum noch jemand, und die wenigen dänischen Museen, die moderne Landschaftsmaler zeigten, hatten alle ihre drei, vier Bilder von ihm und brauchten keine weiteren. Bruno fragte sich, an welchem der Seestücke Ingers Vater auf Sejerø wohl zuletzt gemalt hatte. Seine Gedanken eilten hierhin und dorthin; und so saß er da, auf einem der weißen Sofas dem Mädchen gegenüber, das keinen Ton sagte.

Erst vor ein paar Tagen hatte er sich am anderen Ende der Stadt in Florianes Beisein mit Raimunds Tochter Priska unterhalten, und jetzt hatte er ihre Halbschwester vor sich und war verblüfft, nein konsterniert, wie ähnlich die beiden Mädchen einander waren.

»Sleipy, du Schlafsocke, geh aus dem Weg.«

Inger stieg über den Hund, und Bruno stand halb auf

und nahm ihr die Tasse ab. Kurz stand sie im Gegenlicht vor ihm, und er sah, wie schmal sie war, Arme, Schultern, Taille. Sie musste fast fünfzig sein; und dennoch konnte keinen Augenblick lang ein Zweifel daran bestehen, dass es für Jungs wie Raimund und Moritz eine haarsträubende Prüfung bedeutet haben musste, zusammen mit Inger in einem Zweihundertseelennest zu leben.

»Ich schlage vor, dass ich mich nach nebenan verziehe, mein Schatz«, sagte sie zu ihrer Tochter.

Pippa sah zu ihr auf, verzog keine Miene, aber äußerte ebenso wenig einen Einwand.

»Sie können gern hierbleiben«, sagte Bruno, »bitte. Ich möchte Pippa nicht verunsichern. Es geht bloß um ein paar Informationen.«

»Ich lasse die Tür auf«, sagte Inger. Plötzlich hockte sie sich hin und blickte dem Mädchen so lange in die Augen, bis ihm ein Lächeln übers Gesicht lief. Dann strich sie ihrer Tochter durchs Haar. Bruno kam es vor, als hätte er noch nie so schmale Finger gesehen. Pippa drückte die Schläfe gegen Ingers Hand, über die das blonde Haar fiel, das nur einen Hauch dunkler war als das der Mutter.

»Das ist kein echter Twombly«, sagte Bruno.

»Doch, doch.« Inger drehte sich um und sah das Gemälde an. »Der ist echt. Das ist ja das Problem. Lassen Sie uns in zehn Minuten ein bisschen rausgehen, runter zum Fluss, wenn Sie mögen«, sagte sie zu Bruno. »Dann kommt sowieso eine Freundin von Pippa. Die beiden drehen eine Runde mit den Rädern. Sleipner muss rennen, wissen Sie.«

Sobald Inger gegangen war, veränderte sich Pippa; ihr Blick wich Brunos nicht länger aus. Es war deutlich zu spüren, dass sie der Befragung durch einen Fremden, einen Journalisten, der ein Freund ihres leiblichen Vaters war, bei aller Scheu durchaus neugierig begegnete.

Bruno hätte etwas Ähnliches gern auch bei Priska Merz erlebt, Floriane war in der neuen Wohnung in Altona aber für keinen Moment Prissy von der Seite gewichen. Es war für alle eine tote Stunde gewesen, leblos, ereignislos, ergebnislos.

»Weißt du, es geht mir nicht darum, irgendetwas über Raimund zu schreiben, was ihn oder irgendwen sonst in ein schlechtes Licht rückt«, sagte Bruno. »Er ist ein guter Freund von mir. Ich möchte gern wissen, wo er ist und ob er vielleicht Hilfe braucht, verstehst du?«

»Meinen Sie, er ist tot?«, fragte Pippa. »Und das kleine Mädchen. Linda. Sie ist ja meine Halbschwester, auch wenn ich sie gar nicht kenne. Sind die beiden noch am Leben?«

»Ich denke, ja. Doch, sind sie! Ich möchte mich mit der Vorstellung, dass ihnen etwas zugestoßen sein könnte – was auch immer –, gar nicht befassen. Lieber so tun, als wären sie irgendwo, verstecken sich, leben bis auf Weiteres ein ganz anderes, eigenes Leben. Eine Auszeit. Allerdings eine ungesetzliche. Linda hat ja auch eine Mutter.«

»Und Lindas Schwester? Priska. Sie ist nur ein bisschen jünger als ich, ein paar Monate.«

»Du wirst sie bestimmt kennenlernen«, sagte Bruno,

»sehr bald. Prissy sieht dir ähnlich, ziemlich ähnlich sogar, aber natürlich ist sie ganz anders. So gut kenne ich sie auch nicht. Sie hat im Innern einen Wirbelwind, sagt Raimund. Ich glaube ja, dass sie eine genaue Vorstellung davon hat, was sie später machen will.«

»Zahnärztin werden?« Pippa verzog das Gesicht.

Und Bruno lachte. »Glaub ich nicht. Können wir über deinen Vater reden, also deinen Adoptivvater, über Moritz?«

Pippa musste schmunzeln, zum ersten Mal hellte sich ihr Gesicht auf. Sie wurde augenblicklich sehr hübsch und ähnelte ihrer Mutter.

»Für mich ist dieses ganze Chaos echt schwer zu verstehen«, sagte sie. »Lange hatte ich wie jeder nur meinen Vater. Dann wussten wir, Papa ist sehr krank, er hat diesen Tumor, er lebt nicht mehr lang, und ich hab mich darauf vorbereitet, keinen Vater mehr zu haben. Dann sagten mir meine Eltern, eigentlich hab ich einen anderen Vater. Da hatte ich auf einmal zwei. Und dann starb Papa. Und dann hieß es, mein wirklicher, mein leiblicher Vater, dieser Raimund, den ich nur einmal und für bloß zwei Minuten gesehen habe, der ist verschwunden.«

»Er hat dich gesehen, bei dem Flashmob im Hauptbahnhof.«

»Ja, ich weiß, Mama hat es mir gesagt.«

»Ich glaube, Pippa, dass mein Freund, dein Vater, ich meine Raimund, in Wahrheit vor dem Tod von Moritz geflohen ist. Er muss furchtbar Angst haben, dass sich bestätigt, was du und deine Mutter schon wisst. Für Raimund bedeutet Moritz' Tod das Wegbrechen aller Erinnerungen, die er auch mit deiner Mama verbindet.«

»Er hat Angst, seine Liebe könnte aufhören, und ein anderes Leben wäre plötzlich unmöglich«, sagte Pippa.

Bruno nickte. »Genau.«

»Mein Vater wusste das. Er hätte sich vor seinem Tod gern noch mit ihm unterhalten, das hat er mir gesagt.«

»Sehr schade, dass es nicht mehr geklappt hat.«

Bruno spürte, wie das Gemälde auf ihn wirkte. Eine seltsame, sanfte Wucht. Er fragte sich, weshalb so ein grünes Gekrakel ihm naheging. Cy Twomblys Bild sprach etwas in ihm an, wonach er seit Langem suchte. Verloren gegebene Kindlichkeit, einen Zugriff auf die Dinge, der unverstellt war, unmittelbar, voller Impulsivität, ohne den Verstand auszuschließen.

Das Mädchen blickte in den traurigen Garten hinaus. Zwei Drosseln hüpften durchs Laub. Und Pippa, Pippa Rauch ließ dreimal kurz nacheinander ein Geräusch hören, das weder ein Wort war noch bloß stoßweises Ausatmen; es erinnerte an weit weg verhallende Schüsse.

»Pau, pau, pau …«

Sie sah Bruno in die Augen – ein Blick, der ihn elektrisierte, denn die Mädchenaugen wirkten plötzlich alterslos.

»Ich sage Ihnen, was das Schlimmste war am Sterben meines Vaters«, flüsterte sie, damit ihre Mutter im Nebenzimmer es nicht hörte. »Es war nicht die Nachricht von dem Tumor, auch nicht die immer dolleren Schmerzen, die er hatte. Er hatte einen Panikanfall in dieser Röhre, dem MRT, er hat sich die Hand darin gebrochen, und er hat eine Zeit fast jede Nacht geweint, wie im Märchen die Kinder, die nachts allein im Wald schlafen. Aber auch das war es nicht. Das Schlimmste war im Treppenhaus der Röntgenpraxis der See aus Kotze. Zwischen zwei Pfeilern war eine Nische, da haben alle, die die Chemo nicht vertrugen, hingekotzt, Papa auch. Einmal, als er schon gestorben war, habe ich mit Mama die Bilder von seinen Computertomografien abgeholt, da wischte eine Frau den Kotzesee auf, eine dicke schwarze Frau mit einem Mopp.«

Bruno konnte darauf nichts erwidern, lange konnte er nicht mal etwas sagen. Er wusste von Inger, dass ihr Mann im Ärztehaus am Speersort Patient gewesen war. Die Redaktion lag nicht weit entfernt. *Der Tag* war fast in Rufweite.

Sie verbrachten die Weihnachtsfeiertage in einem Dorf eine Stunde rhôneaufwärts, stille, graue Tage, an denen es fast die ganze Zeit regnete. Sie zeichneten, lasen, sahen fern, spielten Spiele, lachten, und in dem Gasthof, den ein alter Freund von Monsieur Fahrami betrieb, gab es einen Hund, eine Border-Collie-Hündin, mit der Lindy sich anfreundete und durch das Dezember-Unlicht hinauflief bis zum Waldrand. Cannelle hieß der Collie, Zimt.

Der Bus brachte sie nach Lyon zurück. Der Fahrer war derselbe wie bei der Hinfahrt nach Niévroz, er fragte Linda, wie Weihnachten ihr gefallen habe, und sie antwortete in ihrem Französisch, das Merz tagtäglich mehr erstaunte, es sei das beste Weihnachten in ihrem ganzen Leben gewesen.

Zwischen den Jahren fasste er den Entschluss, Lindys Heimreise nach Hamburg vorzubereiten. Er redete mit ihr darüber und sagte ihr auch beinahe die Wahrheit: Es gab etwas, das war nun so weit, und dafür musste er allein sein im L'étoile, in La Croix-Rousse. Womit hatte er gerechnet? Er war perplex, wie empört Linda darauf bestand, bei ihm zu bleiben. Vor den Fenstern fiel der erste Schnee auf die Rue de l'Alma.

»Du bist gemein! Ich will nie wieder zurück! Jamais!«, rief sie so laut, dass Ezad Hozain klopfte; es konnte niemand anderes sein.

»Jamais, jamais, jamais!«

Die Wohnungstür ging auf, wie von allein.

»Annabella! Brüllen sollen nur die wilden Tiere!«, sagte Hozain in den Flur hinein und brüllte wie ein Flusspferd.

Lindy kreischte.

»Gehen Sie, Ezad«, sagte Merz. »So ein Irrenhaus! Wir müssen hier was klären.«

Schließlich war das Kind bereit zu einem Kompromiss, oder wenigstens dazu, was sie darunter verstand: Sie würde ihrer Schwester schreiben! Mit einem Handy, das danach sofort in den Müll wanderte! Bedingung: Sie beide fuhren wieder nach Niévroz, sobald es aufhörte zu schneien!

»Nein.« Er wusste, wie genau seine kluge Tochter die Worte nahm. »Erst wenn der ganze Schnee weg ist und auch verschwunden bleibt, fahre ich mit dir nach Niévroz. D'acc?«

Sie überlegte. Wie lange es schneite, konnte niemand wissen. Schnee war etwas, das keiner aufhielt. Aber wenn er schmolz, kam der Schnee auch lange, lange nicht zurück.

»D'acc«, sagte Lindy. »Versprichst du's?«

Er wusste, man würde das Handy augenblicklich orten, und selbst wenn sie Prissy aus Niévroz schrieben, würde die Polizei zwei Tage später auf der Suche nach ihnen ganz Lyon durchkämmen. Merz versprach es.

Ihr Kompromiss gab ihm im L'étoile noch etwas Zeit.

»Wir könnten doch zusammenwohnen mit Rousha und einen Hund haben«, sagte Linda, als sie später in ihrem Zimmer lagen, Lindy im Bett und Merz auf dem Fußboden. Vor den Fenstern war es schon dunkel, aber die alten weißen Tapeten speicherten noch das Licht. »Er müsste nur so wie Cannelle sein.«

»Ja, das wäre klasse. Nur würde Monsieur Hozain das nicht so einfach mitmachen.«

»Warum denn nicht? Was hat der denn damit zu tun?«

»Na ja, mein Schatz, es gibt schließlich etwas, das auf Französisch l'amour heißt.«

»Ja, eben drum!« Linda blickte ihn an mit weit aufgerissenen Augen. Endlich, sie sprachen über Liebe! »Und du hast doch Rousha lieb. Ich hab sie nämlich sehr lieb.«

»So lieb wie Cannelle? Wohl kaum.«

»Anders lieb.«

»Ich habe sie auch lieb. Sie ist super. Nur, weißt du,

Ezad, Monsieur Hozain, der liebt Rousha. Das ist noch mal was anderes.«

»Aber Rousha liebt ihn nicht«, sagte Linda. »Das weiß ich zufällig. Über Monsieur Hozain sagt sie: Ce typ est une araignée.«

»Eine Spinne! Das hat sie gesagt?«

»Oui. Elle n'aime pas les araignées. Aber dich schon, dich mag sie. Ziemlich.« Lindy lachte. »Sie kennt dich ja nicht so wie ich.«

»Ja, ich weiß, süßer Schatz. Ich mag Rousha auch. Aber ich liebe sie nun mal nicht«, sagte Merz. »Und ich glaube, sie liebt mich auch nicht.«

»Seufz!«, machte Linda. »Aber hey, du liebst doch auch Mama nicht mehr, oder?«

»Trotzdem ist sie deine und Prissys Mama.«

»Aber du, wen liebst du? Jeder Erwachsene liebt doch jemanden, eine Frau, einen Mann, einfach jeder. Monsieur Hozain liebt Rousha. Und Rousha liebt …«

»… ihre Freundin.«

»Rousha liebt ihre Freundin?«

Merz nickte und machte große, vielsagende Augen.

Linda war sprachlos.

»Und ich, Lindy, liebe auch wen, aber wir haben uns verpasst, und jetzt ist es zu spät. Das kommt leider vor. Nur weil man jemanden liebt, sogar doll liebt, wie die Luft oder das Licht, heißt das nicht, dass man auch wiedergeliebt wird. Das wäre schön, ist aber leider nicht so.«

»Pfff, man darf nur nicht aufgeben, sag bloß, du weißt das nicht?« Linda sprang vom Bett auf. »Ist doch klar, wenn du nicht mit ihr reden kannst, dass sie gar nicht weiß, wie doll du sie liebhast.«

Sie hob ihre Matratze an und langte darunter, und als sie die Hand wieder hervorzog, lag darin ein ziemlich neues und bestimmt teures Smartphone, das hielt sie Merz hin.

»Damit kannst du sie anrufen, Papa! Es funktioniert, und keiner weiß, wer du bist und dass es nicht dir gehört!«

Sobald sie unten am Alsterlauf gingen und Bruno sich sicher war, dass niemand ihnen zuhörte, vertraute er Inger an, was seit letztem Abend feststand und am nächsten Morgen überall zu lesen sein würde: Aus einem Dorf an der Rhône unweit Lyon hatte Linda Merz ihrer Schwester eine Nachricht gesendet. Das dazu verwendete Gerät war binnen weniger Stunden geortet worden: ein vor rund sechs Wochen in Lyon als gestohlen gemeldetes Smartphone. Keine Minute, nachdem das Handy die Nachricht an Priska verschickt hatte, war sein Signal verstummt.

»Also sind sie in Lyon!« Inger war sich sicher, und sie freute sich, Bruno sah es an ihrem Mienenspiel, ihren Bewegungen. »Aber warum ausgerechnet da?«

Düster neben ihr herschreitend, nickte Bruno DeWitt. »Das ist die Frage.« Er blickte hinauf in die immer noch beinahe winterlichen Wipfel. Sie versteht seine Art, den Dingen eine Sprache zu geben, dachte er.

»Egal, egal, egal!«, sagte Inger, es klang fast wie ein

Kinderlied, so freudig. »Das Wichtigste ist, dass wir ein Lebenszeichen haben!«

»Linda schreibt, dass sie sich wohlfühlt in ihrer ›Sternenbude‹, dass der Schnee endlich ganz weg ist und von einem Hund, den sie liebhat. Ihre Mutter erwähnt sie mit keinem Wort. Haben Sie auch das Gefühl, das ist gar nicht wirklich eine Nachricht von dem Mädchen, sondern in Wahrheit eine von Raimund? Sie ist an uns gerichtet, davon bin ich fest überzeugt.«

In dem morastig riechenden Flüsschen schien keinerlei Strömung zu herrschen. Ein kleiner Pulk schneeweißer Enten schwamm auf der Stelle und wartete ab, ob die zwei Menschen etwas zu fressen warfen. In einiger Entfernung lag ein verwaister Spielplatz, dort hechtete ein junger Cocker einem Ball nach und kläffte, kläffte und kläffte. Im Ufergehölz pfiff jemand nach dem Hund. Irgendwo hier, dachte Bruno, hier bist du irgendwo gewesen, mein Freund.

»Falls es so ist, wie Sie sagen, verstehe ich seine Botschaft nicht.«

Inger blieb stehen, blickte über die zum Ufer hin abfallende Wiese und hatte mit einem Mal Tränen in den Augen.

»Warum weinen Sie, hm? Bitte, weinen Sie nicht.«

»Es ist fast so, als wäre er tot, wie mein Mann tot ist«, sagte sie. »Als könnte er sich nicht verständlich machen und müsste darum das Mädchen bitten, von ihnen zu erzählen.«

»Nein, finde ich nicht«, sagte Bruno. Er überlegte kurz,

ob er sie in den Arm nehmen sollte, und dann machte er es und hielt sie fest. Inger war so dünn, sie war selber fast nicht mehr da. Alles an ihr bebte. »Die Toten geben uns keine Nachrichten davon, wie es ihnen geht«, sagte er. »Er lebt noch, und wie, er will doch zu Ihnen, weiß nur nicht, wie!«

Sie machte sich los. »Kommen Sie!« Mit großen Schritten eilte sie davon. »Ich zeige Ihnen was, Bruno, nicht weit weg! Sie werden Augen machen. Kommen Sie mit!«

Bruno folgte ihr, holte sie ein, und nebeneinanderher überquerten sie auf einem durchweichten Sandweg die Wiese, unter der sich unsichtbar der Fluss ausbreitete, denn im Gras und im Unterholz stand in Pfützen und Tümpeln überall das Wasser der Alster. Wortlos gingen sie weiter, über eine schmale Brücke, dann in ein kahles Ufergehölz. Manchmal kam ihnen ein Jogger entgegen, manchmal stand jemand am Ufer und wirkte verloren, jedoch gar nicht unglücklich über sein Unglück, sondern mit der Frage beschäftigt, was ihn an so einen schaurig tristen Fleck verschlagen hatte.

Aber nur trist war es an dem Fluss gar nicht. Immer wieder hörte man in der Ferne Jubel aufbranden, dort musste ein Sportplatz oder Bolzplatz sein. Richtig, denn irgendwann sagte Inger, ganz in der Nähe sei Pippas Schule.

»Die Andreas-Gryphius-Schule«, sagte Bruno.

Und Inger staunte. »Hat er Ihnen das erzählt?«

Woran Bruno lächelnd dachte, behielt er für sich. Ihm fiel ein, wie Gryphius den Liebeskummer nannte: »der

Liebe Eisen-harte Noth«, das waren vierhundert Jahre alte Worte.

Sie kamen zu einer Flussbiegung, über der mächtige Bäume ihre Wipfel verschränkten; außer ihnen beiden war kein Mensch dort unterwegs. Inger blieb stehen. Sie waren am Ziel. Im Schatten der Kastanien hob sich vom übrigen, völlig kahlen Strauchwerk ein Busch ab, dessen Blätter dunkelgrün leuchteten, und auch die Gestalt des Gebüschs erschien Bruno wie ein trotziges Inbild der Lebendigkeit. Nirgends war ein anderer wie dieser zu sehen, obwohl am Alsterlauf nicht wenige ähnliche Büsche wuchsen, die jedoch allesamt grau und blätterlos waren. In dem grünen, vor dem sie standen, huschten Vögel umher. Sie tschilpten, schimpften und hüpften durch die Zweige. Für einen Finken, der davonflog, kamen sofort zwei andere geflattert.

»Erkennen Sie's wieder?«

Er war hier nie gewesen und erinnerte sich auch nicht, dass Raimund von der Stelle erzählt hätte. Dennoch hatte er ein sonderbares Gefühl von fremder Vertrautheit, aber woran das lag, wusste Bruno nicht.

Drei Jahre vor seinem Tod, erzählte Inger, hatte der alte Cy Twombly sie in Hamburg besucht. In der Kunsthalle waren seine späten Skulpturen ausgestellt worden, Cy rief an und bat sie, ihn zur Vernissage zu begleiten. Inger holte ihn in Fuhlsbüttel vom Flughafen ab, brachte ihn in sein Hotel in der Innenstadt, zeigte ihm den Hafen, den Jenischpark mit dem Barlachhaus, die Speicherstadt und die Galerie der Gegenwart. Die Vernissage ermüdete ihn;

den Luxus seiner Unterkunft fand er empörend. Er war fast achtzig.

»Bring mich von hier weg, amore«, sagte er. »Zeig mir, wo du wohnst. Ist es hier immer so kalt?«

Twombly in Wellingsbüttel. War das zu fassen? Bruno fragte, ob Moritz und Pippa ihn kennengelernt hatten, ja, hatten sie. Cy sagte, die Kleine sehe ihrer Großmutter sehr ähnlich, Birga, und Moritz brachte vor Ehrfurcht kein Wort heraus, bis Cy ihn bat, ihm den Garten zu zeigen. Dort standen sie auf dem Rasen, tranken Wein, unterhielten sich über antike Architekten.

»Es riecht nach Äpfeln bei euch«, sagte er, »ein Duft, der so alt ist wie der Ozean.«

Cy erzählte Pippa von Mads und Birga, ihren Großeltern, ihrer gemeinsamen Zeit in Rom, als sie junge Leute gewesen waren. Birga, wie sie im Tiber schwamm. Mads, der Streit bekam mit Robert Rauschenberg, Streit über William Turner!

»Da war ich schon auf der Welt«, sagte Inger. »Aber ich erinnere mich nicht an Rom, oder kaum. Ich war fünf oder sechs, jedenfalls noch nicht in der Schule. Cy sah mich noch genau vor sich. Er war wundervoll wie seine Bilder, wie ein Kind, er hatte nichts von Wehmut über das Verstreichen der Zeit, er ließ die Dinge auf sich zukommen, nahm es hin, wie es ist, ich glaube sogar, er fand es schön, dass nichts bleibt, dass alles auch vergeht.«

Bruno betrachtete das immergrüne Gebüsch am Ufer der Alster und wusste, das war es, was Cy Twombly vor Augen gehabt hatte, als er das Bild malte, das grüne Gekrakel, das Bruno im Haus der Rauchs so aufgewühlt hatte. Hier stand er unmittelbar vor dem Gegenstand, dem Gebüsch.

»Sie waren mit ihm hier.«

»Er hat gestanden, wo Sie stehen.«

»Und wann hat er das Bild gemalt?«

»Wir sprachen auch über Moritz, die Diagnose, über meine, unsere prekäre Lage«, sagte Inger. »Geld war ihm fremd. Tatiana, seine Frau, kümmerte sich darum. Als er wieder in Rom war, malte er das Bild und schickte es uns. ›Lass es schätzen und versichern‹, schrieb er mir. ›Und wenn es hart kommt, verkauf meine Briefe an einen Sammler, mit dem Tatiana Kontakt hält, und das Bild an ein gutes Museum, das sich eine monatliche Abzahlrate leisten kann – davon könnt ihr leben.‹ *Untitled (Inger's Painting)* nannte er das Bild. Und einmal schrieb er: ›Keiner, amore, konnte das Meer malen wie dein Vater.‹«

Darum überall die doppelten Schlösser, die Alarmanlage. Inger dachte seit Moritz' Tod immer öfter daran, das Bild in ein Museum zu geben, wo es sicher war, in dessen Bestand es passte und wo viele Leute es sehen konnten. Es gab aufgrund der hohen Versicherungskosten vorsichtiges Interesse vom Münchener Museum Brandhorst und aus Humlebæk bei Kopenhagen, vom Louisiana Museum of Modern Art. Das Bild wurde jedes Jahr um ein-, zweihunderttausend Dollar wertvoller. Ein Experte der Kunsthalle hatte kürzlich die Echtheit des Gemäldes bestätigt und seinen Marktwert auf rund 17 Millionen Dollar geschätzt. Auch wenn kein Museum eine solche

Summe würde aufbringen können, waren Inger und Pippa für alle Zeit versorgt.

»Ich muss es mir gut überlegen, und sie soll das mit entscheiden. Zu viel verschwindet aus meinem Leben«, sagte Inger. »Ich möchte, dass wieder etwas hinzukommt, endlich etwas bleibt, nicht für immer, aber für lange!«

Als sie am Fluss entlang zurückgingen in die Siedlung, sprachen sie über den wilden Garten auf der Feldmark, über Raimund und seine Sehnsucht nach der Rückkehr ins Licht seiner Kindheit.

»Manchmal wache ich in der Nacht auf, und die ganze Traurigkeit ist weg. Dann bin ich voll Zuversicht«, sagte Inger. »Dann glaub ich fest, er wird alles zurückbekommen. Er wird den Garten wiederfinden. Er wird mit Sleipner im Gras liegen und das warme Licht spüren. Warum soll das unmöglich sein? Nur weil alle es sagen? Niemand kann uns verwehren, dass wir suchen, was uns wirklich sein lässt. Er wird alles zurückbekommen. Und die Angst soll zum Teufel gehen.«

»Und Sie?« Bruno lachte; er spürte, wie ansteckend ihr Optimismus war. »Wird Raimund auch Sie zurückkriegen?«

Inger antwortete, ohne zu zögern. »Ja! Auch mich bekommt er endlich zurück. Wir beiden waren lange genug unglücklich ohne einander und haben es ausgehalten. Ich bin mir sicher, Bruno. Er wird alles zurückbekommen.«

»Vorsicht! Lindy, die sind sehr scharf!«

Sie hatte noch nie im Leben Rasierklingen gesehen.

Linda nahm das Pappschächtelchen in die Hand und öffnete es, ehe Merz es ihr wegnehmen konnte.

Er zeigte ihr, wie scharf die kleinen Stahlblätter waren, indem er mit zwei kurzen Bewegungen einen Pizzakarton in der Mitte durchtrennte. Linda war absolut begeistert und wollte das auch machen, aber das kam nicht infrage.

»Wir üben, wie wir es besprochen haben, Schatz«, sagte Merz. »Geh du bitte und zieh die Hose an, die du so abscheulich findest. Dann geht's los. Ich schneide, du passt auf, ich wickle, du steckst weg, ich tackere, und dann nichts wie weg. Wie der Wind. So haben wir's abgemacht.«

»Aahh! Warum ausgerechnet diese blöde Hose? Die sieht beknackt aus. Zinzin!« Sie trollte sich in ihr Zimmer.

»Weil sie diese Reißverschlüsse hat, darum! Ich habe dir alles genau erklärt.«

»Parce qu'il est zippé«, äffte sie ihn nach, bevor ihre Tür ins Schloss flog und in der Sternenbude Stille eintrat.

Merz stand in der kleinen Wohnküche, stützte sich mit einer Hand auf den Tisch, kratzte sich mit der anderen den juckenden Bart und sah hinaus ins Licht über der Rue de l'Alma. Ein grüner Abschleppwagen jagte vorbei, und im selben Augenblick fiel ein Tropfen vom oberen Fensterrand hinunter auf das Trottoir. In Wahrheit blickte er in einen Raum, den es nur für ihn gab und der aus seinen Erinnerungen, seinen Vorstellungen und seinen Wünschen und Ängsten bestand. Er sah Linda vor sich, wie sie vor einigen Tagen Cannelle hinterher über die Wiesen hinaufflitzte zum Waldrand, während er dem Kind und dem Hund langsam über das regennasse Gras folgte. Wie unfassbar glücklich war Linda in Niévroz. Konnte das nur an dem Collie liegen? Er dachte an Rousha, daran, wie sie in ihren Gitarrenstunden Lindy zeigte, was sich zu stehlen wirklich lohnte.

»Du musst dir deine Musik zusammenerfinden, Annabella, süßer Schatz«, hatte Rousha zu ihr gesagt. »Klau die Klänge, die du brauchst, um dir die Welt zu erklären.«

Wie würde Rousha reagieren, wenn er ihr anvertraute, was er und das Kind vorhatten? Was würde Bruno De-Witt dazu sagen? Es war fast April. Seit über einem halben Jahr trank er kaum noch. Seit fast sieben Monaten lebten sie in La Croix-Rousse, Fernando Kullmann und seine Tochter Annabella. Angeblich hatte er die Kleine für ein Jahr aus der Schule genommen, damit sie ihn während Recherchen begleitete. Was machte er eigentlich genau, weshalb ging er dreimal die Woche ins Musée des Beaux-Arts? Forschungen. Einem Mann wie Monsieur Hozain nur schwer zu vermittelnde Forschungen zu Aufenthalten von Daubigny, Rousseau, Chintreuil und anderen Impressionisten an den Ufern der südlicheren Rhône. Er schrieb ein Buch darüber. Er würde eine Ausstellung kuratieren. Er hatte mit vielen, sehr vielen Leuten im Museum zu sprechen.

»Die Langeweile der Zeit muss verduften in der wundersamen Schönheit der Kunst!«, rief Ezad Hozain.

Seit der ersten Nachricht an Priska hatten sie zwei weitere gesendet, eine davon sogar mit Bildern, und daraufhin zwei weitere Telefone aus Lindys Smartphone-Sammlung in der Rhône versenkt. Europol und die Gendarmerie gingen davon aus, dass sich Merz und seine Tochter weiterhin im Großraum Lyon versteckt hielten, hieß es, allerdings lebten zwischen Saint-Priest und Dardilly über zwei Millionen Menschen, und nicht nur Monsieur Hozain war der Ansicht, dass es in Wahrheit viel mehr waren, Leute ohne Papiere, Flüchtlinge, Illegale, Kriminelle, Abgetauchte, »aus der schönen Pracht der Welt Gestürzte«.

Hatte einer wie Hozain Papiere?

Hatten Fahramis, hatte Rousha Papiere?

Gesucht wurde nach Linda und ihm seit Wochen. Man hörte von Polizeikontrollen und Hausdurchsuchungen hier und da, besonders in den Banlieues und notorischen Vierteln, doch Frankreich war seit den Anschlägen von Paris und Nizza und seit Verhängung des Ausnahmezustands ein anderes Land geworden. Merz wurde täglich nervöser. Er wusste, dass er davonrannte, und bewegte sich doch nicht von der Stelle. Er hatte Angst vor dem einen Zufall, davor, dass Lindy in dem Bar-Tabac in der Rue Ozanam dem Bekannten eines Bekannten eines Informanten auffallen und sie sich verhaspeln könnte. Inzwischen kannte sie im Viertel ein dutzend Kinder in ihrem Alter, die alles Mögliche in Erfahrung zu bringen versuchten über sie und ihren unsichtbaren Vater, der weder arbeiten noch sich »les allocs« ausbezahlen ging, aber genauso wenig im Parc Sutter herumsaß und dort die Zeit totschlug. Fernando Kullmann ließ sich aus Sicherheitsgründen einen Bart wachsen, unter dem ihm die Haut juckte, als würden in dem Kinn- und Backengestrüpp winzige unbekannte Vögel hausen, und er überredete seine von Monat zu Monat hübschere Tochter Annabella zu einem Kurzhaarschnitt, mit dem sie manchmal aussah wie ein blonder Jüngling. Ihn verwunderte die Gleichmut des Kindes. Lindy ließ sich von seiner Unsicherheit und Nervosität nicht aus der Ruhe bringen.

Mit der etwas zu großen Hose kam sie ins Zimmer und vollführte genervte Schlurfbewegungen.

»Pantalon zippé, tantalon plissé …«

Von vorne und hinten betrachtet, war Lindas Hose eine gewöhnliche, nicht sonderlich gut geschnittene blaue Chino, doch der Eindruck täuschte. Anstatt Seitennähten hatte sie von Bund bis Beinabschluss reichende Reißverschlüsse, laut Rousha war sie keine Zip-off-, sondern eine Zip-open-Chino. Wenn man wollte, ließ sich die Hose in zwei Teile teilen, Vorderteil, Hinterteil, doch genauso ließen sich die Hosenbeine beliebig weit öffnen, und das war der Grund, weshalb Merz sie für Linda angeschafft und in wochenlanger Näharbeit für seine Zwecke umgerüstet hatte.

»Im Grunde kann ich Ihnen über meinen Sohn gar nicht viel sagen. Es war immer mein Bestreben, dass er glücklich ist. Er hat nie Steine in den Weg geworfen bekommen.«

»Frau Merz, ich würde gern mit Ihnen über Raimunds Verhältnis zu seinem Vater sprechen«, sagte Bruno ins

Telefon und blickte dabei über die in milchig bläulichen Dunst gehüllte Hafencity. Ein trüber Mittag. Für April war es elend kühl in Hamburg. Bruno hatte sich am Wochenende in dem Stuttgarter Hotel eine Klimaanlagenerkältung eingebrockt.

»Entschuldigen Sie.« Er nieste und schnäuzte sich. »Verflucht. Wieso muss ich eigentlich leiden«, sagte er vor sich hin. »So, da bin ich wieder. Frau Merz?«

»Was soll ich Ihnen da erzählen«, sagte Raimunds Mutter am anderen Ende der Leitung. »Mein Mann ist gegangen und nicht wiedergekommen. Er hat mich mit dem Jungen alleingelassen, fast ein halbes Jahrhundert ist das jetzt her, ich habe, denke ich, Frieden damit geschlossen« – sie lachte auf –, »und von Raimund nehme ich stark dasselbe an.«

»Verzeihen Sie, wenn ich ohne Umschweife frage …«

»Lassen Sie das Höflichkeitsgehüstel einfach weg und fragen Sie mich, was Sie wissen wollen, Herr Witt. Dann sind wir beide schneller damit durch.«

»Hat Raimund je erwähnt, dass er das Verschwinden seines Vaters …«

»… gutheißt, meinen Sie?«

»… nachvollziehen kann«, sagte Bruno.

»Nein. Doch bei Raimund muss man immer mit einer Überraschung rechnen. Wie man sieht! Da ist er ganz sein Herr Vater. Ich möchte aber betonen, dass er seine Kinder sehr liebt. Beide. Priska und Linda gleichermaßen.«

»Ich weiß, und ich kenne die Mädchen«, sagte Bruno. »Ihr Sohn ist mein Freund, ein lieber Freund.«

»Das erwähnten Sie. Glauben Sie denn, Sie werden ihn finden, ihn und die Kleine?«

»Ich lasse nicht locker, Frau Merz, ich lasse nicht locker, ihren Sohn retten zu wollen!« Bruno lachte. Er nieste.

Stille.

Mareike kam herein und lehnte sich an seinen Schreibtisch. Ihr Duft legte sich über ihn wie ein Licht, denn er konnte nichts riechen. Sie strich ihm mit einem Fingernagel den Scheitel entlang. Bruno dachte an Ali, an ihre Hände. Er nahm Mareikes Hand und küsste sie. Der Schmerz, von nun an von Alice getrennt zu sein, stieg ihm in der Kehle auf. Mareike küsste ihn auf den Nacken.

»Mein armer kranker Liebling«, flüsterte sie. »Ich gehe mit den Redakteuren essen, beim Portugiesen. Kommst du?«

Er nickte, und Mareike ging lautlos wieder hinaus.

»Sind Sie noch da?«, fragte er.

»Retten.« Wieder hörte man das hervorgepresste Lachen. »Retten kann meinen Herrn Sohn nur er selbst«, sagte Traute Merz.

Er stellte sie sich in dem Haus vor, in dem Raimund aufwuchs und lebte, bis er nach England ging. Das Haus, in dem er mit Inger auf dem Bett lag und sie sich Kunstbände ansahen. Einige Tage vor dem letzten Stuttgarter Wochenende mit Ali war Bruno in die Feldmark gefahren, er hatte vergeblich nach dem Parkplatz gesucht, unter dem der wilde Garten begraben lag, und sich den Moränenwald angesehen. Er hatte die Ruinen zweier früherer Tankstellen von Arno Rauch besichtigt und war im Dorf um die Häuser geschlichen, in denen alles seinen Anfang nahm, Florianes Elternhaus, das Haus, in dem Moritz aufwuchs und das er Hajo Kossleck verkaufte, das ganz unter Efeu verschwundene Haus von Ingers Adoptivtante Jane und, am Fuß der Moräne, Raimunds früheres Zuhause, das Haus der Frau, deren Mann nie wieder aufgetaucht war und die er am Telefon hatte.

»Retten Sie lieber das Kind«, sagte Frau Merz. »Linda ist noch zu jung für diese verrückt gewordene Welt.«

Als sie aufgelegt hatten, stand Bruno DeWitt lange an der Fensterfront des Büros, hinter sich wie einen stummen Zeugen Raimunds leeren Schreibtisch. Er lehnte die Stirn an die kalte Scheibe, und von diesem Ausguck im siebzehnten Stock des *Tag*-Turmes aus blickte er lange südwärts, über Hafencity, Elbe, Wilhelmsburg, Harburger Berge. Ali würde er nie wiedersehen. Die Entscheidung, vor die sie ihn stellte, war eine, die er nicht treffen konnte.

Diese Wehmut war ihm so vertraut. Er spürte die Lebhaftigkeit seiner Bedürfnisse, sie war dieselbe wie die eines Flusses, allen Feuers, allen Begehrens. Wie grün die Wälder waren, wie schnell die Wolken.

Er wusste in diesen Minuten, dass auch aus ihm ein Mann von fünfzig geworden war, darauf angewiesen, dass einer ihm heraushalf aus immer tieferer Niedergeschlagenheit. Bruno wusste, es würde ihm nicht gelingen, erneut einen Gefährten zu finden, sondern er war von nun an allein mit seiner Lust und seinem Verlangen unter den

Frauen, bei denen er weiß Gott wonach suchte – es sei denn, er lieferte sich dem Stumpfsinn aus, dem Egoismus und der bestenfalls ungewollten Grausamkeit männlicher Kollegen, die sein Zusammenklappen gar nicht erwarten konnten. Was ihn so deprimierte, war nicht, wie schnell einem alles zwischen den Fingern zerrann; es wurde Frühling, zum zweiundfünfzigsten Mal in seinem Leben, und gab es Schöneres? Tragisch war, wie wenige in der Lage schienen, die Verzweiflung eines anderen überhaupt gelten zu lassen.

Er nahm die Flasche aus dem Schreibtisch, schraubte sie auf, roch daran, trank, setzte sie ab und trank noch mal und noch mehr. Immerhin, sagte er sich, das Gin-Moratorium hatte Bestand. Er trank nie vor 13 Uhr. Jubilate. Cantate. Rogate. Exaudi! Von St. Katharinen läuteten die vier kleineren Glocken. Es war eins.

Seit den Wintermonaten hatte sich eine Veranstaltungsreihe im Musée des Beaux-Arts als überraschend beliebt und publikumsträchtig erwiesen. Vor einem ausgewählten Gemälde wurde das darauf Abgebildete von Lyoner Theaterschauspielern nachgestellt. Die Besucher versammelten sich im Halbkreis vor dem Bild, bestaunten die im Saal sich entwickelnde Nachahmung, bis sie vollendet war, und lauschten zum Abschluss jungen Kammermusikern, die ein Stück aus der Entstehungszeit des Gemäldes zu Gehör brachten.

Merz hatte diese Verlebendigung eines Bildes fünfmal in den vergangenen Wochen miterlebt, sie fand sonnabends immer um dieselbe Mittagszeit statt. Die Säle leerten sich, die Leute strömten zusammen, die Aufpasser, fast durchweg ältere, freundliche Frauen und Männer, deren Besonderheiten er allesamt studiert hatte, waren angehalten, den Bildern im Saal der Darbietung ihr vorrangiges Augenmerk zu widmen. Die übrigen Räume im ersten Stock des Museums, vier miteinander verbundene waren es insgesamt, blieben in den zehn Minuten, die den Schauspielern, und den fünf, die den Musikern gehörten, zwar nicht unbewacht, doch meistens war es nur die leitende Museumswärterin Madame Rivoire, die in dieser Viertelstunde leise und mit alles und jeden durchdringenden Blicken von einem Saal zum nächsten huschte, um nach dem Rechten zu sehen. Es gab im ganzen Museum keine Überwachungskameras. Die wenigsten Gemälde hingen hinter Glas, alarmgesichert waren nur Tintorettos *Danae*, Rembrandts *Steinigung* und ein dunkler Rubens, auf dem Marc Aurel seine letzten Worte sprach und der Merz als Orientierungshilfe diente. Madame Rivoire, die mit Vornamen Lucile hieß, gab sich nach Kräften schnippisch und einsilbig, er hatte einige Male miterlebt, wie sie Besucher abkanzelte und vertrieb. Doch Merz wusste um Lucile Rivoires geheime Schwäche, und dieser kam eine zentrale Rolle in seinem Plan zu.

Corots Bild hing im dritten Saal. Am Samstag des Raubes fand im Raum daneben pünktlich um ein Uhr die schauspielerische Darstellung von Paul Gauguins *Nave Nave Mahana* statt, ein Gemälde, das eine Gruppe Maori auf Tahiti zeigte. Zu der Darbietung strömten die Leute in

Scharen ins Museum, machte *Herrliche Tage*, wie Gauguins Bild auch hieß, doch erstmals nötig, dass ein Kleinkind mitspielte und zwei junge Frauen vor Publikum den Oberkörper entblößten.

Linda beobachtete das Kind, einen kleinen, schmalen Jungen mit weißblonden Haaren, und winkte ihm einmal sogar zu. Sie war nicht halb so nervös wie ihr Vater. Merz tastete in seinen Sakkotaschen die Werkzeuge ab, zählte sie, prägte sie sich ein, während Lindy kühl ihrer Aufgabe nachging und den Blickkontakt mit Lucile Rivoire suchte. Die Frau mit dem grauen Hosenanzug und dem weißen Dutt schlenderte unauffällig von Saal zu Saal. Sie war kinderlos, hatte Merz in Erfahrung gebracht, aber sie liebte Kinder über alles, Madame Rivoire verpasste keine Kinderführung durch das Musée des Beaux-Arts.

Als die Schauspieler vor Gauguins Bild in Aktion traten, sechs junge Frauen, ein junger Mann und der blonde Junge, schlüpfte Merz hinter der letzten Reihe der stehenden Zuschauer in den Nebenraum. Niemand außer ihm war dort. Zwölf impressionistische Landschaften hingen darin, darunter drei von Corot, und in der Mitte der gelbgetünchten Südwand *Champs de blé dans le Morvan*. Der Weizen. Die Bäume. Die Felder und Hänge. Der Schnitter. Die Frau. Der abgestellte Tragkorb. Das Licht und der Schatten. Er kannte das Bild so gut wie seine Hände.

Es war fünfundsiebzig Zentimeter breit und achtunddreißig Zentimeter hoch. Ein golden lackierter, mit Eichenlaub und anderen Blättern verzierter Doppelrahmen hielt es.

Lindas Gesicht erschien im Durchgang zu dem Saal, der voller Leute war; begeistertes Raunen drang herüber in die Stille der sommerlichen Felder.

»Sie ist am anderen Ende!«, zischte Lindy. »Jetzt!«

Merz schlüpfte in die Stoffhandschuhe.

Der Cutter trennte die hundertsiebzig Jahre alte Leinwand von ihrem Rahmen. Nur an zwei Stellen war die von Corot verwendete Ölfarbe so dick, dass Merz das Rasiermesser zu Hilfe nahm. Das Bild war nur wenig größer als ein aufgeklapptes Schallplattencover. Er war verblüfft, wie viel Gewicht es hatte, ein wenig fühlte es sich wie Leder an.

»Komm!«, rief er, als er die Leinwand zusammenrollte.

Lindy kam gerannt, kam geschlittert, Merz öffnete den Reißverschluss an ihrem Bein, er holte eine Papierrolle daraus hervor, schob die Leinwandröhre in die Halterung am Oberschenkel und zog den Reißverschluss zu.

»D'accord, chérie, du hast es. Jetzt lauf!«

Sie zog eine Grimasse und humpelte eilig hinaus, der Museumswärterin Madame Rivoire entgegen, die von ihr abgefangen und in ein Gespräch verwickelt werden sollte. Im Nachbarsaal brandete Applaus auf. Die Musik fing an, Geige, Cello, Bass. Merz blieben fünf Minuten, und der schwierigste Teil stand noch bevor.

Der leere Rahmen hing an zwei Drähten von einer Vorrichtung an der Wand. Er hob ihn in die Waagrechte, hielt ihn, rollte die mit Mattlack bepinselte Farbkopie auseinander und passte sie an. Dann tackerte er die erste Ecke fest, ein einzelner dumpfer Wumm, der unterging in der

Musik. Die Kopie des Weizenfeldes musste millimetergenau an dem uralten Holz sitzen, damit der Diebstahl möglichst lange unentdeckt blieb. Viermal der dumpfe Schlag, mit dem die Heftklammer in das Holz fuhr, dann saß das Papier in Position, und Merz ließ den Rahmen behutsam an die gelbe Wand herunter. Er steckte den Handtacker ein. Erst dann betrachtete er Corots Bild. Das Licht, das Weizenfeld, der Mann und die Frau sahen auf den ersten und zweiten, womöglich sogar dritten Blick unverändert aus.

Der Kunstraub im Musée des Beaux-Arts wurde am Sonntagnachmittag von einem Besucher entdeckt, der Corots Gemälde von Nahem betrachtete und feststellte, dass es kein Gemälde war. Wie lange das echte Bild bereits fehlte, auf welche Weise und von wem *Champs de blé dans le Morvan* entwendet wurde, konnte niemand sagen: Keinem war etwas aufgefallen; der so unverfroren mit einem Messer zur Tat geschrittene Dieb hatte außer Farbkopie und Heftklammern keine Spuren hinterlassen.

Bruno DeWitt erfuhr von den Lyoner Vorkommnissen, als er am Montagmorgen verschlafen im Büro erschien. Babs hatte ihn auf eine Party geschleift, wo er sechs Mojitos vernichtete; gegen den Kater war er am Sonntag im Kellinghusenbad in der Therme gewesen und hatte dort – er wollte sich am besten gar nicht daran erinnern.

Mareike erwähnte in der Redaktionssitzung eher beiläufig, dass in Lyon, wo man ja auch den Kollegen Merz vermute, ein Corot geraubt wurde, ein Gemälde von immensem Wert, das im Musée des Beaux-Arts unfassbarerweise elektronisch nicht gesichert worden sei. Die Meldung gehe an diesem Morgen um die Welt. Mareike machte keinen Hehl aus ihrer Begeisterung für den Aplomb des Diebes, der Diebin oder der Diebe, und so lief auch durch die Runde der Redakteure am Konferenztisch ein helles Lachen, montagmorgens eine Seltenheit. Bruno war schlagartig wach.

Wenige Stunden später hob in Fuhlsbüttel der Flieger ab, der ihn nach Frankfurt brachte. Und auch weiter nach Lyon flog er allein. Mareike zum Bleiben zu bewegen, nachdem er ihr seinen Verdacht begründet hatte, war verzwickt gewesen; aber es war ihm gelungen, und so las er in der Luft mit klopfendem Herzen erneut das Dossier über die kriminaltechnischen Ermittlungen an der Rhône, seit Linda Merz von dort die erste Nachricht abgesetzt hatte. Er studierte die Stadtpläne, prüfte mögliche Fluchtwege vom Museum in die zentrumsnahen Viertel, wo sich leicht untertauchen ließ, setzte sich ins Bild über deutsche Einrichtungen und Schulen dort und ging auf die Suche nach einer geeigneten Unterkunft. Er dachte an die letzte Begegnung mit Raimund am Stadion der Stuttgarter Kickers in Degerloch zurück, sah ihn vor sich mit dem jungen algerischen Taxifahrer, der später Alice und ihn selbst zum Hotel gefahren hatte. Nadim war sein Name gewesen, und es mochte nur eine vage Vermutung sein, eine Ahnung, nur so ein Gefühl, aber Bruno war sich mit einem Mal sicher, dass er in Lyons altem Einwandererviertel La Croix-Rousse nach Raimund und dem Kind suchen musste.

Ein Mann wie Bruno DeWitt glaubte an die verbindende Macht des Zufalls. Doch er war überzeugt, dass Zufälligkeit im Vorgehen seines Freundes Raimund Merz keine Rolle spielte, sondern dass er einem schon in Stuttgart gefassten Plan Taten folgen ließ. Als die Boeing in Lyon Saint-Exupéry landete, war es an Saône und Rhône Nachmittag, ein verregneter, grauer 3. Mai. Das Taxi kroch durch die Rush Hour.

Lindy sah ihm dabei zu, wie er die Leinwand auf der Pappe befestigte, und betrachtete währenddessen aufmerksam das Bild. Freimütig, wie sie in allen ihren Ansichten war, gab sie zu, dass ihr die Farben und das Licht auf dem Gemälde zwar gefielen, dass sie aber nicht verstand, wieso sie ausgerechnet dieses hatten stehlen müssen. Es gab so viele viel schönere, wildere und buntere Bilder in dem ollen Museum.

»Wir werden da nie wieder hingehen.« Merz befestigte die Schnur an der Rückseite, dann hängte er die Pappe mit Camille Corots Bild an die Wand neben den Kühlschrank.

»Wo sind die, diese Bäume, dieses Feld?«, fragte Linda. »Et les deux gens là, auf dem Bild, gibt es die wirklich?«

»Ich kann mir gut vorstellen, dass es sie wirklich gegeben hat. Guck«, sagte Merz, »der Tragkorb, der da hinter der Frau im hellen Licht steht. Den hatte sie auf den Schultern, als sie am Waldrand lang, immer im Schatten, zu dem Feld ging. Dort hat sie ihn abgestellt. Weil der da steht und man ihn sieht, erzählt das Bild eine Geschichte, findest du nicht? Der Morvan ist ein ziemlich wilder Landstrich ein paar Stunden weiter nördlich. Da hat der Maler, da hat Corot das Bild gemalt. Hey, stell dir vor, vor hundertsiebzig Jahren hat er genau so dicht vor dem Bild gestanden wie jetzt wir beide.«

»Ohne ihn würde es das Bild nicht geben, ohne uns schon.« Ein typischer Linda-Satz. »Et on en fait quoi, maintenant?«

Berechtigte Frage. Sie konnte ja nicht wissen, dass mit dem Raub des Bildes Merz' Pläne nicht beendet waren. Die weiteren Schritte musste er ohne Linda unternehmen, aber das behielt er besser für sich.

»Tja, was damit anstellen? Erst mal lassen wir es hier hängen und gucken es jeden Tag an«, sagte er. »Du musst nachsehen, ob Rousha kommt. Es ist fast drei.«

Als sie mit der Gitarre auf dem Rücken hinuntergelaufen war, winkte er vom Straßenbalkon aus, und Lindy und Rousha winkten aus dem Subaru zurück.

Merz legte sich in seinem Zimmer auf das alte Canapee, das seit einem dreiviertel Jahr sein Bett war, er schloss die Augen und dachte an seine Mutter und versuchte sich ihre Stimme vorzustellen.

»Wenn dir zu viel durch den Kopf geht und du deshalb nicht einschlafen kannst«, sagte Traute Merz, »dann stell dir vor, du stehst vor einer weißen Wand.«

Er drängte jeden Gedanken an Inger, an Bruno, an die Kinder beiseite und wartete nur, bis er sah, dass allmählich, kaum merklich und doch unaufhaltsam, so golden wie Honig das Licht durch die Rue de l'Alma geflossen kam; und als es so weit war und sich die vorderen Zimmer aufhellten und erwärmten, stand er auf, nahm einen Stuhl und setzte sich in der Küche vor das Gemälde, das nun mitten in der Nachmittagssonne hing.

Seit er das Bild mehrmals die Woche genau betrachtet hatte, war ihm klar geworden, nicht das Licht, wie Corot es gemalt hatte, zog ihn so an, es war der Schatten, der körpergleich, dunkel und doch durchscheinend auf den sommerlichen Bäumen lag, als würde er dort ausruhen, bevor er weiterzog. Durch ihn entstand Raum, eine Räumlichkeit, die Merz auf geheimnisvolle Weise anrührte. Er spürte, Corots Schatten löste in ihm eine verwandte, vielleicht sogar dieselbe Empfindung aus wie Ingers Nähe, eine Berührung von ihr, ein zärtliches Wort, ihr Duft, ihre Stimme.

Und seit er begriffen hatte, dass der Schatten ihn bewegte, viel stärker als das Licht, war er sich sicher, dass Moritz nicht mehr lebte.

Irgendwann wanderte das warme Leuchten weiter, und er stand auf und verließ das Appartement. Unten am alten Concierge-Fenster fragte er in seinem noch immer kleinkindhaften Französisch Madame Fahrami, ob sie ihm einen alten Koffer überlassen könne. Roushas Mutter legte ihm einen Schlüssel in die Hand und schickte ihn zu den Sternfundamenten, hinunter in den Keller des L'étoile.

In dem von zwei nackten Glühbirnen in Halblicht getauchten Raum wurden übereinandergestapelt zahllose ausrangierte Gegenstände in uralten Holzregalen aufbewahrt, die bis zur Decke reichten. Zwischen den Gestellen waren Wäscheleinen gespannt, an denen aber wohl schon seit Jahren nichts hing. Spinnenparadies. Eine antike Mangel rostete in einer Ecke vor sich hin. Gerahmte Fotografien und Gemälde lehnten an irgendwelchen Behältnissen, die vor Jahrzehnten ein vergessenes Kind, ein Jugendlicher, aus dem sonstwas geworden war, ein Alter, an den keiner mehr dachte, angefertigt hatte mit einer Akribie, die lachhaft wirkte und zugleich rührte. Aus einem geflochtenen Wäschekorb ragten Stofftierköpfe. Illustriertenstapel, von einer vertrockneten Flüssigkeit überronnen, türmten sich in einem Kabuff, das Gespenstern oder Untoten als Bibliothek hätte dienen können. Die Stille im Keller des L'étoile war wohltuend, einer wie Merz spürte das sofort, er fühlte sich dort wirklich, war nicht zugleich irgendwo, an allen möglichen Orten gleichzeitig, war nur dort, nur er, und einmal, als er auf die gedämpft von draußen hereindringenden Laute auf der Rue de l'Alma lauschte, dachte er, dass es ihm im Kellerarchiv des *Tag*, in dem viel zu kleinen Weinkeller unter ihrem Haus in Sülldorf und schon im Souterrain in Birmingham und dem des Schulbuchverlags am Bahnhof Zoo ganz genauso ergangen sein musste. Es wurde Zeit, Schluss zu machen mit dem Herumstehen in Kellern. Aus einem der Regale zog er einen vergilbten, früher mal bestimmt herrlich gelben Lederkoffer, der ihm aber für seine wenigen Sachen zu groß und schwer vorkam; doch als er ihn aufmachte – die Scharniere ächzten –, lag darin, wie ein Kofferkind, ein zweiter, genau richtiger.

Mit dem kleinen Koffer in der Hand sah er um sich und hatte für eine Weile den Eindruck, am Ende von allem angelangt zu sein. Wohin? Seit Tagen kam ihm immer wieder der Gedanke, dass die Reise zu Ende ging und er selber dafür sorgte. Merz war sich sicher, dass Bruno in Lyon war und nach ihm und Linda suchte. Ein Rätsel war ihm dagegen die Lauterkeit seiner Empfindungen. Wollte er Inger wiedersehen, oder sie vergessen? Wie sie vergessen. Aber glaubte er ihr, oder glaubte er ihren Äußerungen so wenig wie den eigenen? Wem glauben, wenn nicht ihr? Egal, wie spät es war; wenn er zur Uhr sah, hörte er Inger sagen: »Oh! Schon 38 nach 10!«

Während ihm in schneller Abfolge Bilder durch den Sinn schwirrten, säuberte er in der Wohnung den Koffer und packte. Das alte Dorf, die grünende Feldmark, Birminghams Reihenhäuser, endlose rote Straßenzüge. Er räumte Lindys Zimmer auf. Er legte sich auf ihr Bett. In Selly Oak das vertrocknete Wespennest, das er eines Tages im Keller entdeckte. Es hatte wie ein Kinderkopf ohne Gesicht ganz aus Pappmaché ausgesehen. Das Waldbad Gammenmoor, der River Rea, der Weiße See in Weißensee. In der Küche nahm er das Gemälde von der Wand, löste es von der Pappe und rollte es zusammen. Köpenick. Betrunken, wie sie waren, hatten sie im Garten des Ferienhauses am Müggelsee getanzt. Morgens hörte man die Kuckucke im Nebel über dem See rufen, die Kuckucke vom Müggelsee. Flori rannte mit laut hallenden Stiefelschritten durch den Spreetunnel. Auf der Fähre von Friedrichshagen zurück nach Rübezahl zog ihn Inger in eine nach Diesel riechende Nische und hauchte ihm ins Ohr: »Du, mein …!«

Am frühen Abend stellte er sich an die Straße, um Linda abzupassen. Monsieur Hozain kannte die Ankunftszeit des roten Subaru ebenfalls, einen Apfel essend, kam er heraus und verwickelte Merz in ein Gespräch über das Scheinobst von Lyon und das Obst auf dem Großen Basar, dem Bazar-e Bozorg von Teheran.

»Nehmen Sie!«, rief er. »Nur einen Happen von diesem Nicht-Appel, Kullmann!«

Minuten peinigender Verworrenheit und Nervosität.

Doch als der Wagen dann endlich kam, war Merz froh, die Ruhe bewahrt zu haben. Linda sprang aus dem Auto und rannte, wie so oft mittwochabends, wenn sie nach Haus gebracht worden war, grußlos ins Hotel, nach oben zur Toilette. Beim Gitarrenunterricht, und nur dort – ein Rätsel –, trank sie literweise Pfirsichlimo.

»Vite, vite, ma douce, vite …!«, rief Rousha ihr nach.

Hozain verneigte sich vor dem zerbeulten japanischen Kleinwagen. Seine Angebetete hob am Steuer die Hand, lächelte und sagte durchs offene Seitenfenster etwas auf Farsi zu ihm, das ihn auf milde Weise stolz zu stimmen schien, während Merz um den Subaru herum zur Fahrertür ging.

»Tu mir bitte einen großen Gefallen«, sagte er so, dass Ezad Hozain ihn nicht hörte. »Kannst du für eine Zeit auf die Kleine aufpassen? Ich muss weg, nicht weit, aber allein. Du könntest so lange bei uns wohnen.«

Sie lächelte und bekam ihre großen, schwarz umrandeten persischen Augen, von denen Lindy sagte, dass ihre später genauso sein sollten.

»Im L'étoile bei meinen Eltern und ihm? Er wird mich belagern und aushungern.« Sie nickte in Hozains Richtung und gewährte ihm ein weiteres Lächeln. »Allah ist groß, aber die Liebe und die Freiheit sind größer.«

»Es wird jemand kommen, der nach uns sucht«, sagte Merz. »Du kannst ihm vertrauen. Und musst ihm glauben.«

»Er wird mir die Wahrheit sagen über dich und über Annabella, meinst du?«

»Ja, das wird er.«

»Über Annabella, die eigentlich Linda heißt?«

»Ja, das wird er. Er heißt Bruno.«

Rousha legte ihre Hand auf seine.

»Du brauchst la Subaru, ich sehe es in deinem Gesicht, Monsieur Merz.«

Inger hatte ihm geschrieben, was sie anhabe, eine Lederjacke über einem hellblauen Kleid; und einen kleinen dunkelgrünen Rucksack habe sie dabei. Als Bruno sie in der Menge erkannte, reckte er einen Arm und winkte, und sie hob das Kinn, winkte auch und lächelte. Im Terminal begrüßten sie einander, Wangenküsse. Trotz bleierner Müdigkeit spürte er, wie aufgewühlt sie war.

Vom Flughafen Saint-Ex fuhren sie auf der A432 Richtung Norden, sie ließen Lyon hinter sich und überquerten bei Jons die Rhône. Türkisgrünes Band, der Strom im Mittagslicht. Auf dem Beifahrersitz drehte Inger sich noch lange um; noch nie hatte sie die Rhône wirklich gesehen.

»Irgendwo hier hat Hölderlin sie überquert«, sagte sie. »Er war zu Fuß unterwegs, immer weiter nach Westen ist er gelaufen. Bis Bordeaux, zum Meer. Ist das nicht unfassbar?«

Bruno fragte nach Pippa, und Inger erzählte, ihre Tante Jane kümmere sich um sie. Pippa ging nicht mehr jede Woche zu Moritz' Grab. Es wurde langsam besser.

»Der Kummer wird Erinnerung«, sagte sie, und daraufhin schwiegen sie, sehr lange.

Sie unterhielten sich schubweise. Und immer, wenn sie kurz ins Gespräch kamen, ging es hoch her in dem gemieteten, völlig lautlosen Citroën. Inger zählte, wie oft Bruno gähnte; sie lachten; sie staunten über die Vielfalt der Landschaft zwischen Saône und Rhône; dann schwiegen sie wieder – und lachten beide gleichzeitig von Neuem.

»Glux-en-Glenne«, dachte Bruno.

»Meinst du wirklich, wir finden ihn?«

»Wir finden ihn«, antwortete er. »Der Kleinen geht es gut, das ist die Hauptsache. Sie ist in guten Händen bei Raimunds Freundin und ihrer Familie.«

Das Mädchen war ein Teenager geworden. Er hatte nur wenige Worte mit Linda gewechselt, aber war schwer beeindruckt von ihrem Französisch, ihrem Selbstvertrauen.

Rousha. Sie hatte ihm sehr gefallen.

Die nächste Ausfahrt: Niévroz. Als Bruno erwähnte, Raimund und Linda hätten von dort die erste Nachricht abgesetzt, wollte Inger den Ort unbedingt sehen. Langsam fuhren sie einen Wald entlang, dessen leuchtendes Grün Täler und Hänge bedeckte, so weit das Auge reichte. In einem Landgasthof aßen sie eine Kleinigkeit, Bruno trank drei Tassen Kaffee. Inger machte sich frisch, dann beschlossen sie, vor der Fahrt ins Burgund ein Stück durch die Maisonne zu gehen. Bruno konnte von den Zufällen der letzten Tage erzählen, die ihn durch Lyon und nach La Croix-Rousse und dort zu dem Bar-Tabac in der Rue Ozanam geführt hatten.

»Wieso nennt sich Raimund ausgerechnet Kullmann?«, fragte Inger. »Seltsam, mir vorzustellen, dass er von Anfang an vorhatte, genau dieses Bild zu stehlen.«

»Glux-en-Glenne«, dachte Bruno.

»Aber es sieht ganz so aus!«, sagte er. »Ich denke, er mochte Kullmann, den echten meine ich. Als ich ihn zuletzt sprach, erzählte er mir, dass sie sich auch über deinen Vater unterhalten haben. Raimund dürfte der Name im Museum so manche Tür geöffnet haben.« Er lachte. »Hätte er sich Bruno DeWitt genannt! Dann gäbe es jetzt zwei davon, und ich könnte auf die Suche nach mir selber gehen.«

Inger wurde mit einem Mal ernst.

»Verrat mir bitte nur eins, und sag mir, wie es ist. Sollst du über das alles schreiben, Bruno, für den *Tag*?«

»Ja«, sagte er, ohne zu zögern, »soll ich.«

»Das wird nicht gehen. Hey! Ich verbiete es!« Sie boxte ihn auf den Arm.

»Du kannst ganz unbesorgt sein. Ich soll, aber werde es

nicht. Ich möchte, dass er zurückkommt. Reiner Egoismus, Frau Rauch.«

Ein alter Mann schob ein Fahrrad über die in helles
Licht getauchte Wiese und warf immer wieder einen Ball,
damit sein Hund ihm nachsetzte und ihn zurückbrachte.
Am Waldrand stieg der Alte auf und verschwand, ein Weg
folgte dort dem Verlauf einer Brandschneise und führte
hinunter nach Niévroz. Bruno und Inger sahen den
Mann, das Fahrrad, den Hund weit unten und spazierten
langsam hinterher.

Beide dachten sie: Canelle.

»Eine persönliche Frage, Inger, verzeih, wenn ich dir
damit zu nahetrete«, sagte Bruno.

»Nein, frag. Worum geht's?«

»Hast du eine Ahnung, warum dieses Mädchen damals
auf der dänischen Kattegat-Insel so unfassbar gemein zu
dir war?«

»Du meinst Lynn?« Inger war perplex, dass er von der
Geschichte wusste; aber natürlich, vor langer Zeit, vor
fast zwanzig Jahren hatte sie Raimund von den Tagen
auf Sejerø erzählt. Er schien nichts vergessen zu haben;
und was ihm so lange auf der Seele lag, ohne dass er darüber hätte sprechen können, alles das hatte er Bruno
erzählt.

Er nickte. »Ja, Lynn Eglund.«

»Sie war krank«, sagte Inger. »Sie hatte Leukämie und
ist gestorben, als sie vierzehn war. Ich habe irgendwann,
es ist lang her, ihren Vater ausfindig gemacht. Ihre Eltern
haben sich nach Lynns Tod scheiden lassen, die Mutter ist

nach Kanada gegangen, aber Lynns Vater habe ich getroffen. Moritz und ich sind mit der Fähre von Frederikshavn rüber nach Göteborg gefahren.«

»Aber erklärt diese Krankheit, warum sie dich so behandelt hat?«

»Wir waren uns wirklich sehr ähnlich«, sagte Inger. »Ihr Vater weinte, als er mich sah. Während dieser Tage auf der Insel allein mit den Eglunds hatte ich immer das Gefühl, dass mich Lynn auf ihre Weise retten wollte. Ihren ganzen Zorn hat sie …«

»… dir überantwortet«, sagte Bruno.

»Ja, genau. Und darüber hätte ich gern mit ihr gesprochen. Und mich bei ihr bedankt.«

Inger sah, wie müde Bruno war, und überredete ihn, dass sie weiterfuhr und er im Auto etwas die Augen zumachte. Die Vorstellung erleichterte ihn, er dankte ihr.

Glux-en-Glenne.

Wie wenig er geschlafen hatte – keine drei Stunden –, spürte er jetzt. Es war noch dunkel gewesen, als er Babs anrief, damit sie am Morgen bei seiner Wohnung vorbeifuhr und in dem Bildband den Namen des Ortes nachlas, in dem Corot im Morvan das Weizenfeld gemalt hatte. Sie schickte ihm Küsse und schrieb ihm den Namen, seither gab es keine fünf Minuten, in denen Bruno nicht an ihn dachte.

Eine kurvenreiche Straße führte durch die bewaldeten Hügel hinauf nach Glux-en-Glenne. Der beschauliche Ort mit seiner Kirche, seinen großen Bauernhöfen und keltischen Ruinen war noch kleiner, als Merz ihn sich vorgestellt hatte. Nur gut hundert Leute vielleicht lebten in dem Dorf, aber nirgends, an keiner schrundigen Hauswand und keinem rostigen Wegweiser, gab es einen Hinweis darauf, dass vor hundertsiebzig Jahren Camille Corot für einige Sommerwochen hier Station gemacht und in den Feldern, im Wald und auf den Sandwegen ein gutes dutzend Bilder gemalt hatte. Bis auf eines waren sie über die ganze Welt verstreut.

Das zurückgekehrte Gemälde lag im Kofferraum von Roushas Subaru Impreza, dessen Tage nach der dreistündigen Fahrt von Lyon nach Glux endgültig gezählt waren. Mitten im Dorf, an seinem höchsten Punkt, gab es einen Parkplatz für eine Handvoll Autos, dort hatte Merz la Subaru neben einem dreimal so großen, urviechartigen Traktor abgestellt. Es regnete im Morvan. Die Luft erfüllte ein berauschender Geruch – Moos und Rosmarin. Die Farben, auf die er so hingefiebert hatte, zeigten sich nur blass, bleich, matt überzogen von vielerlei Grau. Er hatte sich im Dorfgasthof ein Zimmer genommen, aß ein köstliches Bœuf Bourguignon und verbrachte den Abend im Bett, mit einer Flasche Rotwein vorm Fernseher. Erstaunt, wie viel er verstand, schlief er ein.

Er wachte auf vom Krähen eines Hahns, den er aus einem Traum zu kennen schien: Der Vogel saß in seinem Zimmer, auf dem Tisch, und wartete, dass er aufwachte. Als er aufstand, hüpfte der Hahn vor ihm her, immer voraus, ins Bad, vor den Spiegel, unter die Dusche. Nur allmählich kam Merz zu sich, und die Geräusche des fremden Dorfs ordneten sich zu einem neuen Tag. Er zog die Vorhänge zurück und sah verwundert das strahlend helle Licht.

Da stand er. Der rote Subaru parkte auf dem Platz in der Dorfmitte, Bruno verglich das Kennzeichen mit den Ziffern und Lettern, die Rousha ihm notiert hatte. Raimund war also tatsächlich nach Glux-en-Glenne gefahren und musste noch ganz in der Nähe sein. Es war ein warmer Frühlingstag mit wolkenlosem Himmel; ein satter Geruch nach Wald und Feldern erfüllte die Luft. Überall schwirrten Insekten umher.

Inger zog ihre Lederjacke aus und ließ sie im Wagen.

»Und jetzt? Hast du eine Idee?«

Bruno gab ihr seine Farbkopie von Camille Corots Bild und zeigte zu dem Gasthof, dessen blassgelbe Fassade in der Nachmittagssonne leuchtete.

»Da lass uns fragen. Wie gut ist dein Französisch?«

»Ein Desaster?«

»Schön. Meins ist eine Katastrophe. Du also!«

Im Le coq vert erfuhren sie, dass zwar kein Monsieur Kullmann dort wohnte, aber ein Monsieur Merz vergangene Nacht zu Gast gewesen war. Inger versuchte herauszufinden, wohin Monsieur Merz gegangen sein konnte, schließlich stand sein Auto auf dem Platz, doch der Wirt, ein dicker, geduldiger Mann, zuckte nur immer wieder mit den Achseln und zog die Mundwinkel nach unten. Erst als ihm Bruno die Kopie zeigte, hellte sich sein rotes Mondgesicht auf.

»Ah! C'est la vallée des Affholder … oui, les champs, la forêt. Ils appartiennent à Claude et Annie …«

Inger übersetzte, was der Wirt des Grünen Hahns von den Feldern und dem Waldstück auf Corots Bild wusste: Das Tal gehörte einer Familie aus Glux, die inzwischen im Elsass lebte; das Tal der Affholders war nur einen kleinen Spaziergang entfernt. Der Wirt begleitete sie vor die Tür und zeigte ihnen, in welche Richtung es lag. Nicht weit weg sah man bereits den Waldrand, die freien Felder, die Hügel.

»Schönes Bild!«, sagte er zum Abschied anerkennend, »beau tableau, M'sieur!«, und legte Bruno die Hand auf den Rücken. »Il est de vous?«

Bruno nickte und war froh, als sie endlich gingen.

»Ach wirklich, du hast das Bild gemalt?«

Zum ersten Mal sah er Inger ganz ungehemmt lachen. Ein ansteckendes Lachen war es, und weshalb ihr Gesicht Raimund nie mehr aus dem Sinn gegangen war, das sah er jetzt mit eigenen Augen, während Ingers in dem Licht die Farbe ihres Kleides annahmen.

Wo die Straße aus Glux hinausführte in das Hügelland des Morvan, folgten sie einem Pfad, der in Serpentinen den Waldhang hinabführte in das Tal. Überall leuchtete das Grün, und vielleicht deshalb sprachen sie auf dem Weg hinunter über Cy Twombly und sein Gemälde für Inger. Sie hatte sich entschlossen, das Bild dem Kunstmuseum von Louisiana bei Kopenhagen zu verkaufen.

Dolichovespula omissa. Es gab Waldkuckuckswespen, und es musste somit auch Waldwespen in Glux geben, eine Entdeckung, die Merz überraschte und froh stimmte. Der Bach im Tal mündete in einen schilfumstandenen Weiher, und überall an den Ufern der beiden Gewässer wuchsen mit lichten, feinen blassrosa Dolden die von den Waldkuckuckswespen so begehrten Schwanenblumen. Eine Zeit lang beobachtete er sie. Auch die Wespen schienen es angenehm zu finden, in der Wärme einfach nichts zu tun, nur geduckt dazusitzen in der Sonne und abzuwarten.

Durch das Ufergras führte ein Trampelpfad, dem folgte er bachaufwärts, unter Pappeln und Robinien hindurch. Viele seltsame Schmetterlinge gaukelten durchs Licht, er hörte Bienen und sah Grashummeln, Mooshummeln, Baumhummeln. Irgendwo in der Ferne kreischte eine Säge. Er hielt inne, streckte sich, er spürte die Wohltat der Saumseligkeit von Kopf bis Fuß, bis in die Fingerkuppen, überall, überall auf der Haut. So glückliche Minuten.

Linda fehlte ihm. Er vermisste Priska. Sie hatte ihrer kleinen Schwester mit wenigen Worten und Zeichen zu verstehen gegeben, dass es gut war, sich für die Zeit in Lyon entschieden zu haben. Prissys Liebe zum Leben und den Leuten, denen sie vertraute, kam tief aus ihrem vorsichtigen Herz, Merz hielt diese Liebe für eine der wenigen aufrichtigen, wirklichen Regungen, die er kannte. Die Gefühlsbekundungen seiner Kinder waren eine Musik, nur ohne Töne, eine ungehörte, ihm dennoch wundersam verständliche.

Am Stadtrand von Le Creusot war er für eine Stunde in der Menge untergetaucht, die dort durch ein raumschiffartiges Einkaufszentrum strömte, und hatte einen Rucksack gekauft, Massenware aus China, verschifft über die Weltmeere, aber er mochte seine Farben, und der Rucksack war praktisch, wenn einer wie er im fremden Herzen Frankreichs allein durch die Gegend streifte. Er trank einen Schluck Wasser aus der vom Frühstücksbüffet im Le coq vert mitgenommenen Flasche, dann packte er die Leinwand aus und rollte sie auseinander, nicht anders als eine Schatzkarte.

Der Bach zu seinen Füßen war nur noch ein leise sprudelndes Rinnsal, und der Pfad führte am Waldrand entlang, auf eine Gruppe einzeln stehender Bäume zu, die alle in flimmernder Nachmittagssonne standen. Ein ausgedehnter Schatten lag auf den hell durchstrahlten Wipfeln. In der Ferne die Silhouette der Hügel, die sich dort die Hänge hinauf erstreckenden Felder, das Gras, das endlos scheinende Grasland, baumloser, je höher die Erhebung reichte.

Ganz in der Nähe mussten Leute sein; Merz blieb stehen. Er hörte Stimmen, eine Frau, einen Mann. Als er Bruno und Inger erkannte, versuchte er sich zusammenzureimen, wie es möglich war, dass sie zusammen so unvermittelt hier auftauchten, aber es gelang ihm nicht. Die Zeit schien angehalten, und er traute seinen Augen nicht, denn die beiden standen dort drüben am Rand des Wäldchens der Affholders in dem warmen Leuchten des Flecks, nach dem er so lange schon suchte. Sie riefen sich etwas zu, Inger lachte, sie hatte ein blaues Kleid an, fast genau so eines wie die Frau auf Corots Gemälde, und hinter ihr, im Gras auf dem langgestreckten Lichtflur, der zu den Bäumen führte, stand ein Rucksack, der wie der Tragkorb auf dem Bild aussah.

Unschlüssig bückte sich Bruno am Rand des verwilderten Feldes und schien zu rätseln, was dort wuchs. Längst nicht mehr war es nur Weizen, sah Merz, sondern auch Roggen, Hafer und wildes Getreide, Gräser, deren Namen lange vergessen waren. Es sah so aus, als wunderte den Freund genau wie ihn, dass der Ort ansonsten unverändert schien.

Dann sah ihn Inger, wie er dastand in dem Schattenfleck unter einer Akazie und versuchte, unsichtbar zu sein. Sie winkte, rief ihn.

Und sie rief Bruno zu: »Da! Da ist er!«

Schon kam sie gelaufen, alles begann sich zu bewegen. Und auch Merz setzte sich in Bewegung, hinaus aus dem Schatten, ins warme Licht. Er rollte die Leinwand zusammen, erleichtert schritt er Inger langsam entgegen. Er wusste, gleich würde er sie spüren, doch solange er sich bewegte, kam es ihm vor, als ginge er in Camille Corots Bild hinein.

Von der Balustrade hinter den Läden der Wandelhalle überblickten sie die Gleise und alle Züge und S-Bahnen, die in der Bahnsteighalle hielten, tausende Menschen überall, umherflatternde Vögel, lauter Gepäck, Maschinen, zahllose Dinge.

»Was für ein Gewusel«, sagte jemand, der sich vorbeidrängte. »Zum Verrücktwerden! Los, kommt, ihr zwei.«

»Gewusel! Gewusel!«, lachten Mädchen, Zwillinge, die dem kahlköpfigen Mann folgten.

Ja, der Radau war ohrenbetäubend, Merz kümmerte er aber nicht. Es war einer der Nachmittage, denen er wochenlang entgegenfieberte, denn das Licht war da. In ihm zeigte die Erinnerung, was sie in Wirklichkeit war: unbezwingbar, ein unvergängliches Glück für einen, der warten konnte.

Er warf Bruno einen Blick zu, der ihm bedeutete, dass er kurz für sich sein wollte. Bruno hob die Hand, und Merz ging, bahnte sich den Weg durch die Menge und spürte nach wenigen Schritten die Erleichterung, dass es heute gelingen würde, mit Moritz allein zu sein. Es war sein erster Todestag. Und Ingers Zug war pünktlich. Sie würde rechtzeitig von ihren Verhandlungen mit dem Museum aus Kopenhagen zurück sein, und übers Wochende hatten sie alle drei Mädchen.

Er sah Bruno oben an dem Geländer, wie er ihm mit Blicken folgte. Noch immer hatte der Freund Angst um ihn, doch die war unbegründet. Er war nicht heimgeholt worden, sondern aus eigenen Stücken zurückgekehrt. Der Mann dort oben hatte das ermöglicht, so wie er mit der Unterstützung durch Fernando Kullmann, den echten, leibhaftigen Kullmann, dafür sorgte, dass Corots Bild nach Lyon zurückkehrte, ohne dass man Merz mit dem Verschwinden und Wiederauftauchen des Gemäldes in Verbindung brachte.

Noch immer, Monate später, war er sich nicht schlüssig, ob er es dabei belassen wollte.

Der Diebstahl von Lyon war Teil seiner Geschichte. Er hatte dafür geradezustehen, nicht nur für die vermeintliche Entführung seiner eigenen Tochter.

Rousha war nach Hamburg gekommen und hatte vor der Richterin bewegende Worte gefunden. Linda war so glücklich gewesen, sie wiederzusehen! Und auch, was Roushas Eltern und Ezad Hozain zu Protokoll gegeben hatten, war mit dafür verantwortlich, dass er straffrei davongekommen war.

Floriane hatte einsehen müssen, dass von ihrem gemeinsamen Eigentum die Hälfte ihm zustand und dass er nicht ihr Eigentum war. Aber auch er musste vieles einsehen, nicht nur, wie gekränkt und verletzt sie noch immer war. Einer wie er sollte für alles den Kopf hinhalten, was er sich in diesem Kopf ausgedacht hatte.

Und er sollte mit diesem Kopf nicht nur denken, sich etwas vorstellen, etwas erfinden, sondern auch den Mund aufmachen und sagen, was in ihm vorging.

Er war nicht Prinz Arjuna; aber er war Raimund Merz. Immerhin. Und da war das Licht, nicht das silberne der Gelassenheit, jedoch das wirkliche. Und er hörte die vertraute Stimme.

»Komm mit weiter nach vorn, da kann ich's dir besser erklären«, sagte Moritz.

Also bahnten sie sich ihren Weg durch die Menge. Auf dem Bahnsteig liefen sie ohne Eile bis zu dem Punkt genau unter dem Scheitel des sich über ihnen wölbenden Dachs.

»Glas und Strahlträger, über hundertzehn Jahre alt!«

Moritz zeigte ihm anhand der Trägerkonstruktion, wie die Seitenanbauten im Westen und Osten die Halle nicht nur vergrößerten, sondern auch stützten. Merz sah deutlich die schattigeren Bereiche im unteren Teil der Halle: Die Anbauten schirmten das einfallende Licht dort ab.

»Ein immenser statischer Aufwand. Der ganze Bau, alles, was du siehst, fußt auf achthundert in den Boden gerammten Stahlbetonpfählen«, sagte Moritz. »Hey, ganz wie in Venedig oder St. Petersburg! Einer hat mal ausgerechnet, dass nur der Stahl hier mehr wiegt als ein fünfhundert Meter langer Ozeandampfer.«

Noch einmal die Begeisterung des Freundes mitzuerleben, seine Gesten und sein Mienenspiel, Merz genoss jeden Augenblick, den Moritz noch blieb.

Bruno sah die beiden Männer, auch wenn dort unten Raimund allein zwischen den Leuten umherging. Ab und zu blieben Moritz Rauch und er stehen. Merz sah hinauf zu den Hunderten von Fenstern, durch die Tageslicht in den riesigen Raum flutete und ihn so leuchten ließ; und Moritz erklärte ihm, dass die Schönheit, die Milde des in der Halle herrschenden Lichts und, ja, warum nicht, das dadurch ausgelöste Empfinden von Besänftigung architektonische Gründe hatten.

Auch in dem Garten, auf der Feldmark – das Licht war dort so fantastisch gewesen, weil es durch die Bäume fiel.

Raimund Merz stand staunend inmitten der Leute.

Er sah Merz staunend auf dem Bahnsteig stehen, noch ein paar Minuten, und noch ein paar wartete er oben an der Balustrade und beobachtete ihn. Immer mehr HSV-Fans strömten in vierfarbiger Kleidung in die Halle, blau und weiß und schwarz und rot färbte sie sich. Sie alle hielten fest an ihrem Verein. Und lag es nicht an ihnen, dass die Rothosen allen Unkenrufen zum Trotz wieder gewannen? Auf einmal machte sich die ganze Stadt Gedanken übers Scheitern.

Der Intercity fuhr ein. Bruno ging zur Treppe. København – Hamburg 14:10. Als er die Rolltreppe hinunterfuhr, kam eine Nachricht hereingebimmelt, von Babs. Süße Babs. Ob er wusste, was für ein Tag war.

Sämtliche in meinem Buch dargestellten Figuren sind Teil der Wirklichkeit, auch wenn keine von ihnen je gelebt hat. *M. B.*

Inhalt

I

Regen, wenn er in die Bäume rauscht

7

II

Facetten einer falschen Freundschaft

109

III

Flucht nach Süden mit dem Elsternkind

193